新 潮 文 庫

プリズン・ストーリーズ

ジェフリー・アーチャー
永 井 淳 訳

目次

プリズン・ストーリーズ

エリザベスに

前書き

五つの刑務所を転々としながら、二年間にわたって収監されていた間に、わたしは獄中日記の日々の記述に含めるのにはふさわしくないいくつかの物語を耳にした。目次ページではそれらの短篇に＊印がついている。

その九篇はすべて面白おかしく肉付けされているが、どれもみな事実に基いている。うち一篇を除いて、当事者の囚人たちは実名を出さないようわたしに注文をつけた。

本書に収録されたほかの三つの短篇もまた事実に基くものだが、着想を得たのは出獄後で、物語の舞台もアテネ——「あるギリシア悲劇」、ロンドン——「ソロモンの知恵」、大好きなローマ——「あばたもエクボ」と、それぞれに異る。

自分の郵便局から盗んだ男

発端

グレイ判事は被告席の二人の被告を見下ろした。

クリスとスーのハスキンズ夫妻は、郵便局の資産二十五万ポンドの横領と、四通のパスポートの偽造に関して、ともに有罪の答弁を行っていた。

ハスキンズ夫妻はほぼ同じ年配に見えたが、二人が今から四十年ほど前に一緒に学校に通っていたことを考えると、べつに驚くには当らなかった。二人と道ですれちがっても、振りかえって見る人間は一人もいないだろう。クリスは身長およそ五フィート九インチ（訳注　約一七五センチ）、黒い縮れ毛には白髪が目立ちはじめ、少くとも一ストーン（訳注　一四ポンド、六・三五キロ）は太り過ぎだった。被告席で背筋を伸ばして立つと、スーツは着古されてくたびれていたが、ワイシャツは清潔だし、ストライプのタイは彼がどこかのクラブのメンバーであることを示していた。黒靴は毎朝ピカピカに磨かれているようだった。妻のスーが夫と並んで立っていた。身だしなみのよい花模様のドレスと実用本位の靴は、能率的できれい好きな婦人という印象を与えたが、それはともかく、夫婦揃《そろ》ってふつうなら教会へ行くときのような服装をしていた。結局、この夫婦は法律は全能の神の延長にほかならない、と考えていたのである。

グレイ判事はハスキンズ夫妻の法廷弁護士に目を向けた。それは経験よりも費用が安上がりな点を買われて選ばれた若い男だった。

「本件には情状酌量の事由がある、とおっしゃりたいのでしょうな、ミスター・ロジャーズ」と、判事が助け舟を出した。

「そうなのです、裁判長」資格を取ったばかりの法廷弁護士は椅子《いす》から立ちあがって答えた。本当はこれが自分にとって二件目の公判なのだと白状したいところだったが、だからと言って判事がそれも情状酌量の事由になるとは考えてくれそうもなかった。

グレイ判事は椅子に身をゆだねて、気の毒なミスター・ハスキンズが残忍な継父に夜ごと鞭打《むちう》たれ、ミセス・ハスキンズが多感な年頃に邪悪な叔父にレイプされたという、聞くも涙の物語に耳を傾けようと心の準備をしたが、予想はみごとにはずれた。ミスター・ロジャーズは、ハスキンズ夫妻は恵まれた、良識ある家庭の生まれで、通っていた学校も同じであると、法廷に向かって太鼓判を捺《お》した。夫妻の一人娘でブリストル大学の卒業生であるトレイシーは、現在アシュフォードで不動産会社に勤務していた。つまりこの一家は絵に描いたような模範家庭だった。

ミスター・ロジャーズは準備書面に視線を落としてから、続けてハスキンズ夫妻がその朝被告席に辿《たど》りつくにいたった事情を説明した。グレイ判事は被告たちの話にますます興味をそそられて、法廷弁護士が着席するころには、もう少し時間をかけて刑期の長さを考慮する必要がある、という結論に達していた。彼は両被告に次の月曜日の午前十時の出廷を命じ、その時に判決を申しわたすと告げた。

ミスター・ロジャーズがふたたび立ちあがった。

「おそらく弁護人は、本官が両被告に保釈を許可することを望んでいるのでしょうな?」と、判事が眉《まゆ》を上げながらたずねると、虚を突かれた弁護人に答える暇《いとま》も与えず、「許可します」と続けた。

ジャスパー・グレイは日曜日の昼食時に、ハスキンズ夫妻の陥った苦境を妻に話して聞かせた。判事がラム・ラックを食べ終わるはるか前に、ヴァネッサ・グレイが意見を述べた。

「二人に一時間の地域社会奉仕を申しつけ、郵便局に当初の投資額の全額を返済するよう指示する裁判所命令をお出しなさい」夫人は人類の男性には必ずしも与えられていない良識を示して宣言した。公平に見て判事も妻の意見に賛成だったが、結局それだけでは済まないだろうと付け加えた。

「なぜですの？」

「四通のパスポートが問題なのだよ」

＊　＊　＊

月曜日の午前十時、ハスキンズ夫妻が忠実に指示を守って被告席に立っているのを見ても、グレイ判事は驚かなかった。要するに彼らは犯罪者ではなかった。

判事は顔を上げて被告たちを見おろし、いかめしい顔を取りつくろおうとした。「両被告は郵便局からの横領と四通のパスポート偽造の罪で、有罪の答弁を行った」判事は邪悪なとか、憎みても余りあるといった形容詞の使用を避けたばかりか、不名誉なという形容さえ用いなかった。この被告たちにその種の形容はふさわしくないと考えたからだった。「故《ゆえ》に両被告を刑務所へ送りこむ以外の選択肢は、本官には残されていない」判事はクリス・ハスキンズに視線を向けた。「明らかにきみはこの犯罪の主謀者であり、その点を考慮して、三年の禁固刑に処する」クリス・ハスキンズは驚きを隠せなかった。弁護士から少くとも五年は覚悟するように言われていたからである。あやうく、ありがとうございます、裁判長閣下と礼を言いそうになった。

判事は次にミセス・ハスキンズに視線を転じた。「この共同謀議においてあなたが果した役割は、おそらく夫への忠誠心から発した行為に過ぎないと思う。しかしながら、あなたは善悪の違いを充分に弁《わきま》えているからして、一年の禁固刑を申しわたす」

「裁判長閣下」と、クリス・ハスキンズが抗議の声をあげた。

グレイ判事は初めて眉をひそめた。刑期を申しわたす途中で遮られることに慣れていなかったからである。「ミスター・ハスキンズ、本官の判決に不服を申し立てるつもりなら――」

「とんでもありません、裁判長」クリス・ハスキンズはまたしても判事を遮った。「ただ、わたしが妻の刑期を引き受けることをお許しいただけないだろうかと思ったのです」

グレイ判事はこの申入れに意表を突かれて、いまだかつて経験したことのない質問に答える術《すべ》を知らなかった。彼は木槌《きづち》を打ち鳴らし、急いで席を立って法廷を後にした。廷吏が慌《あわ》てて叫んだ。「全員起立」

クリスとスーが初めて会った場所は、イングランド東海岸の海辺の町、クリーソープスの小学校の校庭だった。クリスはその日三本目の一パイント入りのミルク壜《びん》をもらうために、列に並んで待っていた——それは十六歳未満のすべての学童に対して政府が課した規則だった。スーはミルク担当のクラス委員だった。全員が正しい割当量をもらえるようにするのが彼女の役目だった。彼女がクリスに小さなミルク壜を渡すとき、二人とも相手にまるで無関心だった。彼女はクリスより一学年上だったので、クリスがミルクの列に並ぶときを除いて、昼間顔を合わせることはめったになかった。スーは年度末にイレヴン＝プラス試験に合格して、地元の中学校に進んだ。クリスが新しいミルク担当委員に選ばれた。翌年の九月に彼もイレヴン＝プラスに合格し、スーに続いてクリーソープス中学校に進んだ。

二人とも学校ではおたがいの存在を意識していなかったが、やがてスーが生徒会長に選ばれた。以後クリスはいやでも彼女に注目せざるをえなくなった。毎日朝礼の終りに、彼女がその日の学校行事予定を読みあげるようになったからである。スーの名前が話題にのぼるたびに、男の子たちが好んで使う形容詞は威張り屋《ボッシー》だった（不思議なことに権威ある地位の女性はしばしば威張り屋という綽名《あだな》で呼ばれるのに対して、同じ立場の男性はなぜか指導力があると評される）。

その年の終りにスーが卒業すると、クリスはまたもや彼女のことをされいさっぱり忘れた。彼女の輝かしい足跡を辿って生徒会長になることもなかったが、いささか平凡ではあっても――彼の基準からすれば――まずは及第点の一年を過ごした。クリーソープス中のクリケットの二軍チームでプレーし、対グリムズビー中のクロス・カントリー競技で五着になり、最終試験ではどのみちスポーツの成果を引合いに出す必要がないほど優秀な成績を収めた。

クリスは卒業と同時に、国防省から一通の手紙を受け取った。兵役義務が生じる十八歳に達したすべての男子に課せられる二年間の強制兵役――国民兵役に服するために、町の徴兵事務所に出頭せよという通知だった。クリスに与えられた選択肢は、陸、海、空三軍のどれを希望するかだけだった。

彼は空軍を選び、ほんの一瞬だが、ジェット・パイロットになれたらどんな気分だろうかとまで考えた。徴兵事務所で身体検査に合格し、必要書類の記入を終えると、当直軍曹からメイブルソープとかいうところへ行くための鉄道パスを支給された。月初めの日の午前八時に、そこの検問所へ出頭せよという指示だった。

クリスは入営から十二週間、ほかの百二十名の新兵たちと一緒に基礎訓練を受けた。千人の応募者中、パイロット候補に選ばれるのはわずか一人に過ぎないことを知るまで、大して時間はかからなかった。十二週間たって、酒保、将校食堂、補給倉庫、飛行指令室の中から、希望の勤務場所を選ぶよう指示された。飛行指令室を希望したが、与えられたのは倉庫勤務だった。

スーと再会したのは、より正確にはスー・スマート伍長《ごちよう》と再会したのは、次の月曜日に倉庫勤務のために出頭したときだった。彼女は当然のごとく列の先頭に立っていたが、今回は勤務上の指示を与える立場だった。スマートなブルーの制服を着て、髪はほとんど軍帽の下に隠れていたので、クリスはすぐには彼女だと気がつかなかった。いずれにしても、スーの声が聞えたのは形のよい脚に見《み》惚《と》れているときだった。「ハスキンズ、補給倉庫へ出頭しなさい」クリスは顔を上げて声のするほうを見た。それは忘れようにも忘れられない声だった。

「スーかい？」彼は遠慮がちに問いかけた。スマート伍長はクリップボードから顔を上げて、厚かましくも自分をファースト・ネームで呼んだ新兵を睨《にら》みつけた。顔に見覚えがあったが、どこのだれだか思い出せなかった。

「クリス・ハスキンズだよ」と、彼は名乗った。

「あら、そうだわ、ハスキンズね」と彼女は言い、一瞬躊躇《ちゆうちよ》してから付け加えた。「補給倉庫のトラヴィス軍曹のもとへ出頭して、勤務上の指示を受けなさい」

「はい、伍長」クリスは答えて、急いで補給倉庫の方角へ姿を消した。その場を去るとき、クリスはスーがもう一度自分のほうをちらと見たことに気がつかなかった。

クリスはその後最初の週末休暇までスマート伍長と顔を合わせなかった。車室の反対側の端に坐《すわ》っている彼女を見かけたのは、クリーソープスへ帰る列車の中でだった。自分から近づいて行こうとはせず、彼女に気がついていないふりさえした。だが、ふと気がつくと、ときおりちらと視線を上げて、彼女のスリムな体型にうっとり見惚れている自分がいた――それほどの美人だったという記憶はなかった。

列車がクリーソープス駅に到着すると、別の婦人と話をしている母親の姿がクリスの目に止まった。相手の女性がだれか、ひと目でわかった――同じ赤毛、同じ均斉のとれた体型、同じ……

「お帰りなさい、クリス」ミセス・スマートがプラットフォームで母親に近づいたクリスに声をかけた。「列車でスーと一緒じゃなかった？」

「さあ、気がつきませんでした」とクリスが答えたとき、スーがやって来て合流した。

「二人とも同じ基地に配属されて、顔を合わせる機会が多いんじゃないのかしら」と、クリスの母親がそれとなく言った。

「いいえ、そうでもないんです」スーは無関心な口ぶりだった。

「さあ、もう行かなくちゃ」と、ミセス・ハスキンズが言った。「クリスとお父さんがサッカーの試合を見にでかける前に、晩ご飯を食べさせないと」

「彼を覚えてる？」出口に向かってプラットフォームを歩いて行くクリスと母親の後ろ姿を見ながら、ミセス・スマートがたずねた。

「洟《はな》たれハスキンズのこと？」スーは一瞬言いよどんだ。「覚えてないわよ」

「あら、そんなに彼が好きなのね」と、スーの母親は微笑《ほほえ》みながら言った。


日曜日の夕方、クリスが列車に乗り込むと、スーがすでに車輛《しゃりょう》の端のいつもの席に坐っていた。クリスがその前を通り過ぎて、次の車輛で空席を探しているときに、彼女の声を聞いた。「ハーイ、クリス、週末は楽しかった？」

「まあまあだったよ、伍長」クリスは立ち止まって彼女を見下ろしながら答えた。「グリムズビーが3対1でリンカンをやっつけたし、クリーソープスのフィッシュ・アンド・チップスが基地のそれと比べてどれだけおいしいか忘れていたよ」

スーは微笑んだ。「ここに坐ったら？」と、かたわらのシートを叩《たた》きながら言った。「それから基地の外でならわたしをスーと呼んでもいいわよ」

メイブルソープへ戻る車内では、スーがほとんど独りでしゃべりっぱなしだった。

ひとつにはクリスが彼女に夢中だったせいもあったし――目の前にいるのが、毎朝ミルクを手渡してくれたあの痩《や》せたちびの女の子と同一人物だなんてことがありうるだろうか？――基地内に一歩足を踏み入れた瞬間にバブルがはじけてしまうことを、彼が認識していたからでもあった。下士官は一兵卒とは親しくつきあわない、という不文律があった。

二人は基地のゲートで別れて、別々の方角に向かった。クリスは兵舎まで歩いて行き、スーは下士官宿舎へ向かった。クリスが仲間の兵隊がいるかまぼこ兵舎へ戻ると、一人が空軍婦人部隊員と寝た話を吹聴《ふいちょう》していた。彼の話は空軍婦人部隊のパンティの説明にいたるまで、微に入り細を穿《うが》っていた。「色は濃いブルーで、太いゴム紐《ひも》が通っているんだ」と、催眠術にかかったような兵隊たちに講釈した。クリスはベッドに横たわり、根も葉もない作り話を聞くのをやめて、スーのことを思っていた。次はいつ会えるだろうかと。

その機会は思ったより早くやって来た。翌日クリスが昼食のために食堂へ行くと、スーが作戦室の女性グループと一緒に隅のテーブルに坐っているのが目に入ったからである。彼はそのテーブルに近づいて行って、デイヴィッド・ニーヴンのように、さりげなく彼女をデートに誘いたかった。オデオン座には彼女も見たがると思われるドリス・デイ主演の映画がかかっていたが、仲間の兵隊たちが見ている前で彼女に話しかけるくらいなら、むしろ地雷原を横断するほうがまだしもましな気分だった。

　クリスはカウンターでランチ――野菜スープ、ソーセージ・アンド・チップス、カスタード・パイを選んだ。トレイを持って食堂の反対側のテーブルへ行き、仲間の新兵グループに加わった。グリムズビーはブラックプールに対して勝日があるかどうかを論じながら、カスタード・パイをかっこんでいるとき、だれかの手が肩に触れるのを感じた。振りかえるとスーが微笑みかけていた。テーブルの話し声がぴたりとやんだ。クリスの顔が真赤になった。

「土曜の晩の予定は？」と、スーがたずねた。クリスは赤い顔をさらに赤くして首を振った。「『カラミティ・ジェーン』を観《み》に行こうかと思っているんだけど」一瞬、間があった。「よかったら一緒にどう？」クリスが頷《うなず》いた。「じゃ、六時にゲートを出たところでね」ふたたび無言で頷く。スーが微笑んだ。「それじゃ、またね」クリスがテーブルに向きなおると、仲間が恐れ入りましたという表情で彼をみつめていた。

　クリスはどんな映画だったのかあまりよく覚えていなかった。初めから終りまで、スーの肩を抱く勇気を奮い起こそうとして懸命だったからである。ハワード・キールがドリス・デイにキスしたときでさえ、思いを果たせなかった。だが、映画館を出て、待っていたバスまで歩いて戻る途中、スーが彼の手を握った。

「国民兵役が終わったらどうするの？」と、スーが基地行きの最終バスの中できいた。

「おやじのようにバスに乗ることになるんだろうな」と、クリスは答えた。「きみは？」

「三年間の勤務が終わったら、将校になって空軍に骨を埋《うず》めるかどうかを決めなきゃならないの」

「クリーソープスに戻って働いてほしいな」と、クリスはつい口走っていた。

クリスとスーはそれから一年後にセント・エイダンズの教区教会で結婚した。結婚式のあと、新郎新婦はポルトガルの南海岸でハネムーンを過ごす予定で、レンタカーでニューヘイヴンへ向けて出発した。だがアルガルヴェ県でわずか数日過ごしただけで資金が尽きてしまった。クリスは車を運転してクリーソープスへ舞い戻ったが、経済的な余裕ができしだいもう一度アルブフェイラの町へ戻ることを誓った。

クリスとスーはジュビリー・ロードにある準独立住宅の、一階の三間からなる貸家で新婚生活をスタートさせた。二人のミルク担当クラス委員は、出会う人すべてに満足感を隠せなかった。

クリスは父親と同じくバスに乗り、グリーン・ライン市営バス会社の車掌になった。一方スーは地元の保険会社に見習い社員として入社した。一年後、スーは娘のトレイシーを生んで、育児に専念するために会社を辞めた。娘の誕生が励みとなって、クリスはますます勤勉に働き、昇進を目ざした。時おりスーに尻《しり》を叩かれて、昇進試験のための勉強を始めた。そして四年後には監督に任命された。ハスキンズ家の前途は洋々だった。

トレイシーがクリスマス・プレゼントにポニーが欲しいとねだったとき、父親は家が狭くてポニーは飼えないと言い聞かせなくてはならなかった。クリスは妥協して、トレイシーの七歳の誕生日にラブラドール犬の仔犬《こいぬ》をプレゼントし、伍長《コープ》と名づけた。ハスキンズ一家はなに不自由もなく、クリスが解雇されなかったらこの物語はここで終っていただろう。事の次第はこうだった。

グリーン・ライン市営バス会社はハル・キャリッジ・バス会社に買収された。二つの会社が合併した結果、失業は不可避となり、クリスも解雇対象に含まれることになった。新しい経営陣が示した代替案は平車掌としての再雇傭《さいこよう》だけだった。クリスはこの提案を鼻であしらった。仕事はほかにいくらでも見つかると自信満々で、解雇を受け入れた。

解雇手当が底を突くまでさほど時間はかからず、すばらしい新世界を約束するテッド・ヒース首相の公約にもかかわらず、クリスはほどなくクリーソープスでは新しい勤め先が簡単には見つからないことを知った。スーは一言も不平を言わず、トレイシーが学校に通うようになると、町のフィッシュ・アンド・チップス店パーソンズで、パートタイムで働き始めた。これで週給が確保され、時おりチップにありついたばかりか、クリスがランチタイムに鱈《たら》とチップスをたらふく食べられるという余禄《よろく》もあった。

クリスは職探しを続けた。金曜を除いて毎朝職業紹介所に顔を出した。金曜日は長蛇の列に加わって、わずかな失業手当をもらう日だった。面接で不合格になるか、気の毒だがあなたには応募資格がないと、門前払いを食わされ続けた十二か月が過ぎると、さすがに楽観的ではいられなくなって、バスの車掌として復職することを真剣に検討し始めた。スーはまた監督に昇進する日も遠くはないわよと、夫を励した。

その一方で、スーはフィッシュ・アンド・チップス店で責任ある仕事を委《まか》せられるようになり、一年後には副店長の肩書を手に入れた。ここでもまた、今度はスーが解雇を予告されなかったら、この物語は当然の結末を迎えていただろう。

スーはフィッシュの夕食をとりながら、パーソンズ夫妻が早期引退して店を売りに出すことを考えていると、クリスに話した。

「いくらで売るつもりなのかな？」

「ミスター・パーソンズは五千ポンドと言ってたわ」

「新しい経営者があの店の財産に気がついてくれるといいが」と、クリスがフォークをチップスに突き刺しながら言った。

「たぶん新しい経営者は自分の息のかかった店員を連れて来るわよ。バス会社が買収されたときにあなたの身になにが起きたか忘れないで」

クリスはそのことを思いだした。

翌朝八時半に、スーは出勤前にトレイシーを学校まで送り届けるために家を出た。二人がでかけると、クリスとコープは朝の散歩に出た。飼主がいつも飼犬を波打際《なみうちぎわ》で遊ばせる海岸ではなく、逆方向の町の中心へ向かうのを見て、コープは戸惑った。それでも忠実に飼主のあとに続き、結局ハイ・ストリートにあるミドランド・バンクの前の手摺《てすり》につながれた。

ミスター・ハスキンズから、ある事業計画に関する相談のために面会を申し込まれた銀行の支店長は、驚きを隠せなかった。彼は急いでハスキンズ夫妻の共同口座を調べて、預金残高が十七ポンド十二シリングであることを知った。ミスター・ハスキンズが一年以上も失業中なのに、残高が一度もマイナスになっていないことに感心した。

支店長は顧客の申入れに好意的に耳を傾けたが、クリスが何度も練りあげた事業計画をみなまで話し終らないうちに、残念そうに首を振った。

「当行としてはそのようなリスクを負うわけにいかないのです」と、彼は説明した。「少くともあなたは充分な担保物件をお持ちでない。自分の家さえお持ちではないじゃないですか」と、支店長は指摘した。クリスは礼を言い、握手を交わして、怯《ひる》む様子もなく帰って行った。

彼はハイ・ストリートを渡って、別の手摺にコープをつなぎ、マーティンズ・バンクに入った。支店長が会ってくれるまでかなり長い時間待たされた。相手の反応は前の銀行と同じだったが、少くとも今度の支店長はクリスにブリタニア・フィナンスを打診してみてはどうかと勧めてくれた。彼の説明によれば、そこは小企業の開業資金融資を専門に行っている新しい金融機関だという。クリスは礼を述べて外へ出ると、コープの紐をほどいて、走ってジュビリー・ロードに戻り、スーが彼の鱈とチップスのランチを持って帰宅する直前に家に帰り着いた。

昼食後、クリスはふたたび家を出て最寄りの電話ボックスに向かった。電話機にペニー貨を四枚入れて、Aボタンを押した。通話は一分足らずで終った。やがて彼は家へ戻ったが、翌日人と会う約束をしたことをスーには話さなかった。

翌日、クリスはスーがトレイシーを学校へ送って行くのを待って、二階の寝室へ戻った。ジーンズとセーターを脱いで、結婚式のときに着たスーツと、日曜日に教会へ行くときだけ着るクリーム色のワイシャツに着替えて、クリスマスに義母からもらったきり、一度も締める気にならなかったネクタイを締めた。次に空軍時代の教練係軍曹からさえ合格点をもらえるほど、靴をピカピカに磨きあげた。それから鏡の前で全身を点検し、新規開店した店の将来性のある店長に見えることを願った。犬を裏庭につないで、町の中心へ向かった。

クリスはブリタニア・フィナンス・カンパニーの融資部長、ミスター・トレメインとの約束の時間より十五分早く到着した。待合室で掛けて待つように言われて、生まれて初めて《フィナンシャル・タイムズ》を手に取ってみた。十五分後に秘書がミスター・トレメインの部屋へ案内した。

融資部長はクリスの野心的な計画に好意的に耳を傾け、やがて前の二人の銀行支店長と同じように、「どのような担保物件をお持ちですか？」と質問した。

「なにもありません」クリスは正直に答えた。「妻とわたしは起きているかぎり働くつもりだし、妻はすでにこの商売の裏表を知り尽していることを別にすれば、ですが」クリスはブリタニアが彼の申入れを検討する意思がない多くの理由を聞かされることを予想した。

ところがミスター・トレメインが質問した。「奥さんもわが社の投資対象の半分を構成するとなると、彼女はこの計画をどう考えているんでしょうか？」

「家内とはまだ相談さえしておりません」と、クリスはうっかり洩《も》らしてしまった。

「では相談してください」と、ミスター・トレメインは言った。「それもできるだけ急いで。なぜならわが社がハスキンズ夫妻への投資を検討する前に、われわれはミセス・ハスキンズと会って、彼女があなたの売込みの半分もやり手かどうかを確かめる必要があるからです」

クリスはその日の夕食時にこのニュースを妻に伝えた。スーは開いた口がふさがらなかった。過去にクリスがそういう事態に遭遇した経験は多くはなかった。

ミスター・トレメインがミセス・ハスキンズと会って話すと、あとはブリタニア・フィナンスが五千ポンドの融資を実行するまでに、無数の書類の作製を残すだけだった。一か月後、ハスキンズ夫妻はジュビリー・ロードの三部屋の貸家からビーチ・ストリートのフィッシュ・アンド・チップス店に引越した。

中　間

クリスとスーは最初の日曜日を費して、店頭の**パーソンズ**という名前を消し、**ハスキンズ　新規開店**と書き変えた。スーは最高の練粉を作るにはどんな材料を使えばよいかを、すかさずクリスに手ほどきし始めた。衣の作り方が簡単ならば、ある店の前には客が列を作り、同じ通りの少し先にあるライヴァル店では閑古鳥が啼《な》くといったことはありえないと、口を酸《す》っぱくして教えた。何週間か経《た》つと、クリスがうちのチップスはいつもパリパリしているが固くはなく、ましてぐちゃぐちゃでもないと保証できるところまで漕《こ》ぎつけた。彼が店頭に出て店長として働き、フィッシュを紙に包んだり、塩やヴィネガーを用意したりする一方で、スーはレジを預って売上げ金を集計した。一日も休まずに帳簿づけをし、クリスが待つ狭いけれども独立した二階の住居に上がるのは、決まってカウンターに顔が映るほど店内をぴかぴかに磨きあげてからだった。

床に就くのはいつもスーが後だったが、朝起きるのはクリスが先だった。四時にはベッドから出て、着古したジャージーを着ると、コープを連れて埠頭《ふとう》へ向かった。そして漁船が朝の水揚げを積んで港に戻った直後に、活《い》きのよい鱈、メルルーサ、エイ、ツノガレイなどを選り取り見取りしては、およそ二時間後に家へ帰った。

クリーソープスには数軒のフィッシュ・アンド・チップス店があったが、ほどなくハスキンズの前には客が列を作るようになり、時にはスーが閉店の看板を営業中に裏返して最初の客を店に入れる前に、早くも外に客が並んでいることさえあった。午前十一時から午後三時までと、夕方の五時から閉店の九時までは、決して客が跡絶えることがなかったし、最後の客に品物が渡るまでは、閉店時間になっても看板が下ろされることはなかった。

ハスキンズ夫妻は一年目の終りに九百ポンドをわずかに上回る利益を計上した。客の行列が長くなるにつれて、ブリタニア・フィナンスへの負債が減り、約束の五年より八か月も早く、融資の全額に利子をつけて返済することができた。

次の十年間にハスキンズ夫妻の評判は海のみならず陸でも広まって、クリスはクリーソープス・ロータリー・クラブへの入会を勧誘され、スーは母親連合《マザーズ・ユニオン》（訳注　英国国教会に属する女性団体）の副委員長に就任した。

スーとクリスは二十回目の結婚記念日に、二度目のハネムーンでポルトガルを再訪した。四ツ星のホテルに二週間滞在したが、今度は予定を繰りあげて帰国する必要がなかった。それから十年間、二人は毎夏欠かさずにアルブフェイラを訪れつづけた。ハスキンズ夫妻は習慣の虜《とりこ》だった。

トレイシーはクリーソープス中学を卒業してブリストル大学に進み、経営学を学んだ。ハスキンズ家の生活における唯一《ゆいいつ》の悲しい出来事は、コープが死んだことだった。とは言っても十四歳という長寿を全うしての死だった。

クリスが仲間のロータリー会員たちと一杯やっているときに、町でいちばん格式の高い郵便局の経営者、デイヴ・クウェントンが、湖水地方《レイク・ディストリクト》へ引越すので、郵便局の利権を売ることを考えている、という話を彼の耳に入れた。

今度はクリスもその件を妻に相談した。スーにとってはまたしても寝耳に水の計画だったが、やがて気を取りなおすと、ふたたびブリタニア・フィナンスへの融資申込みに同意する前に、二、三確かめておきたいことがあると答えた。

「ミドランド・バンクにはいくら預金がありますか？」と、ミスター・トレメインがたずねた。

スーは帳簿をチェックした。「三万七千と四百八ポンドあります」

「今のフィッシュ・アンド・チップスの店は、どれくらいの値打があると思いますか？」

「十万以上なら売ってもよいと考えています」スーは自信満々だった。

「そして問題の郵便局は一等地にあることを考慮すると、評価額はどれくらいですかな？」

「ミスター・クウェントンによれば郵政公社は二十七万で売りに出す予定だそうですけど、適当な買手が現われれば二十五万で手を打つだろうと請合っています」

「つまり買収資金が十万ポンド少々不足というわけですな」と、融資部長は帳簿を参照するまでもなく言った。「で、郵便局の昨年の売上げは？」

「二十三万ポンドです」と、スーは答えた。

「利益は？」

スーはふたたび数字をチェックしなければならなかった。「二万六千四百ポンドですけど、家賃と税金が所得税申告で控除される広い居住部分というボーナスはその中に含まれていません」スーは一拍おいて付け加えた。「しかも今度は土地が自分たちのものになるんです」

「その数字に間違いないことが当社の会計士によって確認されれば」と、ミスター・トレメインは言った。「そしてフィッシュ・アンド・チップスの店が十万ドル前後で売れるならば、確かにこれは堅実な投資になるかと思います。がしかし……」融資を申し込んだ二人は心配そうな表情だった。「融資にはしかしが付きものでしてね。もちろん郵便局がカテゴリーAを維持することがこの融資の条件です。あの地区の地価は現在二万ポンド前後なので、郵便局の実質的価値はビジネスとしてのそれであり、しかも、繰りかえしますが、郵便局がカテゴリーAの地位を維持することが条件なのです」

「しかしこの郵便局は三十年間ずっとカテゴリーAだったんですよ」と、クリスが言った。「将来それが変わるとでも？」

「先のことがわかるなら損な投資などしませんよ、ミスター・ハスキンズ」と、投資アナリストは答えた。「しかし先が見えないからこそ、時にはリスクを負わなきゃならないんです。ブリタニアは人間に投資しますが、その点に関してあなたにはなんの保証もありません」彼は微笑を浮かべた。「当社は、最初の投資のときと同じように、すべての融資を四半期ごとに五年間で分割返済していただく決まりですが、今回は融資額が大きいので、土地を担保に入れていただきます」

「利率はいくらですか？」と、クリス。

「八・五パーセント、万一返済が滞った場合は加徴金が課されます」

「そちらの条件を慎重に検討させていただいて」と、スーが答えた。「結論が出たらご連絡します」

ミスター・トレメインはこみあげる微笑をこらえた。

「カテゴリーAってどういうことなの？」口開けの客に間に合うように開店するために、急いで海岸通りの店へ戻る途中でスーがたずねた。

「利益が見込めるのはカテゴリーA局なんだよ」と、クリスが答えた。「預金口座、年金、郵便為替、自動車税、それに懸賞金付き貯蓄債券からもかなりの利益が見込める。それらがなければ、頼れるのはテレビ免許、切手、電気料金、それに副業として小さな売店を持つことを認められた場合のわずかな臨時収入だけだ。ミスター・クウエントンが提供できるものがそれだけだったら、フィッシュ・アンド・チップスの店を続けるほうがはるかに稼ぎが多いというものさ」

「で、わたしたちがカテゴリーA局の地位を失うリスクは？」

「それはないね。少くとも地区支配人はそう保証したし、彼もロータリー・クラブのメンバーなのだ。彼の話では、郵政公社の本部ではいまだかつて一度もその件が検討されたことがないそうだし、ブリタニアだって十万ドルを融資する前に間違いなくその点をチェックするだろう」

「それじゃ、あなたはこの話に乗るべきだという考えなのね？」

「融資条件を少し修正してもらってね」

「たとえばどんなふうに？」

「そうだな、まず第一に、今はハイ・ストリートの各銀行もビジネスへの投資を始めているから、ミスター・トレメインはきっと八パーセントまで歩み寄るだろう。しかも忘れちゃならないのは、今度は土地を担保に取られることだ」

ハスキンズ夫妻はフィッシュ・アンド・チップスの店を十一万二千ポンドで売り、それに預金口座からの三万八千ポンドをプラスすることができた。さらにブリタニアが利率八パーセントで十万ポンドを上積みした。額面二十五万の小切手がロンドンの郵政公社本部へ送られた。

「いよいよお祝いの潮時だな」と、クリスが宣言した。

「なにを考えているの?」と、スーがたずねた。「もう使えるお金は全然ないのよ」

「アシュフォードまでドライヴして、娘と一緒に週末を過ごし——」彼は一瞬言いよどんだ——「帰る途中に……」

「帰る途中に?」と、スーが促した。

「バターシー野犬保護施設を覗《のぞ》いてみよう」

一か月後、ハスキンズ夫妻と二代目の黒のラブラドール犬スタンプスは、ビーチ・ストリートのフィッシュ・アンド・チップスの店からヴィクトリア・クレッセントのカテゴリーAの郵便局へ引っ越した。

クリスとスーは、すかさずフィッシュ・アンド・チップス店の開業以来絶えて経験していなかった就業時間に戻った。それから五年間と言うもの、わずかな臨時の出費も切りつめ、休日返上で働きづめに働いた。ふたたびポルトガル行きを考えないわけではなかったが、それはブリタニアへの四半期ごとの返済が終るまで先送りしなくてはならなかった。クリスはロータリー・クラブでの任務をきちんとこなし続け、スーは母親連合《マザーズ・ユニオン》クリーソープス支部の委員長に就任した。トレイシーは現場支配人に昇進し、スタンプスは人間三人を合わせたよりも大食だった。

四年目にハスキンズ夫妻は「年間最優秀地域郵便局」賞を受賞し、それから九か月後にブリタニアへの返済を完了した。

ブリタニアの取締役会は、ロイヤル・ホテルでの昼食会にクリスとスーを招待して、今や夫妻が借金皆無で郵便局をわがものにした事実を祝った。

「しかしわれわれはこれから当初の投資を回収する必要があります」と、クリスが言った。「約二十五万ポンドですよ」

「この調子で続けられれば」と、頭取が意見を述べた。「その目標達成までにあと五年あれば充分だろうし、そのころあなた方は資産価値百万ポンド以上のビジネスの経営者になっているかもしれませんよ」

「つまりわたしは百万長者というわけですか？」と、クリスが尋ねた。

「いいえ、違うわ」と、スーが横から口を挟んだ。「わたしたちの口座の残高は一万ポンド少々よ。だからあなたは一万長者だわ」

頭取は声をたてて笑い、クリスとスーのハスキンズ夫妻のために乾杯することを、取締役会に提案した。

「わたしのスパイたちの報告によればね、クリス」と、頭取は付け加えた。「あんたはこの町のロータリー・クラブの次期会長に選ばれそうだよ」

「狸《たぬき》の皮算用ということもありますからね」クリスはグラスを下ろしながら言った。

「少くともスーが母親連合《マザーズ・ユニオン》の地域委員会に名を連ねるほうがそれより先でしょう。行く行く彼女が全国委員長になったとしても、驚くには当りませんよ」と、鼻高々で付け足した。

「で、今後の予定は?」と、頭取が質問した。

「一か月間休暇を取ってポルトガルで過ごします」と、クリスは躊躇《ちゅうちょ》なく答えた。

「この五年間はクリーソープスのビーチと一皿のフィッシュ・アンド・チップスで我慢して来たんだから、それくらいの贅沢《ぜいたく》は許されるでしょう」

またしてもお役所が干渉しなければ、この物語もここで満足すべき結末を迎えていただろう。今度は郵政公社の財務局長からの書簡という形で、それはハスキンズ夫妻のもとに届いた。彼らがアルブフェイラから戻ると、封書が玄関マットの上で待っていた。

郵政公社本部
オールド・ストリート一四八番地

ロンドンEC1V　9HQ

親愛なるハスキンズ夫妻

郵政公社は目下資産内容の再評価を行いつつあり、その目的のために、一部の古い施設の格付けの変更を行うことになりました。

そこでわれわれは、遺憾ながらクリーソープス地区に二つのカテゴリーA局は必要ないという結論に達したことを、あなた方にお知らせしなければなりません。ハイ・ストリートの新しい局は従来通りカテゴリーA局の格付けが維持され、ヴィクトリア・クレッセント局はカテゴリーBに格下げされることになります。あなた方が新たな状況に順応できるように、この変更の実施は新年度からと決定しました。

あなた方との良好な関係が今後も維持されることを期待します。

敬具

財務局長

「ここに書いてあることとわたしが解釈した内容とは同じなのかしら？」と、スーが手紙を二度読みかえしたあとで言った。

「要するに」と、クリスが答えた。「われわれは死ぬまで働き続けたとしても、最初に投資した二十五万ポンドを回収できないということだよ」

「それじゃ郵便局を売りに出す必要があるわね」

「しかしその値段で買おうとする人間がいると思うかい？　もうカテゴリーA局じゃないことがわかったら最後、買手は現われっこないよ」

「ブリタニアの担当者は、借金を返し終われば百万ポンドの値打が出ると言ったわ」

「年間の売上げが五十万あって、八万前後の利益が出ている間だけの話さ」と、クリスが言った。

「弁護士に相談しなくっちゃ」

クリスは渋々同意したが、弁護士がどう考えるかについてはいささかも幻想を抱かなかった。法律はあなた方の味方ではない、従って成果を保証できない以上、郵政公社を訴えることは勧められないと、おのれの職務に忠実な助言をした。「正々堂々と戦った結果、精神的には勝訴した気分になれるかもしれないが、それじゃ銀行預金残高の足しにはなりませんからね」

クリスとスーが下した次の決断は、郵便局を売りに出して、買手がつくかどうか確かめることだった。またしてもクリスの判断が正しかった。わずか三組の夫婦が物件を見に来ただけで、しかも売りものがもはやカテゴリーA局ではないことがわかると、それっきり二度と現われなかった。

「きっと」と、スーが言った。「本部のお歴々は、わたしたちのお金をポケットに入れるずっと前から、うちの局の格付けが変わることを知っていたのに、自分の都合で伏せておいたのよ」

「おそらくその通りだろう」と、クリスが答えた。「しかしひとつだけ確かなことがある——当時彼らは証拠になる文書を残すつもりはなかっただろうから、われわれがそのことを立証できる望みは皆無だろうな」

「その点はおたがいさまよ」

「いったいなにが言いたいんだね？」

「彼らはわたしたちからいくら盗んだと思う？」

「そうだな、われわれの最初の投資額のことだとしたら——」

「わたしたちが一生かかって貯《た》めた預金、過去三十年間働いて稼いだお金のすべてよ。もちろん年金は言うまでもないわ」

クリスは沈黙して宙を見上げながら計算を始めた。「得べかりし利益を別にしても、資本を全額回収できれば――」

「そう、彼らがわたしたちから盗んだ分だけよ」と、スーが繰りかえした。

「利息を含めなければ二十五万ポンド少々というところかな」

「そしてこれから死ぬまで働き続けても、その最初の投資を一ペニーも回収する望みはないわけね？」

「ま、そんなところだな」

「それならわたしは一月一日に引退するわ」

「それで死ぬまでどうやって暮すつもりかね？」と、クリスがたずねた。

「最初に投資した金で暮すのよ」

「いったいどうやって？」

「わたしたちの非の打ちどころのない評判を利用するのよ」

結末

クリスとスーは翌朝早起きした。結局、一月一日を期して引退するとすれば、それまでの三か月間にしなければならないことが山ほどあったからである。計画を成功させるためには綿密な準備が必要だと、スーがクリスに警告した。彼は反対しなかった。二人とも十一月の第二金曜日までは危険を冒してボタンを押すわけにいかないことを知っていた。その日に、ロンドンの本部の連中が彼らの企《たく》らみに気づく前の六週間のチャンスの窓――クリスの表現――が訪れる。しかしそれまでにやっておくべき多くの準備作業がないわけではなかった。まず、盗まれた金の回収に取りかかる前に、逃亡計画を立てておく必要があった。二人とも自分たちがこれから実行しようとしていることを、横領とは考えていなかった。

スーはヨーロッパの地図を拡《ひろ》げて、郵便局のカウンターの上に置いた。二人は数日かけてさまざまな候補地を検討した末に、早期引退に理想的と意見が一致したポルトガルに決めた。アルガルヴェ県には数えきれないほど何度も行っていたが、そのたびにいつも訪れるのは、予定より早く切り上げなければならなかったハネムーン、そして結婚十周年、二十周年、その他多くの結婚記念日を過ごした町アルブフェイラだった。宝くじでも当たったらここに引退しようと、二人で申し合わせてさえいた町だった。

翌日スーが『ポルトガル語入門』のテープを買って来て、二人して毎日朝食前にテープを聞き、夜は一時間かけて新しい語学力をテストした。永年の間に自分でも気がつかないほど多くのポルトガル語が頭に入っていたことを知って喜んだ。流暢《りゅうちょう》とは言えないまでも、二人とも少くとも初心者ではなかった。すぐに上級のテープへ進んだ。

「自分のパスポートを使うわけにはいかないな」と、クリスがある朝ひげを剃《そ》りながら妻に指摘した。「他人になりすまさないと、たちまち足がついてしまう」

「わたしもそのことはすでに考えていたわ」と、スーが言った。「自分の郵便局で働いている点を利用すべきよ」

クリスはひげ剃りの手を止めて、妻の話を聞くために振り向いた。

「いいこと、わたしたちはパスポートを取得しようとするお客さんに、すでに郵便局の仕事の一部として必要な申請書類をすべて手渡しているのよ」

クリスは口を挟まずに、偽名を使って無事に出国するための妻の計画に聞き入った。

クリスはくすくす笑いだして、剃刀《かみそり》を置きながら言った。「それじゃひげでも生やそうかな」

クリスとスーは永年の間に、郵便局で買物をする何人かの客と親しくなっていた。彼らは手分けして二枚の紙に、スーが求める必要条件をそなえた客の名前を残らず書きだした。その結果総勢二十四名、女性十三名に男性十一名の候補者のリストができあがった。それ以後、疑うことを知らぬ常連客が店にやって来るたびに、スーかクリスは目的がひとつしかない会話に相手を誘いこんだ。

「今年のクリスマスは旅行におでかけの予定なんでしょう、ミセス・ブルーワー？」

「いいえ、ミセス・ハスキンズ、息子夫婦が生まれたばかりの孫娘を見せに、イヴにわが家へ来ることになっていますのよ」

「それはお楽しみですわね、ミセス・ブルーワー」と、スーは言った。「クリスとわたしは合衆国でクリスマスを過ごそうかと考えているんですよ」

「羨《うらやま》しいわ」と、ミセス・ブルーワーは言った。「恥ずかしながら、わたしはアメリカはもちろん、一度も外国へ行ったことがないんですよ」

ミセス・ブルーワーは第二ラウンドまで進んでいたが、次の訪問までふたたび質問されることはないだろう。

九月末までに、ほかの七人の名前が最終候補者リストでミセス・ブルーワーに追加された——女性四人と男性三人の全員が五十一歳から五十七歳までの間で、一度も外国へ行ったことがないというひとつの共通点があった。

ハスキンズ夫妻が次の問題に直面したのは、出生証明書の申請書を記入する時だった。これにはそれまでよりはるかに詳しい質問が必要で、最終候補のだれか一人が少しでも疑念を示すと、スーもクリスも即座に引きさがった。十月の初めまでに、候補は無意識のうちに生年月日、出生地、母親の旧姓と父親の姓を彼らに教えてしまった四人の客に絞られた。

ハスキンズ夫妻が次に訪れたのはセント・ピーターズ・アヴェニューにあるブーツ薬局で、二人は順に小さなボックスの中に坐《すわ》って、一回二ポンド五十ペンスで数枚続きの顔写真を撮った。やがてスーは知らぬが仏の四人の常連客に代わって、パスポート申請に必要な書類の記入に取りかかった。必要事項を記入した申請書に、自分とクリスの顔写真と、四十二ポンドの郵便為替を同封した。郵便局長のクリスは、スーが記入した各申請書の下端に、嬉々《きき》として自分の本物の署名を書き入れた。

十一月十一日の水曜日に、ミスター・レグ・アプルヤード宛《あて》の一通目のパスポートがヴィクトリア・クレッセントに到着した。その二日後に、ミセス・オードリー・ラムズボトム宛の二通目が、その翌日にミセス・ベティ・ブルーワー宛の三通目が、そして一週間後に最後のミスター・スタン・ジラードのパスポートが到着した。

　すでにスーがクリスに指摘していたように、彼らは男女一組のパスポートを使って出国したあと、それを廃棄してもう一組のパスポートの身分になりかわる必要があった。だがそうするのはアルブフェイラで住む場所を見つけてからだった。

　クリスとスーは店に二人だけでいるときはいつもポルトガル語会話の勉強を続け、その一方で常連の客には、クリスマス休暇中にアメリカへ行く予定なので家を留守にすると伝えていた。詮索《せんさく》好きな相手には、サン・フランシスコで一週間過ごしたあとシアトルに数日滞在するつもりだと、詳しい日程まで教えた。

　十一月の第二週に入ると、《返金保証作戦《オペレーション・マネー・バック・ギャランテイード》》を開始するすべての準備が整った。

＊　＊　＊

金曜日の朝九時、スーは本部に週一度の電話をかけた。暗証番号を入力すると前渡し資金部に電話がつながった。いつもと違うのは、自分の心臓の鼓動が聞こえることだけだった。もう一度暗証番号を繰りかえしてから、翌週必要とする現金の額を担当者に伝えた——それはどこの郵便局でも普通預金、年金、郵便振替の現金化などの支払いをカヴァーできるだけの高額だった。本部からやって来る計理士が毎月末に帳簿をチェックするが、クリスマス前はチェックがかなり甘かった。一月には帳簿を締めるために厳重な監査が行われるが、クリスもスーも一月にはもうイギリスにいるつもりはなかった。過去六年間、スーの帳簿は常に帳尻《ちょうじり》が合っていて、本部から模範的な局長と評価されていた。

スーは前年の同じ週に依頼した金額を思いだすために、記録を調べる必要があった——その額は四万ポンド、結果的に必要な額よりも八百ポンド多かった。今年は六万ポンドを依頼して、担当者がなにか言って来るのを待ったが、本部は驚きも心配もしていないようだった。次の月曜日に全額が現金輸送車で届けられた。

その一週間クリスとスーは顧客への支払いを忠実に実行した。もともと常連客から金を騙《だま》し取ることを意図したわけではなかったが、それでも第一週の終りには手元に二万一千ポンドの現金が残った。彼らは万にひとつ、本部のこうるさい役人が抜打ち検査を思い立った場合にそなえて、現金——使い古しの紙幣だけ——を金庫にしまいこんだ。

スーが六時に入口のドアを閉めてブラインドを下ろすと、二人はもうポルトガル語しか話さずに、郵便振替を記入したり、スクラッチ・カードを削ったり、宝くじのナンバーを記入したりして夜を過ごした。仕事中に何度も居睡《いねむ》りした。

クリスは毎朝早起きして、スタンプスだけをお供に古ぼけたローヴァーに乗り込んだ。そして東西南北に車を走らせて——月曜日はリンカン、火曜日はラウス、水曜日はスケグネス、木曜日はハル、金曜日はイミンガムといった具合に——行く先々で何枚かの郵便振替を現金化したり、スクラッチ・カードと宝くじの賞金を受け取ったりして、金庫にしまってある新たな貯《たくわ》えに毎日数百ポンドの臨時収入を追加した。

二週目に入った十一月最後の金曜日に、スーは本部に七万ポンドの送金を依頼し、その結果翌土曜日には隠された貯えにさらに三万二千ポンドを加えることができた。

十二月の最初の金曜日に、スーは賭金《かけきん》を八万ポンドに釣りあげたが、意外なことに本部からは今度もなにも質問されなかった。考えてみれば、スー・ハスキンズは理事会から特別表彰された〈年間最優秀局長〉なのだから、なんの不思議もなかった。月曜日の早朝、約束通り現金輸送車が全額を現金で運んできた。

さらに一週間の稼ぎが積み重なって、賭金の総額はまた三万九千ポンド増えたが、テーブルには手の内を見せろとスー・ハスキンズに要求するほかの賭手が一人もいなかった。余った現金は今や十万ポンドを大きく上まわり、きちんと束ねた使い古しの紙幣が、金庫の奥に眠る四通のパスポートの上に積みあげられていた。

　クリスは夜もろくに眠らずに、おびただしい数の郵便振替に署名したり、スクラッチ・カードを削ったりし続け、ベッドに入る前には無数の宝くじに数字の組合せを記入した。昼間は半径五十マイル以内のすべての郵便局を訪れて賞金を受け取ったが、彼の献身的な努力にもかかわらず、十二月の第二週までにハスキンズ夫妻が回収できたのは、当初の投資額二十五万ポンドの半分をわずかに上回る金額に過ぎなかった。

　スーはクリスマス・イヴまでに全額回収することを望むなら、より大きなリスクを冒す必要があるとクリスに警告した。

　第四週に入った十二月の第二金曜に、スーは本部に電話をかけて十一万五千ポンドの送金を要請した。

「クリスマスは忙しくなりそうですね」と、電話の相手が言った。疑いを持たれた最初の兆候かもしれないと思ったが、スーは前もって考え抜いた答えを用意していた。

「休む暇もなさそうですわ」と、スーは答えた。「でも忘れないでください、クリーソープスはイギリスのほかのどの海辺の町よりも、引退した人たちが多く住む町なんですよ」

「毎日なにかしら新しいことを学ぶものですね」電話の相手は言った。そして付け加えた。「ご心配なく、現金は月曜日に届きます。今後もよいお仕事を」「そのつもりです」と、スーは約束し、そのやりとりに勇気づけられて、クリスマス前の最後の週の分として十四万ポンドの送金を依頼した。十五万ポンド以上になるとロンドン本部の上司の承認が必要なことを知っていたからである。

スーがクリスマス・イヴの六時にブラインドを下ろしたとき、二人ともくたびれきっていた。

先に元気を回復したのはスーのほうだった。「ぐずぐずしちゃいられないわ」と夫に言って、中身がぎっしり詰まった金庫に近づいた。暗証番号を入れてドアを開け、夫婦の現在の口座から全額引きだした。続いて紙幣を五十、二十、十、五ポンドの額面ごとにきちんと仕分けして、カウンターの上に積みあげてから、金額をかぞえ始めた。

クリスは最終的な数字をチェックして、残高が二十六万七千三百ポンドであることを確認した。そのうち一万七千三百ポンドを金庫に戻してロックした。結局、彼らは儲けるつもりはなかった――それは盗みに相当する行為だからである。スーが千ポンドずつ束ねて輪ゴムをかけ、クリスが二十五万ポンド分の札束を用心深くイギリス空軍の古いダッフル・バッグに詰めた。八時には出発の準備が整った。クリスは非常ベルのスイッチを入れ、裏口からこっそり外に出て、ローヴァーのトランクの、妻が朝のうちに積み込んでおいた四個のスーツケースの上にダッフル・バッグを重ねた。スーが助手席に乗りこむと、クリスがキイを回した。

「忘れものよ」と、スーがドアを閉めると同時に言った。

「スタンプス」二人は異口同音に言った。クリスがエンジンを切り、車から下りて局内へ戻った。再度暗証番号を打ちこんでアラームを解除し、裏口のドアから入ってスタンプスを探した。スタンプスは台所で眠っていて、暖いバスケットから引っぱりだされて車のバックシートに乗せられるのをいやがった。この人たちは今日がクリスマス・イヴだということに気がついていないのだろうか？

クリスは再度アラームをセットして、ドアをロックした。

午後八時十五分、ハスキンズ夫妻はケント州のアシュフォードへの旅に出発した。スーはだれかが自分たちの不在に気づくまで、まるまる四日間の余裕があるだろうと計算していた。クリスマス当日、贈物の日《ボクシング・デイ》、日曜日、月曜日（銀行休日）、そして火曜日の朝には仕事に戻っているという想定だが、そのころ彼らはアルガルヴェで家探しをしているはずだった。

二人はケントまでの長い道中、ほとんど言葉を交わさず、ポルトガル語さえ話さなかった。スーは自分たちがここまでやってのけたことが信じられず、クリスはしかも計画がばれなかったことにさらに驚いていた。

「まだ油断はできないわ」と、スーが釘《くぎ》を刺した。「アルブフェイラに辿《たど》り着くまでは。それにわたしたちはもう同姓じゃないことを忘れないでね、ミスター・アプルヤード」

「長い結婚生活の後で同棲《どうせい》というわけだね、ミセス・ブルーワー」

クリスは夜の十二時過ぎ間もなく、娘の家の前で車を停めた。トレイシーがドアを開けて母親を迎える間に、クリスが一個のスーツケースとダッフル・バッグをトランクから下ろした。トレイシーはこれほど疲れているような両親を見るのは初めてで、しかも夏に会ったときから二人ともずいぶん老《ふ》けたように感じた。たんに長旅をして来たためだけかもしれなかった。トレイシーは両親をキッチンへ案内して坐らせ、ティーをふるまった。二人はほとんど口を利《き》かず、やがてトレイシーに急《せ》きたてられてベッドに入るときも、父親は娘が古ぼけたダッフル・バッグを来客用のベッドルームまで運ぼうとするのを断わった。

スーは外の通りで車が停まる音を聞くたびに目を覚ました。ＰＯＬＩＣＥという太い蛍光文字が車体に書かれているのではないかと心配だった。クリスは玄関の呼鈴が鳴り、だれかが階段を駆けあがって来て、ベッドの下からダッフル・バッグを引きだし、二人を逮捕して最寄りの警察署へ連行する光景を想像した。

眠れぬ一夜が明けて、二人はキッチンでトレイシーと一緒に朝食をとった。

「クリスマスおめでとう」と、トレイシーが両親の頬にキスをした。だが二人とも答えなかった。今日がクリスマスだってことを忘れたのかしら？　娘がテーブルの上に置いておいた二個のプレゼントの包みを見て、二人とも困り果てたような顔をした。トレイシーにプレゼントを買うのを忘れていたので、十代の少女時代から絶えて久しい方法、すなわち物ではなく金を贈る方法で問題を解決した。トレイシーはクリスマス・シーズンの忙しさと、アメリカ旅行の興奮だけが、両親に彼らしくない行動をとらせた理由であることを願った。

ボクシング・デイは前日より少しはましだった。スーとクリスは、しばしば長い沈黙に陥りはしたものの、よりくつろいでいるように見えた。昼食後、トレイシーはスタンプスを連れて丘陵地帯《ダウンズ》へ散歩にでかけ、新鮮な空気を吸って来たらどうかと勧めた。長い散歩の間に、一方がある事を途中まで言いかけて口をつぐんだ。すると数分後にもう一方がその先をしまいまで続けるという具合だった。

日曜の朝になると、トレイシーの目には両親がすっかりまともに見え、アメリカ旅行のことさえ話題にするようになった。それでも気がかりなことがふたつあった。両親がダッフル・バッグを持ち、スタンプスを連れて階段を下りるとき、疑いもなくポルトガル語を話していたことがひとつ。もうひとつは留守の間スタンプスを預って世話をしてあげると申しでたのに、なぜわざわざアメリカまで連れて行くのかという疑問だった。

次の驚きは、彼らが朝食後ヒースローへ出発したときにやって来た。父親がダッフル・バッグとスーツケースを車のトランクに積みこむとき、驚いたことにすでに三つの大きなバッグが積まれているのが見えた。たった二週間の旅行になぜそれほどの大荷物が必要なのだろうか？

トレイシーは歩道に立って、通りを走りだした両親の車に手を振って別れを告げた。古ぼけたローヴァーは通りのはずれに達すると、左ではなく、ヒースローとは反対の方角に右折した。どこか妙だった。トレイシーはモーターウェイのはるか手前で方向転換をするのだろうと考えて、このミスを忘れることにした。

クリスとスーはモーターウェイに合流すると、ドーヴァーの標識に従って進んだ。もう後戻りはできないのだと考えると、二人ともますます緊張した。スタンプスだけは後ろの窓から外を眺めて、尻尾《しっぽ》を振りながらこの冒険を楽しんでいるようだった。

ミスター・アプルヤードとミセス・ブルーワーは、もう一度自分たちの計画をおさらいした。埠頭《ふとう》に到着したら、彼女は車から下りて乗船を待つ車なしの旅行者の列に並び、クリスがローヴァーを運転して車輛《しゃりょう》用ランプを昇り、フェリーに乗りこむ。二人はフェリーがカレーに到着し、クリスが上陸するまで会わない約束だった。

スーはタラップの下に立って、列のしんがりで緊張して待ちながら、ローヴァーが船倉の入口へゆっくりと進むのを見守った。税関吏の一人がクリスのパスポートを再チェックしてから、車から下りて横に立つことを求めたとき、彼女の心臓は早鐘を打った。駆け寄って税関吏とクリスのやりとりを立ち聞きしたくなるのを、必死でこらえなくてはならなかった。——もはや夫婦ではないのだから、そんな危険を冒すわけにはいかなかった。

「おはよう、ミスター・アプルヤード」と税関吏が言い、車の後部を覗《のぞ》いて付け加えた。「この犬を外国へ連れて行くつもりですか？」

「ええ、そうです」と、クリスが答えた。「どこへ行くにもスタンプスが一緒なんですよ」

税関吏はミスター・アプルヤードのパスポートをより注意深く点検した。「しかし、犬を外国へ連れて行くのに必要な書類をお持ちじゃないようですね」

クリスは大粒の汗が額を伝い落ちるのを感じた。スタンプスの書類は、クリーソープスの金庫に残して来たミスター・ハスキンズのパスポートに添付されたままだった。

「しまった」と、クリスは言った。「書類を家に忘れて来てしまったようだ」

「運が悪かったですな。次のフェリーは明日のこの時間までないので、帰るところが遠くじゃないといいんですが」

クリスは途方に暮れて妻のほうに視線を向けてから、車の中に戻った。後ろのスタンプスを見ると、自分のせいで問題が起きたのも知らずに、ぐっすり眠っていた。クリスは車をUターンさせ、乗船を許されなかった理由を知りたくてじりじりしながら待っている心配顔のスーのもとへ戻った。理由を説明すると同時に、彼女が「クリーソープスへ戻るのは危険だわ」とだけ言った。

「わたしもそう思う」と、クリスが言った。「アシュフォードへ戻って、銀行休業日も営業している獣医を探そう」

「そんなの計画になかったわ」

「わかってる。しかしスタンプスを置いて行くわけにはいかんだろう」

スーが頷《うなず》いて同意した。

クリスがローヴァーを幹線道路に乗り入れて、アシュフォードへ戻る旅に出発した。ハスキンズ夫妻は娘の昼食にちょうど間に合うように到着した。トレイシーはさらに二日間両親と一緒に過ごせることを喜んだが、彼らがなぜスタンプスを自分に預けようとしないのか、依然として納得が行かなかった。まさか一生戻らない旅にでかけるわけでもあるまいに。

クリスとスーはまた寡黙《かもく》な一日と眠れぬ一夜をアシュフォードで過ごした。二十五万ポンドが入ったダッフル・バッグはベッドの下に押しこまれた。

月曜日に、親切な地元の獣医がスタンプスに必要なすべての注射を引き受けてくれた。そして証明書をミスター・アプルヤードのパスポートに添付してくれたが、もう時間が遅すぎて最終のフェリーに間に合わなかった。

ハスキンズ夫妻は月曜の夜一睡もできず、翌朝街灯が消えるころには、二人とももはや予定を強行するのは無理だと悟っていた。彼らはベッドの中で新しいプランを考えた——今度は英語で。

クリスとスーは翌日の朝食後に、ようやく娘の家を出発した。通りのはずれに達すると、今度は右ではなしに左に曲がってトレイシーを安心させてから、クリーソープスの方角へ戻り始めた。ヒースロー出口を通過するころには、新しい計画がまとまっていた。

「家へ帰ったらすぐに」と、スーが言った。「お金を全部金庫に戻すのよ」

「来月郵政公社の計理士が年次監査を行うとき、そんな大金を持っていることをどう説明したものかな？」と、クリスが尋ねた。

「わたしたちが新たに送金を依頼しないかぎり、向うが金庫に残ったお金をチェックしに来るころには、通常の営業を行うだけでキャッシュの大部分を処分できているはずよ」

「すでに現金化してしまった郵便振替はどうなる？」

「その分をカヴァーするくらいのキャッシュはまだ金庫に残っているわ」

「しかしスクラッチ・カードや宝くじは？」

「その差額は自腹を切って埋め合わせなきゃ——そうすればばれっこないわ」

「そうだな」クリスは数日ぶりにほっとした口調で言ってから、パスポートのことを思いだした。

「パスポートは燃やしてしまうのよ」と、スーが言った。「家へ帰ったらすぐに」

リンカンシャーの州境を越えるころ、ハスキンズ夫妻は、たとい格下げになったとしても郵便局の経営を続ける決心をしていた。スーは残された販売権をできるだけ利用し続ける一方で、店頭で売れる新たな商品について、早くもいくつかのアイディアを思いついていた。

　クリスが角を曲がってヴィクトリア・クレッセントに車を乗り入れたとき、スーの口元に微笑が浮かんだが、その微笑は点滅するブルーのライトを見たとたんに消えた。年代物のローヴァーが停車すると、十人余りの警官が車を取り囲んだ。

「くそっ」と、スーが毒づいた。母親連合《マザーズ・ユニオン》の委員長にしては乱暴な言葉だとクリスは思ったが、考えてみれば彼自身もそう叫びたい気分だった。

　ハスキンズ夫妻は十二月二十九日の晩に逮捕された。二人はクリーソープス署へ連行され、別々の取調室に入れられた。どちらもあっさり白状したので、警察はよい警官と悪い警官の芝居をする必要がなかった。彼らは別々の独房で一夜を過ごし、翌朝郵政公社の資産二十五万ポンドの横領と、虚偽の申請による四通のパスポートの取得容疑で起訴された。

　二人は両方の容疑に関して有罪を認めた。

　スー・ハスキンズは刑期のうちの四か月間を服役した後で、モアトン・ホールから釈放された。クリスはその一年後に出所した。

クリスは獄中で別のプランを練った。だが、彼が釈放されたとき、ブリタニア・ファイナンスは融資を断わった。ミスター・トレメインはすでに退職していたから、断わられて当然だった。

ハスキンズ夫妻はヴィクトリア・クレッセントの所有権を十万ポンドで売却した。それから一週間後に古ぼけたローヴァーに乗ってドーヴァーを目ざし、正規のパスポートを提示してフェリーに乗船した。アルブフェイラの海岸通りに恰好《かっこう》の場所を見つけると、フィッシュ・アンド・チップスの店を開業した。ハスキンズの店はまだ地元の人々には人気がなかったが、毎年何万人ものイギリス人がアルガルヴェ県に押し寄せて来るからには、客には事欠かないはずだった。

わたしはこの新しい店にリスク覚悟で少額の投資をした人間の一人で、ありがたいことに投資した全額に利息までプラスしてすべて回収できた。これだから世の中は面白い。だがグレイ判事も言うように、ハスキンズ夫妻は犯罪者ではなかった。

ひとつだけ補足しておこう。スタンプスはスーとクリスの服役中に死んだ。

マエストロ

わたしの知る限り、卑屈な態度を見せずに奉仕する能力をそなえているのはイタリア人だけである。フランス人と来たら、あなたのお気に入りのネクタイにべったりソースをこぼしても、申し訳なさそうな顔をするどころか、逆にフランス語で客に悪態をつく。中国人は一言も口を利《き》かないし、ギリシア人にいたっては、客を一時間もほったらかしにしてメニューさえ出さずに平然としている。アメリカ人はウェイターは仮の姿で、本当は失業中の俳優であることを縷々《るる》説明し、挙句の果てにまるでオーディションでも受けているように、メニューの特別料理の名前を朗々と読み上げる。イギリス人はあなたを長ったらしい会話に引きずり込んで、あなたが客を招待しているのに彼らと食事をしなければならないような気分にさせるし、ドイツ人と来た日には……さて、ドイツ・レストランで最後に食事をしたのはいつのことだったったっけ？

そんなわけで、イタリア人はいいところを独り占めにする。彼らはアイルランド人の魅力と、フランス人の料理の腕と、スイス人の几帳面《きちょうめん》さを併せ持ち、いつも計算の合わない請求書を突きつけられながら、客は彼らに金をむしり取られても文句を言わない。

マリオ・ガンボッティのケースがまさにそれだった。

マリオはフィレンツェの古い家系の出で、歌も歌えず、絵も描けず、サッカーもできないところから、ロンドンに住む同国人のもとに喜んで身を寄せて、レストラン・ビジネスの修業を始めた。

わたしがフーラムにある彼のこぢんまりした人気レストランへ昼食に行くたびに、ミネストローネ・スープとスパゲッティ・ボロネーゼとキアンティ・クラシコのボトルを注文しても、本心はいざ知らず、決して非難を顔には出さなかった。

「すばらしいチョイスですね、マエストロ」と、わたしの注文をメモもせずに絶讃《ぜっさん》する。このマエストロにご注目あれ。ミロードではおべっかに聞えるし、二十年のつきあいでサーは滑稽《こっけい》だが、マエストロなら、彼がわたしの本を一冊も読んでいないことを確かな筋（彼の奥さん）から聞いているだけに、たいそう耳に快い呼び方に聞える。

わたしがノース・シー・キャンプ開放型刑務所で服役中に、マリオは所長に手紙を書いて、ある金曜日に刑務所を訪れてわたしのために昼食を作る許可を求めた。所長はこの申入れを面白がって、公式の返信を認《したた》め、自分がこの頼みを聞き入れれば、いくつかの刑罰規則に違反するばかりでなく、疑いもなくタブロイド新聞の見出しを賑《にぎ》わすことになる、と説明した。所長の返信のコピーを見せられたとき、わたしは常にあなたの友なるマイケルという署名を見て驚いた。

「所長もマリオの客ですか？」と、わたしは質問した。

「いや」と、所長は答えた。「かつて彼がわたしの客だったんだ」

マリオの店はチェルシーのフーラム・ロードにあって、このレストランの人気は調理場を預る妻のテレサに負うところが少くない。マリオは接客専門である。わたしは金曜日によくランチに行くが、二人の息子たちと、メニューよりもひんぱんに顔ぶれが変わる彼らの最新のガールフレンドたちを一緒に連れて行くことが多い。

この店に何年も通ううちに、客の多くが常連であることに気がついた。そのため、われわれはみなメンバーでなければテーブルを予約することがほぼ不可能な、超高級クラブの会員であるような気がしてくる。しかしながら、マリオの店の人気を真に証明するのは、このレストランがクレジット・カードを受けつけないという事実である――小切手、現金、つけの客はみな歓迎されるが、**ノー・クレジット・カード**という太字が、すべてのメニューの末尾に印刷されている。

毎年八月には休業して、ガンボッティ一家は郷里のフィレンツェへ戻り、ガンボッティ一族のほかの人々と再会する。

マリオはイタリア人の典型である。彼の赤いフェラーリはこれ見よがしにレストランの前に駐《と》められているし、ヨットは——わたしの息子のジェイムズの証言によれば——モンテ・カルロに係留されているし、子供たち、トニー、マリア、ロベルトはそれぞれセント・ポールズ、チェルトナム、サマー・フィールズ校に通っている。結局、子供たちが将来金をふんだくれそうな上流階級と付き合っておくことが肝心なのだ。そしてオペラで顔を合わせるたびに——ヴェルディやプッチーニ、間違ってもワグナーやウェーバーではない——彼らはいつも貸切りのボックスに坐《すわ》っている。

となると、それほど抜目がなくて頭の切れる男が、何故《なにゆえ》女王陛下の刑務所に入ることになったのか、とあなたは疑問に思うだろう。アーセナル対フィオレンティーナのサッカー試合の後で、殴り合いにでも捲《ま》き込まれたのか？　フェラーリを飛ばし過ぎて、運悪くスピード違反でつかまったのか？　それとも人頭税を払い忘れたのか？

ここで女王陛下のもうひとつの施設で働く、ミスター・デニス・カートライトが登場する。

ミスター・カートライトは国税庁の税務査察官だった。彼がレストランで食事をすることはめったになく、もちろんマリオの店のような高級店は論外だった。彼と妻のドリスが〝イタリアンへ行く〟ときは、ピッツァ・エクスプレスと決まっていた。しかしながら、彼はミスター・ガンボッティのビジネスに大いに関心を持ち、地元の税務署に申告している売上高でどうしてあのようなライフ・スタイルを維持できるのか不思議でならなかった。要するにこのレストランは、二百万ポンド超の売上げがありながら、たった十七万二千ポンドの利益しか計上していなかったのである。だから、税金を支払った後でミスター・ガンボッティが自宅へ持ち帰るのは——デニスが数字を刻明にチェックしたところ——十万ポンド強に過ぎなかった。高級住宅地チェルシーに居を構え、三人の子供たちを私立学校へ通わせ、フェラーリを乗り回し、モナコに係留するヨットは言うまでもなく、フィレンツェにさえなにがあるかわからないとなると、いったいどんな魔法を使っているのか？　こうと決めたら断固やり抜くミスター・カートライトは、その秘密を暴《あば》いてやろうと決意した。

税務査察官はマリオの店の帳簿の数字を隅から隅までチェックしたが、帳尻《ちょうじり》はきちんと合っているし、おまけにミスター・ガンボッティは一度も納税期限に遅れたことがないという事実を認めざるをえなかった。だがミスター・カートライトは、ミスター・ガンボッティが多額の現金収入を隠していることを少しも疑わなかった。問題はその方法だった。どこかに見落としがあるに違いなかった。カートライトは真夜中に跳び起きて大声で叫んだ。「ノー・クレジット・カード」その声で妻を起こしてしまった。

翌朝カートライトは帳簿を再チェックした。思った通りだった。クレジット・カードによる売上げの記録がなかった。すべての小切手が適切に処理され、掛売りはすべて記録されているのに、クレジット・カードによる売上げがないことを考えると、申告された現金の額は総売上げに比べてまったく不釣合いなほど少いように思えた。

カートライトは人に言われるまでもなく、ガンボッティがどんな方法でこれほど多額の現金を溜《た》め込んでいるのかという謎《なぞ》を解くために、マリオの店で長い時間をかけて食事をすることを、お偉方が許すはずがないことを知っていた。査察部長のミスター・ブキャナンは、内部でなにが起きているかを探るための二百ポンドの前払いをデニスに認めたが――一ペニーたりとも使途不明金は許されなかった――それさえも、ガンボッティを鉄格子《てつごうし》の中に送り込むのに充分な証拠を集められなければ、ほかのレストラン経営者たちに虚偽の申告をやめさせる見せしめにはならないとデニスに指摘されて、渋々認めたものだった。

カートライトはマリオの店のテーブルを予約するのに一か月かかったことに驚いた。しかもようやく予約ができたのは、すべて自宅からかけた数回の電話の後だった。彼はドリスに一緒に行ってくれと頼んだ。独りでテーブルに坐ってメモを取るよりは、そのほうが怪しまれずに済むだろうと思ったからである。上司はこの作戦に賛成したが、勘定の半分、妻の分は自腹を切るようにと釘《くぎ》を刺した。

「官費で賄《まかな》おうなんて夢にも思っていませんよ」と、デニスは上司を安心させた。トスカーナ風豆スープとニョッキのランチを取りながら――この店での食事を一度で終らせるつもりはなかった――デニスは店主の動きを仔細《しさい》に観察した。店主はあちこちのテーブルを回り歩き、世間話をしたり、客の気まぐれな頼みを聞いてやったりしていた。デニスの妻は夫が上の空であることに気付かずにいなかったが、夫が彼女の誕生日以外に外の食事に誘ってくれることなどめったになかったので、黙って見過ごすことにした。

カートライトは、店内に三十九のテーブルがあって（念のために二度かぞえた）、およそ百二十人の客がいることを、記憶に刻みつけた。また、ゆっくり時間をかけてコーヒーを飲みながら、マリオがいくつかのテーブルに二度客を案内したことにも気がついた。三人のウェイターがあっという間にテーブルから食器を下げ、テーブルクロスとナプキンを取り替えて、まるで今日はまだだれもその席に坐っていないかのように見せかける早技に驚いた。

マリオが勘定書を持って来ると、カートライトは現金で支払って領収書を要求した。店を出てドリスが運転する車で帰宅する途中、忘れないうちに関連のある数字を小さな手帳に書き留めた。

「とてもおいしかった」と、ロムフォードへの帰り道で妻が感想を述べた。「そのうちまた行きたいわ」

「いいとも、ドリス」と、彼は約束した。「また来週行くとしよう」そこで一瞬間《ま》があった。「テーブルを予約できたらだが」


カートライト夫妻は結局三週間後に、今度はディナーのために店を訪れた。デニスはマリオが名前を覚えてくれていたばかりか、前回と同じテーブルに案内してくれたことに感激した。この日カートライトは、マリオが劇場開演前の予約——ほぼ満席、ディナーの客——満席、劇場終演後の客——ふさがったテーブルが半分と、三交替でテーブルを回転させていることに気がついた。そしてラスト・オーダーは十一時と遅かった。

カートライトはその晩このレストランを通過した客の数は三百五十人近いと推定した。それにランチタイムの客を加えれば、トータルで一日五百人超というところだった。また、そのうちほぼ半数は現金で支払いをしたものと見当をつけたが、依然としてそのことを証明する手だてはなかった。

デニスのディナーの請求書は七十五ポンドだった（興味深いことに、レストランの料金は、まったく同じ料理を出しながら、なぜかランチよりもディナーのほうが高いように思える）。カートライトは客一人当たりの請求書は、おそらく少なめに見積っても二十五ポンドから四十ポンドの間だろうと推定した。従ってどの一週間を取っても、マリオは少なくとも三千人の客にサーヴィスして、週に約九万ポンド、つまり八月を除いても年間四百万ポンド以上を売上げているに違いなかった。

カートライトは翌朝役所に出勤すると、もう一度レストランの帳簿を調べなおした。ガンボッティは二百十二万ポンドの売上げと、経費を差引いて十七万二千ポンドの利益を申告していた。残りの二百万はいったいどうなってしまったのか？

カートライトは途方に暮れていた。夕方帳簿を家へ持って帰り、深夜までかかって数字を調べ続けた。

「わかったぞ《ユリーカ》」彼はパジャマに着替える直前に叫んだ。経費の一項目の計算が合わなかった。翌朝、上司に面会する約束を取りつけた。「この項目の一週間分の数字の詳細を調べる必要があります」と、デニスは経費の一項目を指さしながら、ミスター・ブキャナンに言った。「ただし」と、彼は付け加えた。「わたしがなにを調べているかを、ミスター・ガンボッティに気づかれないことが肝心です」ミスター・ブキャナンは、もうマリオの店で食事はしないという条件で、彼が役所を留守にすることを許可した。

カートライトはその週末の大部分を費して計画を練り上げた。自分の狙《ねら》いをガンボッティに感づかれたら、犯跡をくらます時間を与えてしまうことになるからである。

月曜日、カートライトはいつもより早起きして、役所に出勤せずにフーラムへ車を走らせた。マリオのレストランの入口を見通せる横町にシュコダを駐《と》めた。そして内ポケットから手帳を取りだし、その朝店にやって来た業者の名前を一人残らず書きとめた。

最初に到着して、レストラン玄関前のダブル・イエロー・ラインに駐車したのは、名の通った青果業者で、続いて数分後には有名食肉店が到着した。次に積荷を下ろしたのは人気の花屋で、その後にワイン商、鮮魚商、そして最後にカートライトが待っていた車——クリーニング店のヴァンが現われた。運転手は三つの大きな籠《かご》を下ろして店内に運び込むと、別の三つの籠を外に引きずりだして走り去った。会社の名前、アドレス、電話番号がヴァンの横腹に大書されていたので、カートライトはその車を尾行する必要がなかった。

正午少し前に役所に出勤した。ただちに上司のもとへ行って、クリーニング店の抜打ち検査を行う許可を求めた。ミスター・ブキャナンはふたたび部下の申入れを許可したが、今度は慎重にやるようにという条件づきだった。業者が彼の狙いに気づかないように、所定の検査という形をとるよう入れ知恵した。「少し時間はかかるかもしれないが」と、ブキャナンは付け加えた。「長い目で見ればそのほうが成功率がはるかに高い。今日わたしが書面で連絡しておくから、あとはきみが先方の都合のよい日を決めてくれ」

デニスは上司の助言に従った。つまり彼がマルコ・ポーロ・クリーニング店を訪問したのはそれから三週間後だった。約束の日にクリーニング店に到着した彼は、この訪問の目的は所定の検査以外の何物でもなく、不正摘発が目的ではないと、店長に来意を告げた。

デニスはまる一日かけてマルコ・ポーロのすべての得意先との取引をチェックし、マリオのレストランに出くわしたときだけ詳細なメモを取った。正午までに必要な証拠はすべて集め終っていたが、だれにも怪しまれないように、五時までは店に止《とど》まって調査を続けた。仕事を終えて引き揚げるとき、おたくの帳簿は完璧《かんぺき》だから、追跡調査の必要はないと店長に告げた。だが、マルコ・ポーロの最大の顧客先の一軒に対して追跡調査が行われることは伏せておいた。

カートライトは翌朝八時には役所のデスクに坐って、ボスの出勤前に報告書を仕上げようとしていた。

九時五分前にミスター・ブキャナンが到着すると、デニスはしてやったりという表情を浮かべて、さっと立ち上がった。彼がニュースを伝えようとすると、上司は唇に人差指を立てて、自分の部屋へついて来るようにと合図した。ドアが閉まると、デニスはテーブルに報告書を置いて、調査結果を詳しく説明した。ミスター・ブキャナンが資料を熟読し、その意味するところを熟慮する間、彼は辛抱強く待った。ようやく上司が顔を上げて、デニスにもう話してもよいぞと身ぶりで伝えた。

「これによると」と、デニスは切り出した。「ミスター・ガンボッティは過去十二か月間毎日二百枚のテーブルクロスと五百枚以上のナプキンを、マルコ・ポーロへクリーニングに出しています。ところがこっちの記帳を見ると」と、彼はテーブルの反対側の開かれた帳簿を指さして続けた。「ガンボッティは一日に百二十件の予約、客の数にして約三百人しか申告していません」デニスは税の専門家として止めの一撃を加える前にひと呼吸おいた。「実際にはさらに四万五千人の客を受け入れたのでなかったら、なぜ毎年さらに三千枚のテーブルクロスと四万五千枚のナプキンを洗濯《ロンダード》に出す必要があったのでしょうか？」デニスはふたたび間をおいた。「それは彼が金を洗濯《マネー・ロンダーリング》していたからですよ」デニスは明らかに自分のちょっとした語呂《ごろ》合せが気に入っていた。

「お手柄だったな、デニス」と、査察部長は言った。「詳細な報告書を作成してくれ。わたしのほうから脱税摘発部に届けさせるよ」

マリオがいかに脳みそを振り絞っても、三千枚のテーブルクロスと四万五千枚のナプキンを、皮肉屋の弁護士ミスター・ジェラルド・ヘンダーソン相手に釈明することは不可能だった。依頼人に対する弁護士の助言はただひとつ、「有罪を認めなさい、あとはわたしが取引できるかどうか交渉してみる」

国税庁はマリオのレストランから二百万ポンドを追徴することに成功し、判事はマリオ・ガンボッティを六か月の刑期で刑務所に送りこんだ。結局彼はわずか四週間しか服役しなかった――模範囚として三か月減刑され、初犯だったので、さらに二か月間足首にＩＣタグを付けての帰宅を許された。

やり手の弁護士、ミスター・ヘンダーソンは、公判日を七月の最後の週に持って行くことまでやってのけた。彼はミスター・ガンボッティの高名な勅選弁護士が出廷できるのはその日しかないと、裁判長に説明した。七月三十日という公判日に、関係者全員が同意した。

ロンドン南部の重警備刑務所ベルマーシュで一週間過ごした後、マリオはリンカンシャーにある開放型刑務所ノース・シー・キャンプに移されて、そこで刑期を勤めあげた。マリオの弁護士がその刑務所を選んだのは、リンカンシャーの草深い沼沢《しょうたく》地帯なら、彼が昔からの店の常連客に会う可能性は少いだろうという理由からだった。

一方、ガンボッティ一家のほかのメンバーは、八月にフィレンツェへ飛んだが、今年はマリオが一緒に来られなかったわけを、親戚《しんせき》のおばあちゃんたちも納得するように説明することはできなかった。

マリオは九月一日月曜日の九時に、ノース・シー・キャンプから釈放された。正門を通って外へ出ると、出迎えに来た息子のトニーが父親のフェラーリに乗って待っていた。それから三時間後、マリオはレストランの玄関に立って最初の客を迎えた。何人かの常連が、休暇で留守にしている間に少し痩《や》せたようだと言い、ほかの何人かはすっかり日焼けしてとても元気そうに見えると言った。

マリオの出所から六か月後に、昇進したばかりの査察副部長が、ふたたびマルコ・ポーロの洗濯物の抜打ち検査を思い立った。今回は予告なしで店に現われた。経験豊かな査察官の目で帳簿を調べると、レストランは以前と同じように流行《はや》っているように見えるのに、毎日百二十枚のテーブルクロスと三百枚のナプキンしかクリーニングに出していないことがわかった。今度はいったいどんな手を使ってごまかしているのだろうか？

その翌朝、デニスはふたたびフーラム・ロードから入った横町にシュコダを駐めて、なにひとつ遮るもののないマリオの店の玄関を見張った。ガンボッティは二軒以上のクリーニング店を使っているに違いないと睨《にら》んだが、予想に反してその日洗濯物の集配を行ったのはマルコ・ポーロのヴァンだけだった。

カートライトは完全に裏をかかれて、その夜八時にロムフォードの自宅へ戻った。もしも真夜中を少し回るころまで粘っていたら、何人かのウェイターたちが、大きくふくらんだスポーツバッグの口からスカッシュ・ラケットの柄を覗《のぞ》かせて、店から出て来るのが見えたはずである。スカッシュをやるイタリア人のウェイターなどいるだろうか？

マリオの店の従業員たちは、かみさんたちが毎日わずかな洗濯物を引き受けることでなにがしかのお小遣い稼ぎができることを喜んでいた。ましてやミスター・ガンボッティは全員に新品の洗濯機まで買い与えていた。

わたし自身の出所後の金曜日に、マリオの店でランチのテーブルを予約した。彼は入口まで迎えに出ていて、わたしがしばらく娑婆《しゃば》を留守にしていたことなど知りもしないかのように、すぐに窓際《まどぎわ》のいつものコーナー・テーブルに案内した。

マリオがわざわざメニューを出すまでもなかった。彼の奥さんがスパゲッティの大皿を運んで調理場から現われ、わたしの目の前に置いたからである。マリオの息子のトニーが湯気の立つボローニャ・ソースのボウルを持ってすぐ後に続き、娘のマリアがパルメザン・チーズの大きな塊りとチーズおろしを運んで来た。

「キアンティ・クラシコですね？」と、マリオがコルクを抜きながら言った。「これは店のおごりです」

「ありがとう、マリオ」わたしは礼を言い、小声で付け加えた。「そうそう、ノース・シー・キャンプの所長がきみによろしく言ってたよ」

「マイケルも気の毒にね」マリオは嘆息した。「まったくなんというわびしい人生でしょう。衣つき焼ソーセージとセモリナ粉のプディングを食べながら一生を送るなんて、想像できますか？」彼はわたしのグラスにワインを注ぎながら、にっこり微笑《ほほえ》んだ。「どうです、マエストロ、わが家に戻ったような気分でしょう」

この水は飲めません

「だれかを殺したいときは」と、カールが言った。「イギリスで殺しちゃだめだ」

「どうして?」と、わたしは無邪気にたずねた。

「逃げおおせるチャンスが少いからだよ」と、運動場をぐるぐる歩き回っているときに囚人仲間がわたしに警告した。「ロシアのほうがはるかにチャンスが多い」

「覚えておくよ」と、わたしは答えた。

「いいかい」と、カールが付け加えた。「おれはあんたの同国人で、人を殺してまんまと逃げおおせた奴《やつ》を知っている。それなりのつけは払わされたがね」

それは〈交流《アソシエイション》〉、つまり独房から出してもらえる歓迎すべき四十五分の休憩時間だった。バスケットボール・コートほどの広さの一階で、坐《すわ》っておしゃべりしたり、卓球をやったり、テレビを観《み》たりして時間をつぶしてもよし、新鮮な空気を吸いに外へ出て、運動場——サッカー・グラウンドほどの面積——の周辺を歩き回ってもよい。てっぺんに有刺鉄線を張りめぐらした高さ二十フィートのコンクリート塀に囲まれて、空しか見えないのだが、その時間がわたしにとっては一日のハイライトだった。

わたしは南東ロンドンにあるカテゴリーAの重警備刑務所、ベルマーシュで服役中、一日二十三時間（考えてもみるがいい）独房に監禁されていた。独房から出られるのは、食堂へ昼食を受け取りに行くとき（五分間）だけで、それを独房に持ち帰って食べる。五時間後に今度は夕食を受け取りに行き（同じく五分間）、翌日の昼食まで囚人を房から出す手間を省くために、プラスチックの袋に入った朝食も一緒に渡される。そのほかに独房から解放される祝福された時間と言えば〈交流〉だけで、それさえ刑務所が人手不足のときは（ほぼ週に二回の割で訪れる）中止になりかねない。

わたしは二つの理由から、この四十五分間の逃避を利用して速足で歩くことにしていた。ひとつには、娑婆《しゃば》では週に五日地元のジムに通っていたので刑務所内でも運動が必要だったから、ふたつには、そうすれば多くの囚人につきまとわれなくて済んだからである。だがカールは例外だった。

カールは生粋のロシア人で、あの美しい町サンクト・ペテルブルグの生まれだった。祖国の某ロシア・マフィアにとって目障《めざわ》りな存在になり始めたロシア人を殺した罪で、二十二年の刑期を勤めはじめたばかりの殺人請負人だった。彼は被害者たちをバラバラに切り刻み、焼却炉で灰にした。参考までに彼の料金は——もしもだれかを始末してもらいたければだが——五千ポンドだった。

カールは熊《くま》のような大男で、身長が六フィート二インチあり、重量挙選手のような体型をしていた。全身刺青《いれずみ》だらけで、たいへんなおしゃべりだった。結局のところ、彼の話に口を挟むのは賢明とは思えなかった。多くの囚人がそうであるように、カールも自分が犯した罪に関しては黙して語らなかったし、万一あなたが刑務所入りするはめになったときに守るべき鉄則は、囚人仲間が自分からその話題を持ちださないかぎり、なにをやってぶち込まれたのかと質問してはならない、というものである。だが、カールはサンクト・ペテルブルグで会ったあるイギリス人の話を聞かせてくれた。それは彼が政府閣僚の運転手をしていたころの出来事だった。カールとわたしは異るブロックの囚人だったが、〈交流〉でしょっちゅう顔を合わせた。とは言え、彼の口からリチャード・バーンズリーの話を引きだすまでには、運動場を何周かしなくてはならなかった。

この水は飲めません。リチャード・バーンズリーはバスルームの洗面台に置かれた小さなプラスチック・カードをじっとみつめた。五ツ星のホテルに泊ってその種の警告にぶつかることは考えられない。もちろん、そこがサンクト・ペテルブルグなら話は別だが。注意書の横にはエヴィアン水のボトルが二本あった。バスルームから広々としたベッドルームに戻ると、さらに二本のボトルがダブルベッドの両サイドに置かれ、窓際《まどぎわ》のテーブルの上にも二本用意されていた。ホテルは飲料水に関して万全を期していた。

ディックはロシア人と商取引をするために、飛行機でサンクト・ペテルブルグ入りした。ウラル山脈から紅海まで延びるパイプラインの敷設《ふせつ》工事に、彼の会社が選ばれたのである。それは彼の会社より格上の数社が入札に参加した一大プロジェクトだった。ディックの会社がこの契約を獲得する可能性はかなり低かったのだが、大統領の個人的な親友であるエネルギー相のアナトーリー・チェンコフに、一生の間年間二百万ドルずつ献金する約束をしたおかげで、契約獲得のチャンスが増大した。ロシア人が商取引に当って信用する通貨はドルと死だけ――とくに金《かね》が匿名《とくめい》番号口座に振りこまれるときだけだった。

ディックは自分の会社バーンズリー・コンストラクションを設立する前に、ナイジェリアではベクテル社で、ブラジルではマカルパイン社で、サウジ・アラビアではハノーヴァー社で働いて建築業を学んだので、その過程で贈賄《ぞうわい》のこつをひとつふたつ身につけていた。国際的企業の大部分は贈賄を単に税の一形態とみなし、請負見積書を提出するときにはかならずそのために必要な資金を準備しておく。買収の秘訣《ひけつ》は、常に大臣にはどれだけ多く払い、その子分たちにはいかに少い額で済ませるかを見きわめることだった。

プーチンに任命されたアナトーリー・チェンコフは、手強《てごわ》い交渉相手だったが、それも道理、旧体制下ではKGBの少佐だった。とは言うものの、スイスで番号口座を開くことに関しては、大臣はずぶの素人《しろうと》だった。ディックはその弱みにつけこんだ。結局、チェンコフは政治局入りするまでロシア国境を越えて旅をした経験がなかった。ディックは彼が通商会議のためにロンドンを公式訪問中に、週末を利用してジュネーヴまで飛行機で飛ばせた。そして彼のためにピケット＆Ｃｏに番号口座を開いてやり、十万ドルを預金した。これはほんのわずかな元手に過ぎなかったが、それでもチェンコフが生まれてこの方一度も懐《ふところ》に入れたことがないほどの大金だった。この賄賂《わいろ》は契約の調印が行われるまでの九か月間、臍《へそ》の緒《お》を確実につなげておくための保険だった。契約が成立すれば、ディックは年間二百万ドル以上の収入を確保して引退することが可能になる。

＊　　＊　　＊

ディックはその朝、大臣との最終会談を終えてホテルに戻った。過去一週間一日も欠かさず顔を合わせていたが、むしろ公式会談よりもプライヴェートに会った回数のほうが多かった。チェンコフがロンドンを訪問したときも事情は同じだった。どちらも相手を信用していなかったが、もともとディックは賄賂を受け取ることを躊躇《ちゅうちょ》しない人間を相手にするときは、おちおち安心できなかった。かならず自分よりも好条件を出す競争相手がいたからである。とは言うものの、今回に限ってはいつもより安心していられた。双方とも同じ退職保険契約に署名したようなものだったからである。

ディックはまた、二人の結びつきを固めるのに、チェンコフがすぐに慣れっこになったいくつかのおまけを援用した。毎回ロールス＝ロイスがチェンコフをヒースローに出迎えて、サヴォイ・ホテルまで送り届ける。チェックインすると、いつものリヴァーサイド・スイートへ案内され、毎晩朝刊と同じくらい規則正しく女たちが部屋を訪れる。彼は新聞と同じく女も普通判とタブロイド判の両方を好んだ。

三十分後にディックがサンクト・ペテルブルグ・ホテルをチェックアウトすると、大臣のＢＭＷが彼を空港へ送るために待機していた。バックシートに乗りこむと、思いがけずチェンコフの姿があった。彼らは朝の会談後、ちょうど一時間前に別れたばかりだった。

「なにか問題でもあるのかね、アナトーリー？」と、ディックが心配そうに尋ねた。

「問題どころか吉報だよ」と、チェンコフが答えた。「たった今クレムリンから電話があったが、その内容を電話で伝えるのも、わたしのオフィスで話すのもまずいと思ってね。大統領が五月十六日にサンクト・ペテルブルグを訪問する予定で、調印式を自分で主宰したいと言っておられる」

「しかしそれじゃ契約成立まであと三週間弱しか余裕がない」と、ディックが言った。

「あんたは午前中の会見でわたしに保証したじゃないか」と、チェンコフが指摘した。

「あとはiの点とtの横線を忘れないように注意すれば――〝一字一句おろそかにしない〟という意味のこの英語の表現をわたしは初めて聞いたが――契約書は完成したも同然だと」大臣はその日最初の葉巻に火をつけて続けた。「そのつもりで、三週間後にサンクト・ペテルブルグでまたあんたと会うのを楽しみにしているよ」それは打ち解けた口調だったが、実際には二人の関係がここまで深まるには三年近くかかっていて、今ようやくあと三週間で契約が成立するところまで漕《こ》ぎつけたのだった。

ディックは答えなかった。飛行機がヒースローに到着すると同時にしなければならないことで、すでに頭がいっぱいだったからである。

「調印式が済んだら、最初になにをするつもりかね？」と、チェンコフが彼の考えに割りこんだ。

「この市の衛生設備工事の請負見積書を提出するつもりだよ。その契約が取れれば、さらに大きな利益が確実に見込めるからね」

　大臣の目付きが鋭くなった。「その話は人前ではしないほうがいい」と、重々しい口調で言った。「たいそうデリケートな問題だからな」

　ディックは沈黙を続けた。

「それからひとつ忠告しておく、水を飲んではいけない。昨年われわれが数えきれないほどの市民を死なせた原因は……」大臣は西欧のありとあらゆる新聞が書きたてた記事に信憑性《しんぴょうせい》を与えることを恐れて、途中で口ごもった。

「何人を超えたら数えきれなくなるのかね？」と、ディックが尋ねた。

「ゼロ人だ」と、大臣が答えた。「少くとも観光省発表の公式声明ではそうなっている」と付け加えたとき、車がプルコヴォ第二空港入口のダブル・レッド・ラインで停止した。彼は前方に身を乗りだした。「カール、ミスター・バーンズリーの荷物をチェックイン・カウンターまで運んでくれ。わたしはここで待っている」

　ディックは手を差しだして、大臣とその朝二度目の握手をした。「なにからなにまでありがとう、アナトーリー。では三週間後にまた会おう」

「元気でな、わが友」と、車から下りるディックにチェンコフが言った。

　ディックは乗る予定のロンドン便の搭乗開始一時間前に出発カウンターでチェック

インした。

「ロンドン・ヒースロー行902便の最終コールです」と、スピーカーからアナウンスが流れた。

「ほかに今すぐ出るロンドン便があるのかね？」と、ディックが質問した。

「ええ」チェックイン・カウンターの男が答えた。「902便の出発が遅れて、間もなくゲートが閉まるところです」

「それに乗れるかな？」ディックは千ルーブル紙幣をカウンターに滑らせた。

ディックが乗った飛行機は、三時間三十分後にヒースローに到着した。荷物用コンベアからスーツケースを受け取ると、カートを押して非課税ルートを通り抜け、到着ホールに出た。

運転手のスタンが、ネーム・カードを掲げ持つ者が多い出迎えの運転手たちに混って、彼を待っていた。スタンはボスの姿を認めると同時に急いで近づいて来て、スーツケースとオーヴァーナイト・バッグを受け取った。

「自宅ですか会社ですか？」と、ショート・ステイ用の駐車場へ向かいながらスタンが尋ねた。

ディックは腕の時計を見た。四時をわずかに回ったところだった。「家へ帰る。仕事は車の中でするよ」

ディックのジャガーが駐車場から出てヴァージニア・ウォーターへ向かうと、彼はただちに会社へ電話をかけた。

「リチャード・バーンズリーのオフィスです」

「やあ、ジル、わたしだよ。ひとつ早い便に乗れたので、今家へ帰る車の中だ。なにも問題はなかったかね？」

「ええ、こちらはすべて順調です」と、ジルが答えた。「サンクト・ペテルブルグの首尾はどうだったかを、みんなが知りたがっていますわ」

「上々だった。大臣が契約書に調印するために五月十六日に戻って来てくれと言ってるよ」

「でも、それまで三週間弱しかないじゃないですか」

「だからぐずぐずしてはいられない。来週早々役員会を招集し、明朝わたしがサム・コーエンと会えるように、アポイントメントを取ってくれ。この期に及んで手違いが生じては困るからな」

「わたしもサンクト・ペテルブルグへお供できますか？」

「今回はだめだよ、ジル。ただし契約が成立したら、予定表を十日間空けておいてくれ。どこかサンクト・ペテルブルグよりもう少し暖いところへきみを連れて行くから」

ディックはバックシートに無言で坐《すわ》って、サンクト・ペテルブルグへ戻る前にやっておかなくてはならないことを、洩《も》れなくおさらいした。スタンが鍛鉄の門を通り抜けて、ネオ・ジョージアン様式の邸宅の前で停車したとき、ディックはやるべきことの手順を完全に把握していた。車から跳びおりて家の中へ駆けこんだ。荷物を下ろすのはスタンに、下ろした荷物を開けるのは家政婦に任せた。階段の上に、夫を出迎える妻の姿がないのが意外だったが、予定より早い便に乗ったので、モリーンは夫が少くともあと二時間は戻らないと考えているはずだと気がついた。

ディックは二階の寝室へ駆けあがり、手早く着ているものを床に脱ぎ捨てた。浴室に入ってシャワーの栓をひねり、温いジェット水流でサンクト・ペテルブルグとアエロフロートの汚れを洗い流した。

やがてふだん着に着替えて、鏡の前で自分の風采《ふうさい》を点検した。五十三歳の今、白髪が目立つようになり、無理して腹を引っこめてはみたものの、体重を数ポンド、ベルトの穴にして二つほど減らす必要があることは承知していた――契約が成立して少し時間ができたらそうしようと心に決めた。

寝室を出てキッチンへ下りた。コックにサラダを作るよう命じてから、ぶらりと居間へ行って《ザ・タイムズ》を手に取り、見出しをひと通り眺めた。保守党の新党首、自由民主党の新党首に続いて、今度はゴードン・ブラウンが労働党の新党首に選ばれていた。主要政党はみな新しい党首のもとで次の選挙を戦うようだった。

電話が鳴ったので紙面から顔を上げた。妻のライティング・デスクの電話に近づいて受話器を取ると、ジルの声が耳にとびこんで来た。

「役員会は木曜日十時、サム・コーエンとの面談は明朝八時に彼のオフィスで、と決まりました」ディックはブレザーの内ポケットからペンを取り出した。「取締役全員に、木曜の会議が最優先だとメールを打っておきました」

「サムと会うのは何時と言ったかな？」

「彼のオフィスで八時です。十時には別の依頼人のために裁判所へ行かなくてはならないそうですから」

「よろしい」ディックは妻のデスクのひきだしを開けて、手近のメモ用紙を取り出した。そして、サム、オフィス、八時、木曜日、取締役会、十時とメモした。「ごくろうだった、ジル」と、彼は付け加えた。「グランド・パレス・ホテルに部屋を予約し、大臣にわたしの到着時刻を知らせるメールを打ってくれ」

「もう済んでいます」と、ジルが答えた。「それから金曜日午後のサンクト・ペテルブルグ便も予約しておきました」

「上出来だ。では明日十時ごろに会おう」ディックは受話器を置いて、満面に笑みを浮かべながらゆっくり書斎へ向かった。すべてが予定通りに運んでいた。

ディックは自分のデスクで、メモした予定を予定表に書き移した。用済みのメモ用紙をくず籠《かご》に捨てようとして、ふとほかに大事なことが書かれていないか確めようとした。それは手紙だった。拡げて読みはじめると、最後の段落のはるか手前で笑顔が渋面に変った。親展扱いのその手紙をもう一度読みなおした。

親愛なるミセス・バーンズリー
拝啓
この手紙は、われわれが当オフィスにおいて四月三十日金曜日にお会いして、あなたが先週火曜日にわたしに提起された問題に関する検討を続ける、という約束を確認するためのものであります。あなたの決意が重大な意味を持つことを念頭において、わたしは当法律事務所のシニア・パートナーに、当日の同席を要請しておきました。

三十日にあなたにお目にかかる機会を鶴首《かくしゅ》して待ちます。

敬具

ディックはすぐさまデスクの受話器を取り上げて、相手がまだ帰宅していないことを祈りながら、サム・コーエンのオフィスにかけた。サムが専用電話に出たとき、ディックは単刀直入に質問した。「アンドルー・シモンズという弁護士を知っているかね？」

「評判だけは聞いているよ。わたしの専門は離婚じゃないんでね」

「離婚？」とディックが問い返したとき、砂利道の車回しを近づいてくる車の音が聞えた。窓の外に目を向けると、フォルクスワーゲンがぐるりと円を描いて玄関の前で停まるのが見えた。妻が車から下りた。「では明朝八時に会おう、サム。相談したいのはロシアの契約の件だけじゃなさそうだ」

ディックの運転手は、翌朝八時数分前に、リンカンズ・イン・フィールドのサム・コーエンのオフィスの前で主人を下ろした。シニア・パートナーが立ち上がって、部屋に入って来た依頼人を迎えた。そして執務デスクの前の心地よさそうな椅子《いす》をすすめた。

ディックは腰を下ろすより早くブリーフケースを開けていた。問題の手紙を取り出してサムに手渡した。弁護士はゆっくり読んでから手紙をデスクに置いた。

「ゆうべ一晩この問題を考えてみて」と、サムは言った。「うちの離婚専門のパートナー、アナ・レントゥルに相談しておいたよ。彼女が言うには、シモンズの専門は夫婦間の係争だそうで、そうなると気の毒だがわたしはきみにきわめて個人的な質問をいくつかせざるをえない」

ディックは無言で頷《うなず》いた。

「モリーンと離婚の話合いをしたことはあるのかね？」

「いや」ディックは強く否定した。「ときどき喧嘩《けんか》はするが、二十年以上も一緒に暮しながら、一度も喧嘩したことがない夫婦なんていると思うかね？」

「それ以上のことはなかった？」

「一度モリーンが出て行くと言ったことがあったが、もうみな過ぎたことだよ」ディックは少し考えてから続けた。「そのことを一度も蒸しかえさずに、いきなり弁護士に相談するとは意外だったよ」

「よくあることさ」と、サムが言った。「離婚申立書を受け取った夫の半数以上が、そんな事態は予想もしなかったと言っている」

「わたしも間違いなくその一人だな」ディックは認めた。「それで、どうしたらいい？」

「奥さんが訴状を提出するまでは、やれることは大してないし、きみのほうから騒ぎたてても得なことはひとつもない。結局どうにもならんよ。かと言って、準備をしておかなくてもよいということではない。そこで、奥さんの離婚申立てにはどんな根拠が考えられるかね？」

「思い当たることはなにもない」

「きみは浮気をしているかね？」

「いや。そりゃまあ、秘書とできてはいるが——ただの遊びだよ。相手は本気だが、わたしはパイプライン契約が成立したらお払い箱にするつもりでいる」

「すると契約はまとまりそうなんだね?」

「そう、もとはと言えば急いできみと会う必要があったのはそのためだ。五月十六日にはまたサンクト・ペテルブルグへ戻って、契約書の調印を行うことになっている」

ディックはひと呼吸おいた。「調印にはプーチン大統領が立会う予定なんだよ」

「それはおめでとう。で、どれほどの利益が見込めそうかね?」

「なぜその質問を?」

「契約の成立を望んでいる人間はきみだけじゃないような気がするんだ」

「六千万というところかな——」ディックは躊躇《ちゅうちょ》した——「会社としては」

「で、きみは今も株式の五一パーセントを保有しているのかね?」

「そうだ、しかし隠そうと思えばいつでも——」

「まかり間違ってもそんな気は起こすな。シモンズが相手じゃなにひとつ隠せない。彼はトリュフを嗅《か》ぎつける豚のように、最後の一ペニーまで見逃さないだろう。それにきみが裁判所を騙《だま》そうとしたことがばれたら、判事はなおのこと奥さんの肩を持つに決まっている」シニア・パートナーは言葉を切って、まっすぐ依頼人を注視してから、もう一度繰りかえした。「まかり間違ってもそんな気は起こすな」

「じゃどうすればいい?」

「疑いを招くようなことはなにもするな。奥さんがなにを考えているか知らないようなふりをして、ふだん通りに仕事を続けるのだ。その間にわたしが離婚訴訟の専門家と相談しておく。そうすれば少くともミスター・シモンズの先手を打って、万全の態勢を整えておくことができる。それからもうひとつ」サムはふたたび依頼人を直視した。「この問題が解決するまで浮気はいかん。これは命令だよ」

ディックはそれから数日間妻の行動を注意深く観察したが、敵はまったく尻尾《しっぽ》をつかませなかった。むしろ夫のサンクト・ペテルブルグ行きの結果にいつになく関心を示して、木曜日の夕食の席で、取締役会の結論は出たのかとたずねさえした。

「出たとも」ディックは語気を強めた。「サムがすべての条項を役員たちに解説し、詳細に説明して、あらゆる質問に答えた結果、取締役会は無条件にこの契約を承認したよ」ディックは自分でコーヒーのおかわりを注いだ。彼を驚かせたのは妻の次の質問だった。

「わたしもサンクト・ペテルブルグへ一緒に行っちゃいけないかしら？　金曜日の飛行機で」と、彼女は続けた。「週末にエルミタージュ美術館や夏宮を訪ねるの。エカテリーナ女帝の琥珀《こはく》コレクションを見学する時間だって作れるかもしれない——かねてから一度は見てみたいと思っていたのよ」

ディックは即答しなかった。モリーンが彼の出張に同行しなくなってから何年もたっているので、これは他意のない提案ではないと思ったからである。ディックの最初の反応は、妻の魂胆はなにかと疑うことだった。「そうだな、考えさせてくれ」と、彼はコーヒーが冷めるころになってやっと答えた。

ディックは出社数分後にサム・コーエンに電話をかけて、妻との会話を伝えた。

「契約の調印に立ち合うよう入知恵したのは、きっとシモンズだよ」と、コーエンが言った。

「しかし、なぜだ？」

「そうすればモリーンは、きみの事業の成功は自分が永年にわたって重要な役割を果してきたおかげだ、きみのキャリアの重要な局面で、いつもそばにいてきみを支えてきた……」

「そんなばかな」と、ディックが言った。「あいつはわたしがどうやって金を稼ぐかにはまったく無関心だった。関心があったのは自分がどうやってその金を費《つか》うかだけだ」

「……だからきみの資産の五〇パーセントを要求する権利がある、と主張できるからだよ」

「しかしそれじゃ三千万ポンド以上もふんだくられることになる」と、ディックが抗議した。

「シモンズは明らかに宿題を済ませているよ」

「だったらモリーンに一緒に連れては行けないと言うさ。あまりにも筋違いだからね」

「その場合シモンズはおそらく戦術を変えてくる。きみは冷酷な男で、成功したとたんに妻を自分の人生から閉めだして、秘書を連れてひんぱんに外国へ旅行し――」

「わかった、わかったよ。妻をサンクト・ペテルブルグへ連れて行くほうが、まだしも被害は少いというわけだ」

「その逆に……」と、サムが言いかけた。

「まったくひどい人種だよ、弁護士ってやつは」ディックは相手にみなまで言わせなかった。

「ふしぎなことにきみたちは困ったときだけわれわれを頼りにする」と、サムが言い返した。「とにかく今度こそ彼女の次の動きを読んで、きっちり先手を打とうじゃないか」

「どんな動きが考えられるかな？」

「サンクト・ペテルブルグに着いたら、セックスをしようと誘ってくるだろう」

「セックスなんて何年もしてないぞ」

「それはわたしがいやがったからではありませんわ、裁判長」

「やれやれ」と、ディックが言った。「どうやら勝目はないな」

「あるさ、レディ・ロングフォードの助言に従いさえしなければね――夫人はロングフォード卿《きょう》との離婚を考えたことがあるかときかれて、次のように答えた。『離婚を考えたことは一度もありませんが、殺すことは何度も考えました』」

リチャード・バーンズリー夫妻は二週間後にサンクト・ペテルブルグのグランド・パレス・ホテルにチェックインした。ポーターが荷物をトロリーに積んで、十階のトルストイ・スイートへ案内した。

「漏らさないうちにトイレへ行かなくちゃ」とディックが言って、妻より先にバスルームへ駆けこんだ。夫が姿を消すと、モリーンは窓の外に目を向けて、聖ニコライ寺院の金色のドームをうっとりと眺めた。

ディックはドアに鍵《かぎ》をかけると、洗面台に立てかけてある**この水は飲めません**という注意書の札を取り除いて、ズボンの尻《しり》ポケットに押しこんだ。次に二本のエヴィアン水のボトルのキャップを開けて、中身をシンクに流した。そして空のボトルを二本とも水道水で満たしてから、しっかりキャップを閉めなおして、洗面台の隅の元の場所に戻した。それから鍵を開けてバスルームを出た。

ディックはスーツケースを開けにかかったが、モリーンがバスルームに入ると同時にその手を止めた。そしてまず最初に、**この水は飲めません**の札を尻ポケットから出して、スーツケースのサイド・ポケットに移した。ポケットのジッパーを閉じてから、部屋の中をぐるりと見回した。ベッドの両側にエヴィアン水の小ぶりのボトルが一本ずつ、そして窓際《まどぎわ》のテーブルの上には二本の大きなボトルがあった。ベッドの妻の側のボトルを手に取って部屋の反対側にあるキチネットへ持って行き、中身を流しに捨ててかわりに水道水を詰めた。そしてボトルをベッドのモリーンの側に戻した。次に窓際のテーブルから二本の大きなボトルを運んで来て、同じ手順を繰りかえした。

妻がバスルームから出て来るまでに、スーツケースの中身をほぼ出しおえていた。モリーンが自分の荷物を整理する間に、彼はベッドの自分の側へ行って、調べるまでもなく暗記している番号に電話をかけた。先方が出るのを待ちながら、自分用のエヴイアン水のボトルを開けて、ごくりと一口飲んだ。

「やあ、アナトーリー、ディック・バーンズリーだ。たった今グランド・パレスにチェックインしたところだよ」

「サンクト・ペテルブルグへお帰り」と、親しみをこめた声が言った。「今回は奥さんも一緒かね？」

「そうとも。きみと会うのをとても楽しみにしているよ」

「わたしもだ」と、大臣は答えた。「月曜の午前中の準備は万全だから、週末はゆっくり楽しむといい。大統領は明日の晩飛行機で到着して、調印式に出席する予定になっている」

「十時に冬宮だね？」

「そう、十時だ」と、チェンコフが繰りかえした。「九時にホテルへ迎えに行くよ。車で三十分の距離だが、この日だけは遅刻するわけにいかないのでね」

「ロビーに下りて待っているよ」と、ディックが言った。「それじゃ、月曜日に」彼は電話を切って妻のほうを向いた。「下で食事をしないか？　明日は長い一日になりそうだ」それから時計の針を三時間進めて、付け加えた。「今夜は早く寝《やす》むほうがいいだろう」

モリーンはシルクの長いパジャマをベッドに置いて、微笑《ほほえ》みながら同意した。彼女が背を向けて空のスーツケースをクローゼットに片付ける間に、ディックはベッドサイド・テーブルのエヴィアン水のボトルを上着のポケットに入れた。それから妻と一緒にレストランへ下りた。

給仕長は静かなコーナー・テーブルへ案内し、二人が席に着くと、それぞれにメニューを差し出した。モリーンが大判の革装のメニューのかげに隠れて、アラカルトの料理を選んでいる隙《すき》に、ディックがエヴィアン水のボトルをポケットから出し、キャップをはずして妻のグラスに水を注いだ。

二人とも注文が決まったところで、モリーンが今後二日間の予定をおさらいした。「朝一番にまずエルミタージュからスタートすべきだと思うわ。それからお昼休みをはさんで、午後は夏宮で過ごしましょう」

「琥珀コレクションはどうする?」ディックが妻のグラスになみなみと水を注ぎながら言った。「これは必見だと思うが」

「琥珀コレクションとロシア美術館はもう日曜日に予定してあるのよ」

「なにもかも抜かりはないようだね」とディックが言ったとき、ウェイターが妻の前にボルシチの深皿を置いた。

モリーンは食事が終るまで、エルミタージュで見ることになる貴重な美術品のいくつかについて話し続けた。ディックが伝票にサインするころ、モリーンのエヴィアンのボトルは空っぽになっていた。

ディックは空のボトルをポケットに滑りこませた。やがて部屋へ引きあげると、空いたボトルを水道水で満たしてバスルームに置いた。

ディックが着替えしてベッドに入っても、モリーンはまだガイドブックを読んでいた。

「ひどく疲れたよ」と、ディックが言った。「きっと時差のせいだ」イギリスではまだやっと午後八時でしかないことに、妻が気付かなければよいがと思いながら、彼女に背を向けた。

ディックは翌朝ひどい喉《のど》の渇きとともに目が覚めた。自分のサイドにあるエヴィアンの空のボトルを見て、あやういところで思い出した。ベッドから出て冷蔵庫へ行き、オレンジ・ジュースのボトルを取りだした。

「今朝はジムへ行くのかい？」と、まだうとうとしている妻にきいた。

「時間があるかしら？」

「もちろんあるさ。エルミタージュが開くのは十時だし、わたしがいつもこのホテルに泊まる理由のひとつは、ここのジムなんだよ」

「それで、あなたはどうなさる？」

「月曜日の準備に手違いがないように、まだ何本か電話をかけなきゃならないんだ」

モリーンがベッドから出てバスルームに消えたので、その隙に彼女のグラスをいっぱいにして、空のボトルをベッドサイドに戻した。

数分後にバスルームから出て来たモリーンは、時計を見てからジム・スーツに着替えた。「四十分ほどで戻るわ」と、彼女はトレーニング・シューズの紐《ひも》を結びながら言った。

「水を持って行くのを忘れるな」ディックは窓際のテーブルのボトルを一本手渡した。

「ジムには水がないかもしれんからな」

「どうもありがとう」

ディックは、彼女の顔に浮かんだ表情から、少しやりすぎたかもしれないと思った。

モリーンがジムへ行っている間に、ディックはシャワーを浴びた。寝室へ戻ると、ありがたいことに外は快晴だった。ブレザーとスラックスに着替えたのは、バスルームにいる間に、ホテル従業員がエヴィアンのボトルを一本も補充していないことを確かめてからだった。

ディックが二人分の朝食を注文すると、それはモリーンが半分空いたボトルを持ってジムから戻った直後に到着した。

「トレーニングはどうだった?」と、ディックがたずねた。

「あまり調子がよくなかったわ」と、モリーンが答えた。「なんだか体がだるくて」

「たぶん時差のせいだよ」ディックはテーブルの反対側に坐《すわ》りながら言った。妻のグラスに水を注いでやり、自分はまたオレンジ・ジュースにした。《ヘラルド・トリビューン》を拡《ひろ》げて、妻が着替えする間に読み始めた。ヒラリー・クリントンが大統領選に立候補する意思はないと語っていたが、逆にディックは立候補するに違いないと確信した。ましてや彼女が夫と並んで立ってその発表をしていただけに、なおさらその可能性は大だった。

モリーンがホテルのドレッシング・ガウンをまとってバスルームから出て来た。夫と向かい合って坐り、水をひと口飲んだ。

「エルミタージュへはエヴィアンのボトルを持って行くほうがよさそう」と、モリーンが言った。ディックは新聞に隠れていた顔を上げた。「ジムにいた女性が、水道の水は絶対に飲んじゃだめって言ってたわ」

「そうそう、わたしも注意しておくべきだったよ」とディックが言うと、モリーンは窓際のテーブルからボトルを一本取ってバッグに入れた。「用心するに越したことはない」


ディックとモリーンが十時数分前にエルミタージュの正門をゆっくり通り抜けると、前方に蜿蜒《えんえん》長蛇の列ができていた。入館者の列は、日射《ひざ》しを遮るものとてない玉石舗装の道をのろのろと前進した。モリーンはガイドブックのページをめくりながら、何度かボトルの水を飲んだ。チケット売場に達したときは十時四十分になっていた。館内でもモリーンはガイドブックと首っ引きだった。「ミケランジェロの『うずくまる少年』と、ラファエロの『聖母』と、レオナルドの『ブノワの聖母』だけは絶対に見逃せないわ」

ディックは微笑を浮かべながら頷《うなず》いたが、内心は巨匠たちの作品にはなんの関心もなかった。

彼らは幅広い大理石の階段を昇って、壁龕《へきがん》に展示されたいくつかのすばらしい彫像を通過した。エルミタージュの予想以上の広さに驚いた。過去三年間に数回サンクト・ペテルブルグを訪れていたのに、たった一度この広大な建築を外から眺めただけだった。

「ピョートル大帝のコレクションは、三フロアの二百室以上にわたって展示されている」と、モリーンがガイドブックを読み上げた。「さっそく始めましょうよ」

十一時半までかかって、やっと一階のオランダ派とイタリア派を見終ったに過ぎず、モリーンはそれまでにエヴィアンの大ボトル一本を飲み干していた。

ディックが水を買いに行くことを申し出た。カラヴァッジオの『リュート奏者』に眺め入っている妻を残して、最寄りのトイレットに入りこんだ。そして空のボトルに水道の水を詰めて、妻のもとへ戻った。もしもモリーンが各階にあるさまざまなドリンク類のカウンターを、もう少し注意深く眺めていれば、エルミタージュはヴォルヴイックと独占契約を結んでいるので、エヴィアンは置いていないことに気がついていただろう。

十二時三十分までにルネサンス期の画家たちに当てられた十六室の大半を見終って、そろそろ昼食にしようということになった。彼らは館内から出て、真昼の日射しの中に戻った。モイカ川の岸に沿ってしばらく歩き、一度だけマリインスキー宮殿前の

〈青い橋〉でポーズをとる花嫁と花婿《はなむこ》の写真を撮るために立ち止まった。

「この町の伝統なのよ」と、モリーンがガイドブックの別のページを開いて説明した。

さらに一ブロック歩いて、こぢんまりしたピッツェリアの前で足を止めた。実用的な正方形のテーブルと、赤白チェックの清潔なテーブルクロスと、垢抜《あかぬ》けた服装のウエイターたちが気に入って、店内に入りこんだ。

「トイレへ行って来るわ」と、モリーンが言った。「少しむかつくの。きっと暑さのせいよ」そして付け加えた。「わたしにはサラダと水だけ頼んでおいてね」

ディックはにやりとして、妻のバッグからエヴィアンのボトルを出し、テーブルの反対側のグラスに注いだ。ウェイターがやって来ると、妻にはサラダを、自分はラヴィオリとラージ・サイズのダイエット・コークを注文した。喉がからからだった。

モリーンはサラダを食べ終ると少し元気になり、夏宮へ行ったらこれだけは必見という見どころをディックに講釈さえし始めた。

町の北側を通る長いタクシー移動の途中、彼女はガイドブックからの抜萃《ばっすい》を読み聞かせ続けた。「ピョートル大帝はヴェルサイユ宮殿を訪問した後で夏宮を建造したのだが、そのために帰国と同時に、フランス建築の傑作をロシアの地に再現するために、当代一流の造園師と熟練した職人たちを雇い入れた。大帝は完成した宮殿を、全ヨーロッパの建築様式の指導者として深く尊敬していたフランス人への敬意のしるしとすることを意図していた」

タクシー運転手が彼女の言葉の奔流を、自前の断片的な情報で遮った。「今通過している建物が修復が終ったばかりの冬宮で、プーチン大統領がサンクト・ペテルブルグへ来たときはいつもここに泊るんですよ」運転手はひと呼吸おいて続けた。「国旗が出ているから、今こっちへ来ているようですね」

「大統領はほかでもないこのわたしと会うために、モスクワから飛んで来たんだよ」と、ディックが言った。

運転手はお義理で笑った。

タクシーは三十分後に夏宮の正門をくぐり抜け、混雑する駐車場で客を下ろした。そこは観光客と、即製の屋台で安物のおみやげを売りつけようとする商人たちで賑《にぎ》わっていた。

「さあ、本物を見に行きましょう」と、モリーンが言った。

「ここでお待ちしますよ」と、運転手が言った。「待ち料金はいただきません。どれくらいかかりますか？」

「二時間くらいかな」と、ディック。「それ以上は待たせないよ」

「ではここでお待ちしますよ」と、運転手は繰り返した。

二人は壮麗な庭園をそぞろ歩いた。ディックはガイドブックに五ツ星とともに「必見」と書かれている理由を納得した。モリーンがボトルの水を飲む合間に情報提供を続けた。「宮殿を取巻く敷地の面積は百エーカーを超え、二十以上の噴水に加えて、十一の宏壮《こうそう》な邸宅がある」もう日射しは灼《や》けつくほどではなかったが、空はいまだに雲ひとつなく、モリーンはひっきりなしに水を飲み続けた。しかしディックはいくらボトルの水を勧められても、そのつど頑《かたく》なに「いや、結構」と断わった。

やがて宮殿の入口の階段を昇るとき、そこにもまた長い行列ができているのを見ると、さすがのモリーンも少し疲れたと白状した。

「はるばるここまで来たのに」と、ディックが言った。「内部をまったく見ないで帰るのは残念だな」

妻はしぶしぶ同意した。

ようやく列の先頭に達すると、ディックは入場券を二枚買い、わずかな料金を払って英語を話すガイドを傭《やと》った。

「あまり気分がよくないの」女帝エカテリーナの寝室に入ったところで、モリーンが言った。そして四柱寝台の柱にしがみついた。

「こういう暑い日は、たくさん水を飲まなくてはいけませんよ」と、ガイドが親切に教えてくれた。皇帝ニコライ二世の書斎まで行ったとき、モリーンは頭がふらふらして倒れそうだと夫に訴えた。ディックはガイドに詫《わ》びて、妻の肩を抱きかかえて外に連れ出し、ふらつく足どりで駐車場へ戻った。タクシー運転手が車のそばに立って彼らを待っていた。

「すぐにグランド・パレスへ戻らなくては」とディックが言い、妻は土曜の夜にパブから放り出された酔っぱらいのように、バックシートに倒れこんだ。

サンクト・ペテルブルグへの長い道のりで、客席のモリーンが激しく吐いたが、運転手はなにも言わずに一定の速度でハイウェイを走り続けた。四十分後、グランド・パレスの前で車が停まると、ディックは札束を渡して詫びた。

「マダムが早くよくなるといいですね」

「ああ、そう願いたいものだ」

ディックは妻を車から助け下ろして、抱きかかえながらロビーへの階段を昇り、人目を避けてエレベーターへ急いだ。間もなくスイートの安全地帯に妻を連れこんだ。

モリーンは急いでバスルームへ駆けこんだ。ドアが閉まっていても激しく嘔吐《おうと》する声が聞えた。ディックは部屋の中をひと回りした。留守中にすべてのボトルが補充されていた。モリーンのベッドサイドの一本だけを空にして、水道水と詰め替えた。

モリーンがようやくバスルームから出て来て、ベッドに倒れこんだ。「ひどい気分だわ」

「アスピリンでも服《の》んで少し眠ったらどうかな？」

モリーンが弱々しく頷いた。「じゃ、アスピリンをお願い。化粧品バッグに入っているわ」

「いいとも」薬が見つかると、グラスに水道水を注いで妻のもとへ戻った。彼女はドレスを脱いでいたが、スリップは着たままだった。ディックが手を貸して助け起こしたとき、妻がびっしょり汗をかいていることに初めて気がついた。彼女は夫が差し出したグラスの水でアスピリンを二錠服んだ。彼は妻を枕《まくら》の上にそっと横たえてから、カーテンを閉めた。それから部屋のドアを開けて、ドアノブに「就寝中」の札を掛けた。いちばん困るのは、仕事熱心なメイドに妻の今の状態を知られてしまうことだった。ディックは彼女が眠ったことを確かめてから、食事に下りた。

「マダムはあとからいらっしゃいますか？」と、ディックが席に着くと給仕長が尋ねた。

「いや、残念だが妻は軽い偏頭痛でね。たぶん日に当たり過ぎたせいで、きっと明日の朝は元気になっていると思う」

「そうだといいですね。今夜はなにを召し上がりますか？」

ディックはたっぷり時間をかけてメニューを眺めてから、ようやく返事をした。

「スターターにはフォワグラ、メインはランプ・ステーキ——」一瞬間をおいて——「ミディアム・レアで頼む」

「さすがはお目が高い」

ディックはテーブルのボトルからグラスに水を注いで一気に飲み干し、すぐにおかわりを注いだ。食事にたっぷり時間をかけて、十時過ぎに部屋に戻ると、さいわい妻は熟睡していた。彼女のグラスを取り上げてバスルームへ行き、水道の水で満たした。それを元の場所に戻してから、ゆっくり時間をかけて服を脱ぎ、ベッドカヴァーの下に潜りこんで妻の隣りに身を横たえた。それからライトを消してぐっすり眠った。

翌朝目を覚ますと、ディック自身も全身汗まみれだった。シーツもびしょ濡《ぬ》れで、横を向いて妻を見ると、頬に血の気がなかった。

　ディックはそっとベッドから抜け出してバスルームへ行き、長い時間をかけてシャワーを浴びた。体を拭《ふ》き終ると、備えつけのタオル地の部屋着を羽織って寝室へ戻った。ベッドの妻の側にそっと近づいて、ふたたびグラスを水道の水で満たした。明らかに夜中に目が覚めたのに、夫を起こすのを遠慮したようだった。「就寝中」の札がドアに掛かっていることを確認してから、カーテンを開けた。それからベッドの妻の側に戻り、椅子《いす》を引き寄せて《ヘラルド・トリビューン》を読み始めた。スポーツ欄まで読み進んだころに彼女が目を覚ました。なにか言ったが舌がもつれていた。「ひどい気分」という言葉が辛うじて聞き取れた。長い沈黙のあとで彼女は続けた。「お医者さんを呼ぶほうがいいと思わない？」

「もう医者が来て診察したよ」と、ディックは答えた。「ゆうべ往診してもらった。おぼえていないのかね？　熱があるから汗をかいて冷ます必要がある、という見立てだったよ」

「なにか薬をくれたかしら？」と、モリーンが哀れな声でたずねた。

「いや。なにも食べずに、水だけはできるだけたくさん飲むようにという指示だった」彼はグラスを妻の口に運んで、さらに水を飲ませようとした。彼女は苦しそうな声で「ありがとう」と礼まで言って、また枕の上に身を横たえた。

「なにも心配しなくていいよ。きっと元気になる。約束するが、わたしはいっときもきみのそばを離れないよ」ディックは屈《かが》みこんで妻の額にキスをした。彼女はふたたび寝入った。

その日ディックがモリーンのそばを離れたのは、客室清掃主任に、妻がシーツの取替えを望んでいないと告げるときと、妻のベッドサイド・テーブルのグラスに水道の水を注ぐときと、午後になって大臣からの電話に出たときだけだった。

「大統領はきのう到着した」と、開口一番チェンコフが言った。「冬宮に滞在していて、わたしは今彼と別れて来たところだ。きみたち夫婦と会うのを楽しみにしている、と伝えてくれと言ってたよ」

「それはご親切に」と、ディックが答えた。「ところがちょっと問題が起きた」

「問題だって？」問題が、とりわけ大統領の訪問中は問題が起きることを好まない男が問い返した。

「妻のモリーンが熱を出してしまった、昨日はまる一日強い日射しの中にいたからね。調印式の時間までに回復するかどうかわからないので、もしかするとわたし独りになるかもしれない」

「それは気の毒に。で、きみ自身はどうなんだ？」

「絶好調だよ」

「それはよかった」チェンコフはほっとした口調だった。「では、約束の九時にホテルへ迎えに行く。大統領を待たせてはまずいからな」

ドアがノックされた。ディックは急いで電話を切って、相手が勝手にドアを開けて入って来る前に戸口へ急いだ。廊下にメイドが立っていて、その横にシーツ、タオル、石鹸《せっけん》、シャンプー・ボトル、エヴィアン水のケースなどを積み上げたトロリーが見えた。

「ベッドを整えますか？」女は微笑《ほほえ》みながら質問した。

「いや、結構だ。家内のぐあいが悪いのでね」ディックは「就寝中」の札を指さした。

「お水を補充しておきましょうか？」と、メイドはエヴィアン水の大壜《おおびん》を持ち上げて言った。

「結構」ディックはぴしゃりと断わってドアを閉めた。

その晩ほかにかかって来た電話は、ホテルの支配人からだけだった。マダムのためにホテル専属の医師を伺わせましょうか、と相手は丁重にたずねた。

「いや、それには及びません」と、ディックは答えた。「ちょっと日に当たり過ぎたようだが、だいぶよくなりました。朝までにすっかり元気になっていますよ」

「気が変ったら電話をください」と、支配人は言った。「すぐに医者を伺わせますから」

「どうもご親切に。しかしその必要はないでしょう」とディックは答えて電話を切った。そして妻の枕もとに戻った。今や顔色は蒼白《そうはく》で、肌にしみさえ浮いていた。もう少しで唇に触れるほど顔を近づけてみた——まだ呼吸をしていた。冷蔵庫に近づいてドアを開け、エヴィアン水のまだ口を開けていないボトルを一本残らず取り出した。そのうちの二本をバスルームに、そしてベッドの両側に一本ずつ置いた。服を脱ぐ前の最後の仕事は、スーツケースのポケットから**この水は飲めません**のカードを取り出して、洗面台の横に戻すことだった。

翌朝九時数分前に、チェンコフの車がグランド・パレス・ホテルの前に停車した。カールが跳び下りて、大臣のためにドアを開けた。

チェンコフは急ぎ足で階段を昇って、ディックがロビーで待っているものと予想しながらホテル内に入った。混雑する廊下の左右に視線を走らせたが、ビジネス・パートナーの姿はどこにも見えなかった。彼はフロントへ行って、ミスター・バーンズリーからのメッセージはないかとたずねた。

「いいえ、大臣閣下」と、コンシェルジュが答えた。「お部屋へ電話してみましょうか？」大臣が勢いよく頷《うなず》いた。しばらく待ったあとで、コンシェルジュが言った。「どなたも電話にお出にならないので、ミスター・バーンズリーはお部屋から下りてくる途中かもしれませんね」

チェンコフがふたたび頷いて、ロビーを行きつ戻りつし始めた。歩きながらひっきりなしにエレベーターのほうをうかがい、やがて腕時計を見た。九時十分、大統領を待たせるわけにいかないので、ますます心配になった。彼はフロント・デスクへ戻った。

「もう一度電話してみてくれ」

コンシェルジュがただちにミスター・バーンズリーの部屋を呼び出したが、やはり応答はなかった。

「支配人を呼べ」と、大臣が声を張り上げた。コンシェルジュが頷いてふたたび受話器を取り上げ、一桁《ひとけた》の番号にかけた。間もなくダーク・スーツをエレガントに着こなした背の高い男が、チェンコフの横に立った。

「ご用件は、大臣閣下？」

「ミスター・バーンズリーの部屋へ行きたい」

「承知しました。どうぞご一緒に」

九階に到着すると、三人の男はトルストイ・スイートへ急いだ。ドア・ノブに「就寝中」の札が掛かっているのが見えた。大臣が力まかせにドアをノックしたが、応答はなかった。

「ドアを開けろ」と、大臣が命令した。コンシェルジュは躊躇《ちゅうちょ》なく命令に従った。大臣が部屋の中へ入り、支配人とコンシェルジュが続いた。チェンコフがベッドに横たわって微動だにしない二つの遺体を見て、ふいに立ち止まった。コンシェルジュが指示を待たずに医者を呼んだ。

嘆かわしいことに、医者はその一か月だけで同様の死亡例に三度立ち会っていたが、違いがひとつあった——ほかの死亡者は全員地元の人間だった。彼は時間をかけて二人を診察してから、診断を下した。

「シベリウス病ですね」彼は低い声で断定した。それからひと呼吸おき、大臣を見上げて付け加えた。「ご婦人は疑いもなく夜中に亡《な》くなっていますが、ご主人のほうはまだ死後一時間もたっていません」

大臣はなにも言わなかった。

「とりあえずわたしの結論を申しますと」と、医者は続けた。「おそらく奥様は水道の水を飲み過ぎたために発病し――」彼は言葉を切ってディックの遺体を見下ろした――「ご主人はたぶん夜中に奥様からウィルス感染したのでしょう。ご夫婦の間では珍しいことではありません。多くのロシア人と同じように、ご主人は明らかに――」彼は大臣の前で次の言葉を口に出すのを躊躇した――「シベリウス病が感染力も伝染力もともに強い、まれな病気の一種であることをご存知なかったのでしょう」

「しかしわたしは昨夜ご主人に電話して」と、支配人が抗議した。「医者をやりましょうかときいたんです。するとだいぶよくなったので、今朝はすっかり元気になっていると思う、というご返事でした」

「残念です」と医者は言い、少し間をおいて続けた。「医者を頼むとさえおっしゃってくれたら、夫人は手遅れだったにしても、ご主人は助かっていたかもしれないのに」

もう十月？

パトリック・オフリンは右手に一個のれんがを持って、宝石店H・サミュエルの前に立った。そしてウィンドーをじっとみつめた。やがてにっこり笑い、腕を振り上げてガラス窓にれんがを投げつけた。窓には蜘蛛《くも》の巣のようなひびが走ったが、粉々に砕けはしなかった。たちまち非常ベルが鳴りだし、十月の澄んだ冷い夜気の中を一マイル先まで聞えそうだった。パットにとってそれ以上に肝心なのは、非常ベルが地元の警察署に直結していることだった。

パットはその場から動かずに、自分の仕業の結果を見続けた。遠くにサイレンの音が聞えるまで、一分半しか待つ必要がなかった。しゃがみ込んで歩道かられんがを拾い上げる間に、サイレンの音がどんどん近付いて来た。パトカーが急ブレーキをかけて歩道際《ぎわ》に停まると、パットはオリンピックで金メダルを狙《ねら》う槍《やり》投げ選手よろしく、れんがを頭上に持ち上げて上半身を反らせた。二人の警官がパトカーから跳びだした。年長の警官が、れんがを持った手を頭上に上げて静止しているパットを無視して、被害状況をチェックするためにウィンドーに近づいた。ガラスはひびが入っただけで、砕け散ってはいなかった。いずれにせよ窓の中には防犯用鉄格子《てつごうし》が下りていた。パットは最初からそのことを百も承知だった。しかし巡査部長は署に戻ると、店の支配人に電話して眠っているところを起こし、店まで来て警報装置のスイッチを切ってもらう仕事がまだ残っていた。

巡査部長が振りかえると、パットはまだ頭上に高々とれんがを持ち上げていた。

「もういいだろう、パット、れんがをよこして車に乗れ」巡査部長はパトカーの後部ドアを開けてやった。

パットはにっこり笑って、新人らしい巡査にれんがを渡した。「証拠として必要だろう」

若い巡査は呆気《あっけ》に取られた。

「ありがとよ、巡査部長」パットはバックシートに乗り込み、ハンドルを握る若い巡査に笑いかけながらたずねた。「リヴァプールの建築現場で仕事にありつこうとしたときのことを話したっけかな？」

「何度も聞いたよ」と、巡査部長がパットの隣りに腰を下ろして、ドアを閉めながら言った。

「手錠をかけないのかい？」と、パットがきいた。

「おまえさんに手錠をかける気はないよ。むしろ目の前から消えてもらいたい。なんでアイルランドへ帰ってくれないんだ？」

「刑務所の待遇が段違いだ」と、パットは説明した。「それにどっちみち向うじゃあんたみたいに敬意をこめて扱ってくれないんだよ、巡査部長」と、パトカーが歩道際から発進して署に向かうときに、彼は付け加えた。

「あんた、なんて名前かね？」と、パットが身を乗りだして若い巡査に話しかけた。

「クーパー巡査だ」

「もしかしてクーパー警部の身内かね？」

「おやじだよ」

「本物の紳士だ」パットは言った。「何度もティーとビスケットをご一緒したよ。元気なんだろうね？」

「最近退職したよ」と、クーパー巡査が言った。

「そいつは残念だ。パット・オフリンが心配していたと伝えてくれよ。警部と、それからあんたのおふくろさんにもよろしくな」

「からかうのはよせよ、パット」と、巡査部長が言った。「この坊やは警察に入ってまだ数週間しかたってないんだ」と続けたときに、車が署の前で停まった。巡査部長が先に下りてパットにドアを開けてやった。

「ありがとさん、巡査部長」パットはリッツのドアマンにでも話しかけるように言った。巡査部長がパットに付添って階段を昇り、署内に入るのを、巡査はにやにやしながら見送った。

「やあ、こんばんは、ミスター・ベイカー」と、だれが今日の受付窓口かに気がついたパットが声をかけた。

「おいおい」と、当直巡査部長が言った。「まさかまだ十月じゃないだろう？」

「悪いがもう十月だよ。いつもの独房は空いているかな？　わかってるだろうけど一泊だけだ」

「悪いが空いてないよ」当直巡査部長は答えた。「本物の囚人でふさがっている。二号房で我慢してもらうよ」

「これまでずっと一号房を使わせてもらってたじゃないか」と、パットが抗議した。

当直巡査部長が顔を上げ、眉《まゆ》をひそめた。

「いやいや、おれが悪かった」パットは折れて出た。「秘書に命じて電話で予約させておくんだったよ。クレジット・カードの刻印は必要か？」

「いや、おまえさんのデータならみなファイルにあるよ」

「指紋はどうだ？」

「古い指紋を消す方法を発見したのならともかく、新しい指紋は必要ないと思うよ、パット。ただし事件簿に署名だけはしてもらおうか」

パットは差し出されたボールペンを受け取って、最後の行に飾り文字で署名した。

「彼を二号房へ連れて行け、巡査」

「ありがとよ、巡査部長」パットは独房のほうへ行きかけて立ち止まり、振り返って言った。「七時ごろにモーニング・コールと、ティー、それもできればアール・グレイと、《アイリッシュ・タイムズ》を頼めるかな、巡査部長?」

「調子に乗るなよ、パット」と、当直巡査部長が言い、巡査が笑いをこらえた。

「それで思い出したが、リヴァプールの建築現場で仕事にありつこうとしたときのことを話したっけかな? あのとき現場監督は——」

「早くこいつを連れてってくれ、巡査、さもないと今月いっぱい交通整理をやらせるぞ」

巡査はパットの肘《ひじ》をつかんで、急《せ》き立てながら階段を下りた。

「一緒に来なくていいよ」と、パットが言った。「場所はわかってる」今度は巡査も遠慮なく声をたてて笑いながら、二号房の鍵穴《かぎあな》に鍵を差しこんだ。若い巡査は独房の鍵を開け、重い扉を開けてパットを房内に入れた。

「ごくろうさん、クーパー巡査。明日の朝また会おう」

「明日は非番なんだ」と、クーパー巡査が答えた。

「じゃ、来年の今ごろまた会おう」パットは説明抜きで言った。「おやじさんにおれからよろしくと、忘れずに伝えてくれよ」その声を最後に、厚さ四インチの鉄の扉がばたんと閉まった。

パットはしばらく独房内を見回した。スチール製の洗面台、便器とベッド、シーツと毛布各一枚に枕《まくら》が一個。なにもかも前年と変っていないことにはっとした。馬毛のマットレスに寝転がって、固い枕に頭をのせ、何週ぶりかで朝まで熟睡した。


翌朝七時に独房の扉のフラップが開いて、二つの黒い目が中を覗《のぞ》くと同時に、パットは深い眠りから覚めた。

「おはよう、パット」と、人なつこい声が話しかけた。

「おはよう、ウェズリー」パットは目を開けもせずに答えた。「どうだ、元気かね？」

「おれは元気だが、あんたが戻って来たのは残念だな」ウェズリーはちょっと間をおいて続けた。「てことはもう十月か」

「そうとも、十月だよ」パットはベッドから下りた。「今朝のみせしめ《ショー》裁判《トライアル》にそなえてめかしこまなくっちゃな」

「とくに欲しいものはあるかい？」

「ティーを一杯もらえたらありがたいが、ほんとに必要なのは剃刀《かみそり》、石鹸《せっけん》、歯ブラシに練り歯磨きだよ。言わなくてもわかっているはずだが、ウェズリー、被告には出廷前にこの簡単な頼み事をする資格があるんだよ」

「ちゃんと届けさせるよ。それからおれが読み終った《サン》でよかったら、差入れようか？」

「ありがとう、ウェズリー、だが署長が昨日の《タイムズ》を読み終っていたら、そっちがいいな」西インド諸島生まれの男の笑い声に続いて、扉のフラップが閉まる音が聞えた。

パットはいくらも待たないうちに、鍵穴で鍵の回る音を聞いた。頑丈な扉が開いて、ウェズリー・ピケットの笑顔が目の前に現われた。彼は片手に持ったトレイをベッドの端に置いた。

「ごくろうさん、ウェズリー」パットはコーンフレークの深皿、スキム・ミルクの小さな紙パック、かりかりのトースト二きれとゆで卵を眺めながら言った。「モリーが忘れてなきゃいいがな、卵は二分三十秒の半熟が好みだってことを」

「モリーは去年辞めちゃったよ」と、ウェズリーが言った。「卵はゆうべ当直巡査部長がゆでたやつだと思うよ」

「近ごろは人手不足だからな」と、パット。「おれに言わせりゃ、それはアイリッシュのせいだ。アイリッシュは昔と違って家事をやりたがらないからね」彼は卵のてっぺんをプラスチックのスプーンで叩《たた》きながら続けた。「ウェズリー、おれがリヴァプールの建築現場で重労働の仕事にありつこうとしたときのことを話したっけかな？あのいまいましいイギリス人の現場監督は――」ドアが閉まり、鍵が回る音を聞いて顔を上げたパットが溜息《ためいき》をついた。「きっと前に話したんだろう」と、彼は呟《つぶや》いた。

パットは朝食を終えると、歯ブラシと、一度だけエア・リンガスでダブリンへ飛んだときにもらったやつよりも小さいチューブ入りの練歯磨きで歯を磨いた。次に小さなスチール製の洗面台の、お湯の栓をひねった。ちょろちょろ流れる水が生ぬるいお湯に変わるまでしばらくかかった。みみっちい石鹸のかけらを両手でさんざんこすって、充分に泡立ててから、不精ひげののびた顔に塗りたくった。それからプラスチック製のビックの剃刀を取り上げて、四日前からの不精ひげをゆっくり剃《そ》り始めた。仕上げに大きさがふきんと大して変らない、グリーンの目の粗いハンドタオルを顔に押し当てた。

やがてベッドの端に腰かけて、四分間でウェズリーがくれた《サン》を隅々まで読みながら待った。読むに値するのは同紙の政治部長、トレヴァー・キャヴァナー――この名前はアイリッシュに違いない、とパットは思った――の記事だけだった。ふたたび頑丈な金属扉が開けられて、彼の思考を中断した。

「行くぞ、パット」と、ウェブスター巡査部長が声をかけた。「今朝はおまえさんが一番乗りだ」

パットは巡査部長と一緒に階段を昇り、当直巡査部長の顔を見て話しかけた。「貴重品を返してもらえないかな、ベイカー巡査部長？　金庫に入っているはずだ」

「たとえばどんなものだ？」と、巡査部長が顔を上げて問いかえした。

「パールのカフスボタンと、カルティエのタンク・ウォッチと、わが家の紋章が彫刻された銀の握りのステッキだよ」

「ゆうべ全部売りとばしちゃったよ、パット」と、巡査部長が答えた。

「そのほうがよかったかもな」と、パットは言った。「どうせこれから行くところじゃそんなものは必要ないだろう」と付け加えて、ウェブスター巡査部長の後を追って署の玄関から歩道に出た。

「前に乗れよ」と、パトカーのハンドルを握った巡査部長が言った。

「しかし裁判所への護送には二人のおまわりがつく決まりだろう」と、パットが主張した。「内務省規則でそうなっている」

「内務省規則じゃそうかもしれないが、なにしろ今朝は人手不足でな。二人が病欠、一人は研修にでかけているんだよ」

「しかし、おれが逃げようとしたらどうなる？」

「ほっとするね」ウェブスター巡査部長はパトカーを発進させながら答えた。「そうなりゃ全員の手間が省ける」

「おれがあんたを殴ることに決めたらどうする？」

「そしたら殴り返すさ」と、かっとなった巡査部長が言い返した。

「友達甲斐《がい》のないやつだな」

「悪かったよ、パット。午前十時には勤務があけるから、一緒に買物に行こうと女房に約束したんだ」巡査部長はひと呼吸おいて続けた。「だから女房はお冠だろう――その点じゃおまえだって恨まれるぜ」

「そうか、済まなかったな、ウェブスター巡査部長」と、パットが言った。「来年の十月はあんたの勤務予定を調べて、なるべくかち合わないようにするよ。ミセス・ウェブスターにおれが詫《わ》びを言ってたと伝えてくれないか」

その言葉がほかの人間の口から出たのなら、巡査部長は笑って相手にしなかっただろうが、パットが本気なのを彼は知っていた。

「今朝の判事はだれか知ってるかね？」パトカーが赤信号で停車するとパットがきいた。

「木曜日は」信号が青に変ると巡査部長はギヤをファーストに入れた。「たしかパーキンズだ」

「大《O》英帝国勲《B》位第四級《E》アーノルド・パーキンズ治安判事か。そりゃ結構。気が短いことで有名だ。思ったより刑期が短かかったら、判事の導火線に点火してやらなきゃならんな」とパットが言ったとき、パトカーはマリルボーン・ロードの治安判事裁判所の裏手にある専用駐車場に入った。パットが車から下りると同時に、裁判所の職員が近づいて来た。

「おはよう、ミスター・アダムズ」と、パットが声をかけた。

「今朝の被告リストを見たら、あんたの名前があったんでね、パット」と、ミスター・アダムズが言った。「そうか、毎年あんたが出廷する時期になったんだ、と思ったよ。一緒について来てくれ、パット、できるだけ早く片付けてしまおう」

パットはミスター・アダムズに従って裁判所の裏口を通り抜け、長い廊下を通って待機房に入った。

「ありがとよ、ミスター・アダムズ」パットは礼を言って、長方形の大きな部屋の片側の壁に固定された細長い木のベンチに腰かけた。「しばらく独りにしてもらえないかな？」と、彼は続けた。「幕が開く前に気持を落ちつけたいんでね」

ミスター・アダムズは笑みを浮かべて、部屋から出て行きかけた。

「ところで」ドアの把手《とって》に手をかけたミスター・アダムズに、パットが言った。「おれがリヴァプールの建築現場で、重労働の仕事にありつこうとしたときのことを話したっけかな、ところがあのいまいましいイギリス人の現場監督は、偉そうにおれに向かって――」

「済まんな、パット、われわれも遊んでいるわけじゃないし、どっちにしろその話は去年の十月に聞いたよ。いや、考えてみればおととしの十月にも聞いたな」

パットは無言でベンチに坐《すわ》り、ほかに読むものもなかったので、壁の落書きをじっとみつめた。**パーキンズはあほだ**。彼もその意見には賛成だった。**マンUはチャンピオン**。だれかが**マンU**に線を引いて、**チェルシー**に書き変えていた。パットはその**チェルシー**も消して、マンチェスターにもチェルシーにも負けたことがない**コーク**に書き変えてやろうかと考えた。壁には時計がなかったので、どれほど時間がたったかわからなかったが、やがてミスター・アダムズが戻って来て彼を法廷へ連れて行った。アダムズはいつの間にか黒のロング・ガウンを身にまとっていて、パットが昔通った小学校の校長を思わせた。

「わたしについて来なさい」と、ミスター・アダムズが厳《いかめ》しい口調で言った。

パットは珍しく無口で黄色いれんが道《イエロー・ブリック・ロード》を進んだ。常習犯たちは階段を昇って裁判所の裏口から中に入る前の最後の数ヤードをそう呼んでいた。やがて彼は廷吏に付添われて、被告席に立っていた。

パットは裁判官席を見上げて、今朝の判事団を構成する三人の治安判事に注目した。どこか妙な感じだった。前年の今ごろはつるっ禿《ば》げだったミスター・パーキンズがいるものと予想していた。ところが、突如として判事の頭に金髪が生えたように見えたのだ。彼の右隣りには、あまりに寛大すぎてパットの気に入らないリベラル派のステッドマン判事が、左隣りには一度も見たことがない中年女性が坐っていた。彼女の薄い唇と酷薄《ピギー》な目を見て、カードの切り方さえ間違えなければ二対一でリベラルの負けだろうといささか自信を深めた。酷薄女史《ミス・ピギー》は万引犯にも極刑を宣告しかねない印象だった。

ウェブスター巡査部長が証人席に入って宣誓した。

「本件に関して証言できることはありますか、巡査部長？」宣誓が終ると同時にパーキンズ判事が質問した。

「メモを参照してもよろしいでしょうか、裁判長？」とウェブスターがたずね、パーキンズが頷《うなず》くとメモ帳の表紙をめくった。

「わたしは本日午前二時に、メイソン・ストリートのH・サミュエル宝石店のウィンドーにれんがを投げつけた被告を逮捕しました」

「れんがを投げるところを実際に見たのですか？」

「いや、見ていません」ウェブスターは認めた。「しかしわたしが逮捕したとき、彼は手にれんがを持って歩道に立っていました」

「で、店内に侵入しましたか？」

「いや、しかしふたたびれんがを投げそうにしたので逮捕しました」

「同じれんがを？」

「そうだと思います」

「店になんらかの被害を与えましたか？」

「ガラスを割りましたが、鉄格子《てつごうし》に邪魔されてなにも盗《と》っていません」

「ウィンドー内の商品の値打はどれくらいでしょう？」

「ウィンドーに商品はありませんでした」と、巡査部長は答えた。「いつも支配人が夜帰宅する前に、すべて金庫にしまって鍵《かぎ》をかけるからです」

ミスター・パーキンズはけげんそうな顔をして、警察の事件記録に視線を落とした。

「あなたは不法侵入未遂でオフリンを告発していますね」

「その通りです」ウェブスター巡査部長はメモ帳をズボンの尻《しり》ポケットに戻しながら答えた。

ミスター・パーキンズがパットのほうを向いた。「警察の事件記録では、あなたは有罪を認めていますね」

「はい、裁判長」

「では、なにも釈明しないかぎり、三か月の刑を宣告します」彼は半月形の眼鏡の上からパットを見下ろした。「なにか言いたいことはありますか?」

「三か月では短かすぎます、判事《ミロード》さん」

「わたしはロードではない（訳注　ロードは高等法院判事への敬称）」と、ミスター・パーキンズは断固として言った。

「おや、そうなんですか？　去年はかぶっていなかったかつらをかぶっておいでなので、ロードに違いないと思ったんですよ」

「言葉を慎みなさい」と、ミスター・パーキンズは言った。「さもないと刑期を六か月に延ばすかもしれませんよ」

「そう来なくっちゃ、ミロード」

「それが望みなら」ミスター・パーキンズは今にもどなりだしそうだった。「六か月の刑を宣告しよう。被告を退廷させなさい」

「恩に着ますよ、ミロード」とパットは言い、小声で付け加えた。「ではまた来年の今ごろ」

　廷吏がパットを被告席から引き立てて、地下への階段を急がせた。

「うまいことやったな、パット」彼はパットを待機房へ連れ戻す途中で言った。

　パットは待機房に残って、すべての必要書類の記入が終るのを待った。数時間後にようやくドアが開いて、裁判所の外で待機している車のところまで連れ出された。今度はウェブスター巡査部長の運転するパトカーではなく、内部に十二の小さな仕切りがある、車体の長いブルーとホワイトの護送車《ヴァン》、通称懲罰房《スウエット・ボックス》だった。

「今年はどこへ連れて行くのかね？」と、パットは初めて顔を見る、あまり話好きではない警官にきいた。

「行けばわかるよ、パディ」相手はそれしか言わなかった。

「おれがリヴァプールの建築現場で仕事にありつこうとしたときのことを話したっけかな？」

「聞いてないし、聞きたくもない――」

「――そしたらそのいまいましいイギリス人の現場監督は、偉そうにおれに向かってこうきくんだよ――」

パットは背中を押されて護送車に乗りこみ、飛行機のトイレを思わせる小さな仕切りに押しこまれた。プラスチックのシートに腰を下ろすと同時に後ろでドアが閉まった。

パットは四角い小窓から外を覗《のぞ》いて、車が南に曲がってベイカー・ストリートに入りこんだとき、きっとベルマーシュ行きだと気がついて、ほっと溜息《ためいき》をついた。少くともあすこにはまずまずの図書館がある、と彼は思った。ひょっとしたら調理場で昔の仕事にありつくことさえ夢じゃないかもしれない。

囚人護送車《ブラック・マリア》が刑務所のゲートで停まったとき、彼の予想が正しかったことがわかった。ゲートに取りつけられた大きなグリーンのボードに、BELMARSHという文字が書かれ、だれか剽軽《ひょうきん》な人間がBELをHELLに置き換えていた。護送車は二重にかんぬきを掛けた観音開きのゲートを通り抜けて、殺風景な中庭で停止した。

十二人の囚人が護送車から下ろされて、受入れ窓口への階段を上がり、一列に並んで待った。自分の番になったとき、囚人受入れの担当者がだれだかわかると、パットの顔がほころんだ。

「こんばんは。元気かね、ミスター・ジェンキンズ？」と、パットは話しかけた。

看守長がデスクから顔を上げて言った。「まさか、もう十月じゃないだろうな」

「それがもうなんだよ、ミスター・ジェンキンズ」パットが答えた。「それからおたくの最近の敗戦にお悔みを述べさせてもらってもいいかね？」

「うちの最近の敗戦？」ジェンキンズがおうむ返しにきいた。「いったいなんのこった、パット？」

「今年の初めにラグビー・チームと称してダブリンに現われた、一五名のウェールズ人のことだよ」

「図に乗るなよ、パット」

「前と同じ房に入れてくれと頼むのも図に乗り過ぎかな？」

看守長は空いている独房のリストを指でなぞった。「だめだな、パット」彼は大袈裟《おおげ》に溜息をついた。「すでにダブル・ブッキングされている。だが、おまえさんが第一夜を一緒に過ごす相手にぴったりの人間がいる」と彼は言って、夜勤看守に命じた。

「オフリンを一一九号房へ連れて行ってやれ」

夜勤看守はまさかという表情を浮かべたが、ジェンキンズにもう一度にらまれると、「一緒に来るんだ、パット」としか言わなかった。

「するとミスター・ジェンキンズは今回おれのブタ箱仲間にだれを選んでくれたのかな？」夜勤看守に付添われて、灰色のれんがを敷きつめた長い廊下を進み、最初のゲートで止まったときに、パットがきいた。「マイケル・ジャクソンか、それともジャック・ザ・リッパーか？」

「もうすぐわかるよ」と、二つ目のゲートがするすると開くと同時に夜勤看守が言った。

「この話はしたっけかな？」Bブロックの一階に入りこんだときにパットがきいた。「リヴァプールの建築現場で仕事にありつこうとしたとき、いまいましいイギリス人の現場監督が、偉そうに梁《ジョイスト》と桁《ガーダー》の違いを知ってるかときいたんだよ」

パットは看守の返事を待ちながら、一一九号房の前で立ち止まった。看守が鍵穴に大きな鍵を差しこんだ。

「いや、聞いてないよ、パット」夜勤看守は重い扉を開けながら言った。「梁《はり》と桁《けた》はどこが違うんだい？」

パットはその質問に答えようとしたが、房内を覗いて一瞬沈黙した。

「こんばんは、ミロード」パットが相手にミロードと呼びかけるのは、その日二度目だった（訳注　語り手の囚人ジェフ＝ジェフリー・アーチャーはロード、すなわち上院議員である）。夜勤看守はパットの返事を待たずに、大きな音を立てて扉を閉め、鍵をかけた。

パットはその夜遅くまで、朝の二時以降に起きたことを、細大洩《も》らさずわたしに話しつづけた。ようやく話が終ったとき、わたしは「なぜ十月なのかね？」とだけ質問した。

「一年たつと」と、パットが答えた。「ブタ箱の中のほうが助かるんだよ。三度の飯は保証されるし、房内は暖房がきいているからね。夏の間は野宿も悪くないが、イギリスの冬に野宿するのはあまり利口じゃない」

「しかし、ミスター・パーキンズが一年の判決を下していたらどうするつもりだった？」

「そのときは初日から模範囚になっていたさ。そうすれば六か月で釈放してもらえる。今刑務所は囚人の詰めこみすぎで困っているんだ」と、パットは説明した。

「だがミスター・パーキンズが三か月という当初の判決に固執していたら、釈放は真冬の一月になっていたはずだぞ」

「その心配はまったくないさ。出所予定日の直前に、おれの房内でギネスのボトルが一本発見される。刑務所長はこの違反行為の罰として、自動的に刑期を三か月間延長しなければならないから、四月までぬくぬくと居坐れるというわけさ」

わたしは思わず笑ってしまった。「死ぬまでずっとそんな生活を送るつもりかね?」

「そんな先までは考えていないよ」と、パットは白状した。せいぜい六か月先までだ」と彼は付け加えて、ベッドの上段によじのぼり、ライトを消した。

「おやすみ、パット」わたしも枕《まくら》に頭を横たえた。

「ところでリヴァプールの建築現場で仕事にありつこうとしたときのことを話したっけかな?」と、わたしがうとうとしかけたときにパットが尋ねた。

「いや、聞いてないね」

「そしたらいまいましいイギリス人の現場監督が、いや、べつに悪気はないんだ――」わたしはにやりとした。「――偉そうに梁《ジョイスト》と桁《ガーダー》の違いを知ってるかときた」

「で、あんたは知ってたのかい?」

「もちろん知ってたさ。ジョイスは『ユリシーズ』を書き、ゲーテは『ファウスト』を書いたんだよ」

パトリック・オフリンは二〇〇五年十一月二十三日、セントラル・ロンドンのヴィクトリア・エンバンクメントのアーチの下で眠っている間に凍死した。

遺体の発見者は一人の若い巡査で、発見場所はサヴォイ・ホテルからわずか百ヤードしか離れていなかった。

ザ・レッド・キング

「おれは身に覚えのない容疑で起訴されて、お門違いの罪で有罪になったんだよ」と、マックスはわたしの下のベッドに寝転がって、新しく煙草《たばこ》を巻きながら言った。

わたしは刑務所暮しの間に、囚人仲間からこの手の話を何度も聞かされていたが、マックス・グラヴァーの場合は嘘《うそ》ではなかったことがわかった。

マックスは金を騙《だま》し取った罪で三年の刑に服していた。その手の犯罪は彼の特技ではなかった。マックスの専門は大邸宅から小物を盗みだすことだった。かつて彼はプロとしての相当な自負心をこめて、家宝が盗まれたことに持主が気づくまで何年もかかることがあると、わたしに語ったことがあった。とくに雑然とした部屋の中から、小さくて貴重なものを一点だけ盗みだした場合はなおさらだ、と彼は付け加えた。

「そうかと言って」と、マックスは続けた。「べつに不服なわけじゃないよ。おれが実際にやった犯罪で起訴されていたら、はるかに長い刑期を食らっていたはずだし

――」そこでちょっと間をおいた――「出所しても先の楽しみはなにもなかっただろうからね」

マックスはわたしの好奇心に火を点《つ》けたことを知っていたし、わたしも交流《アソシエイション》

――囚人たちが房から出て中庭を歩き回ることを許される貴重な四十五分間――まで

の三時間はどこへも行く当てがなかったので、ペンを手に取って促した。「オーケー、マックス、面白そうな話だ。どうしてお門違いの罪で有罪になったのかね？」

マックスはマッチを擦って手巻きの煙草に火を点け、深々と吸いこんでから話し始めた。刑務所では、急いでなにかをする必要がないので、あらゆる動作が誇張される。わたしはベッドの上段に横になって辛抱強く待った。

「ケニントン・セットという名前を聞いたことがあるかね？」と、マックスが話し始めた。

「いや、ないね」と、わたしは答えた。彼が話そうとしているのは、片手にポートのグラス、もう一方の手に鞭《むち》を持って、猟犬の群に囲まれながら、ふさふさした尻尾《しっぽ》を持つ毛皮に覆《おお》われた動物を狩り立てて、土曜日の午前中を過ごそうとする、赤い上衣《うわぎ》を着た紳士たちの一団のことに違いないと思った。ところがそれはわたしの思い違いだった。ケニントン・セットというのは、マックスの説明によると、じつはチェスのセットだった。

「ただしありきたりのチェス・セットじゃないよ」と、彼が断わった。わたしはますます興味をそそられた。その駒《こま》はおそらく明朝《みんちょう》（一三六八―一六四四年）の名工、ルー・ピン（一四六九―一五四〇年）の作品だった。全三十二個の象牙《ぞうげ》の駒は、みごとな彫刻を施されて、赤白二色に優美に彩色されていた。詳細な由来はいくつかの歴史資料に忠実に記録されているが、ルー・ピンがその生涯に何組のチェス・セットを製作したかは確定されていなかった。

「完全なセットが三組存在することはわかっている」と、マックスはベッドの下段から煙草の煙を螺旋状《らせんじょう》に立ちのぼらせながら続けた。「一組目は北京《ペキン》の故宮博物院の玉座の間に展示され、二組目はワシントン・ナショナル・ギャラリーのメロン・コレクションが、三組目は大英博物館が所蔵している。多くのコレクターたちが伝説の四組目を求めて、広大な中国を隅々まで捜し回り、この努力はすべて失敗に終ったが、いくつかのばらの駒が時々売りに出された」

マックスは見たこともないほど短くなった吸いさしを揉《も》み消した。「そのころおれは」と、彼は続けた。「ヨークシャーのケニントン・ホールにある小物の下調べをしていた」

「どんな方法でかね？」

「《カントリー・ライフ》がケニントン卿《きょう》にクリスマス向けのコーヒー・テーブル本（訳注　外観が派手だが内容が通俗的な大判サイズの本）の執筆を依頼したときに、彼がケニントン・ホールの家宝について詳しく説明したんだよ」マックスは二本目の煙草を巻く前に言った。「ありがたいことにね」

「ケニントン家の先祖の一人が、正真正銘の冒険家で、海賊で、女王エリザベス一世の忠臣であるジェイムズ・ケニントン（一五五二―一六一八年）だった。ジェイムズは一五八八年、スペイン無敵艦隊の《イサベラ号》を沈める直前に、一組目のチェス・セットを救出した。ケニントン艦長は対スペインのマッチで十七対四の勝利をおさめてプリマスへ帰港すると、沈没する船から掠奪《りゃくだつ》した財宝を惜しげもなく主君に献上した。女王陛下は固形物、とくに装身具――金、銀、真珠、宝石など――がいたく気に入って、ケニントン艦長にナイト爵位《しゃくい》を賜った。エリザベスはチェス・セットに関心がなかったので、ジェイムズはそれを手許《てもと》に残した。サー・フランシス（・ドレイク）やサー・ウォルター（・ローリー）と違って、サー・ジェイムズはその後も公海上で掠奪行為を続けた。その絶大な功績と王室への貢献に対して、女王陛下は十年後に彼を初代ケニントン卿に取り立てて、上院議員に任命した」マックスは一息入れて続けた。「海賊《パイレーツ》と貴族《ピア》の違いはただひとつ、戦利品をだれと山分けするかってことだけさ」

第二代ケニントン卿は、主君と同じくチェスにはまったく関心がなかったので、セットはケニントン・ホールの九十二室のなかの一室に放置されて埃《ほこり》をかぶることになった。第三、第四、第五、第六代ケニントン卿の平穏無事な一生には、語るに足る歴史的事件も少なかったので、このすばらしいチェス・セットは、憤然として駒を動かす人もなく、元の場所に眠っていたと推定しても差支えないだろう。第七代ケニントン卿は、ワーテルローの戦いに、第十二軽騎兵連隊の大佐として参戦した。大佐は時おりチェスを嗜《たしな》んだので、セットは埃を払われてロング・ギャラリーに戻された。第八代ケニントン卿は軽旅団の突撃（訳注クリミア戦争）で、第九代はボーア戦争で、第十代はイープル（訳注第一次大戦）で、それぞれ戦死した。プレイボーイだった第十一代は、彼らに比べて平穏な生涯を送ったが、金銭的な必要に迫られて——ケニントン・ホールは屋根を葺《ふ》きかえる必要があった——居館を一般に公開せざるを得なかった。毎週末おびただしい数の見学者が押し寄せて、わずかな入場料でホール内を見学して回ることを許された。あえてロング・ギャラリーに入りこんだ人々は、赤いロープを張りめぐらしたスタンドに展示された中国の傑作を拝むことができた。

しかし一般公開の入場料でも埋め合わせられないほど負債が嵩《かさ》んだので、第十一代ケニントン卿は、ケニントン・セットを含む家宝の一部を売却することを余儀なくされた。

クリスティーズはこの傑作に十万ポンドの評価額をつけたが、競売で落札された値段は二十三万ポンドに達した。

「今度ワシントンへ行ったら」と、マックスは煙草を吸う合間に言った。「ケニントン・セットのオリジナルが見られるよ。今はメロン・コレクションの一部になっているからね。本来ならおれの話はここで終っていたはずだった」と、マックスは続けた。「第十一代ケニントン卿がアメリカ人のストリップ・ダンサーと結婚して、男の子を生ませさえしなければね。その子供がケニントン家の血筋には数代にわたって欠けていた資質——すなわち頭脳に恵まれていたのだ。

「この男、ハリー・ケニントンは、父親の反対を押しきってヘッジ＝ファンド・マネジャーになり、初代ケニントン卿の血を色濃く受け継いだ。彼は海賊だった先祖が公海に馴染《なじ》んだのと同じように易々《やすやす》と通貨マーケットに馴染んだ。ハリーは二十七歳の若さで資産掠奪者《アセット・ストリッパー》として初めて百万ポンドを掠奪し、ストリッピングはまぎれもなく遺伝だったたと、ストリッパー上がりの母親を大いに喜ばせた。ケニントン卿の肩書を受け継いだとき、ハリーはケニントン銀行の取締役会長だった。新たな富を手に入れて彼が最初に手をつけたのは、ケニントン・ホールの昔日《せきじつ》の栄光を取り戻すことだった。確かに見学者から五ポンドの入場料を徴収するのは、前庭の芝生に彼らの車を駐車させるためではなかった。

「第十二代ケニントン卿も、父親と同じように、尋常ならざる女性と結婚した。エルジー・トランプショーはヨークシャーの紡績工場主の娘で、チェルトナム・レディズ・カレッジの卒業生だった。自尊心の強いヨークシャー娘の例に洩《も》れず、エルジーも、小銭を大事にすれば、大金はひとりでにやって来るという格言を、ただの決り文句ではなくひとつの信条としていた。

「夫が外で金を儲《もう》けている間、エルジーは疑いもなくケニントン・ホールの女主人だった。姉のおさがりを着て、姉が読み古した教科書を持って学校へ通い、やがて色はどうであれ姉の口紅を借りて育ったエルジーは、莫大《ばくだい》な遺産の管理人たるに充分な資格をそなえていた。非の打ちどころのない手際《てぎわ》のよさと、勤勉さと、すぐれた家政の才で、修復されたばかりのケニントン・ホールの維持管理に乗り出した。チェス・ゲームにはまったく関心がなかったが、ロング・ギャラリーの空っぽの陳列キャビネットが気になって仕方がなかった。結局彼女は地元のガレージ・セールを見て歩くことによってその問題を解決し」と、マックスは言った。「同時におれを含めた多くの人間の運命を変えることになったのだ」マックスは二本目の煙草を消した。続けてすぐに新しいのを巻かなかったので、わたしはほっとした。われわれの狭い房はたちまち蒸気機関車時代のパディントン駅を思わせる様相を呈し始めていたからである。

エルジーはある雨の日曜日の午前中に、パドシーでガレージ・セールを覗《のぞ》いていた——彼女がガレージ・セールに顔を出すのは雨の日だけだった。そのほうが買手の数が少いので、品物を値切るのが容易だったからである。衣類の山を漁《あさ》っているうちに、ふとチェスボードが目に止まった。その赤と白の枡目《ますめ》を見て、最初のセットを売りに出した時の、クリスティーズの古いカタログで見た写真を思い出した。エルジーは年代物のジャガーの後ろに立っていた男を相手にしばらく粘り、結局その象牙のチェスボードを二十三ポンドに値切って手に入れた。

ケニントン・ホールへ戻ったエルジーは、手に入れたばかりのチェスボードを空っぽの陳列キャビネットに入れ、まるで誂《あつら》えたようにぴったり合うことを発見して喜んだ。彼女はこの偶然についてそれ以上なにも考えなかったが、おじのパーティがボードの鑑定を進言した——保険を掛けるときの参考に、と彼は説明した。

エルジーは納得したわけではなかったが、おじの助言を軽んじるのは気が咎《とが》めたので、月に一度おばのガートルードを訪問するついでに、チェスボードをロンドンへ持って行った。ケニントン卿夫人は——ロンドンではいつもケニントン卿夫人だった——フォートナム&メイソンへ行く途中でサザビーズに立ち寄った。中国美術部門の若い職員が、よろしかったら午後からもう一度おいでいただければ、それまでに鑑定の専門家がチェスボードを評価しておきますと答えた。

エルジーはガートルードおばとゆっくり昼食をとってから、サザビーズに戻った。中国部長のミスター・スペンシルなる人物が応対して、この作品は疑いもなく明朝のものですと告げた。

「値段を付けられますか？――」彼女は一瞬言いよどんでから続けた――「保険を掛ける参考にしたいんですけど」

「二千から二千五百ポンドというところでしょうか、奥様《ミレディ》」ミスター・スペンシルは答えた。「明朝のチェスボードは珍しくないんです。貴重なのはばらの駒で、揃《そろ》いのセットとなると……」彼は両手を上げて、目に見えない競売人の神に祈りでもするかのように掌《てのひら》をすり合わせた。「このチェスボードをお売りになるつもりはおありですか？」

「いいえ」エルジーはきっぱり答えた。「反対に、買い足すことを考えております」

その道の専門家は微笑を浮かべた。結局、サザビーズは美化された質屋以上の何物でもなく、貴族階級の各世代がそこで品物を売り買いする場所だった。

ケニントン・ホールに帰ると、エルジーは客間の特等席にチェスボードを戻した。きっかけを作ったのはガートルードおばだった。彼女はクリスマス当日に姪《めい》に白のポーンを一個プレゼントした。エルジーは空っぽのボードにひと駒だけを置いた。それはひどく淋《さび》しそうだった。

「さて、これであなたは生きている間に一セット買い揃えられるかしらね」と、老婦人は自分のひと押しが一連の出来事の連鎖反応を惹《ひ》き起こそうとしているとも知らずに挑発した。パドシーのガレージ・セールでの気まぐれとして始まったことは、エルジーが失われたチェスの駒を求めて世界中を探し始めるにつれて、ひとつの執念と化した。初代ケニントン卿なら彼女を誇りに思ったことだろう。

ケニントン卿夫人が長男のエドワードを生んだとき、夫は妻への感謝のしるしとして白のクイーンをプレゼントした。精妙な細工の長いロイヤル・ガウンをまとった、みごとな象牙彫刻の女王だった。女王陛下はたった一人だけのポーンを蔑《さげす》むように見下ろした。

次に入手したのは、バーティおじがニューヨークの美術商から買った二つ目の白のポーンだった。その結果白のクイーンは二人の臣下に君臨することになった。

次男ジェイムズの誕生は、まばゆいばかりの流れるような法衣を着て、羊飼いの杖《つえ》を持つ赤のビショップによって祝われた。白のクイーンと二人の臣下は、ボードの反対側まで旅をしなければならなかったとはいえ、聖餐式《せいさんしき》を祝うことができるようになった。間もなく一族全員が失われた駒探しに参加し始めた。次に入手したのはボナムズのオークションに出品された赤のポーンだった。この駒はボードの反対側に配置されて、敵に捕えられるのを待っていた。今やケニントン卿夫人の生涯かけた使命を、この世界の人間はみな知り過ぎるほどよく知っていた。

次に盤上の居場所を発見したのは、ガートルードおばが遺言でエルジーに贈った白のルークだった。

一九九一年に第十二代ケニントン卿が亡《な》くなったとき、白のセットは二個のポーンと一個のナイトを欠くだけだったが、赤のセットはまだ四個のポーンと一個のルークとキングが不在だった。

一九九二年五月十一日、赤のポーン三個と白のナイト一個を所有する美術商が、ケニントン・ホールのドアをノックした。彼は中国の辺境地区への旅から戻ったばかりだった。何日もかかる困難な旅だったが、空手では帰らなかった、と彼はケニントン卿夫人に保証した。

夫人は老齢でだいぶ弱ってはいたものの、それから数日間にわたって粘りに粘り、結局美術商は滞在していたケニントン・アームズの支払いを済ませてから、二万六千ポンドの小切手を手にして引き揚げることになった。

香港《ホンコン》からの噂《うわさ》を追跡し、ボストンへ飛び、遠くモスクワやメキシコの美術商とまで接触したにもかかわらず、最後の一駒まで探そうとするケニントン卿夫人のたゆまぬ努力において、噂が現実となることはめったになかった。

それから数年の間に、第十三代ケニントン卿エドワードは、イートン校の寮で一緒だったある貧乏貴族の家で、赤の最後のポーンと赤のルークに行き当った。彼の弟のジェイムズが、兄に負けじとバンコクの美術商から白のポーン二個を買い求めた。

これで未発見の駒は赤のキングだけになった。

世界中のありとあらゆる美術商が、ケニントン卿夫人がチェス・セットを完全なものにすることができれば、ひと財産の値打ちが生じることを熟知していたので、ケニントン一族はかなりの長期間にわたって、欠けている駒を入手するために法外な金を払い続けていた。

エルジーは齢《よわい》八十に達すると、自分が死んだら財産をあなたたちに等分するつもりだが、それにはひとつ条件があると二人の息子に告げた。二人のどちらか、欠けている赤のキングを発見したほうにチェス・セットを遺贈するという条件だった。

エルジーは赤のキングと対面することなく、八十三歳で世を去った。

長男のエドワードはすでにロードの称号を継承していたので――それだけは遺言で贈与することはできない――相続税を納めたあとで、ケニントン・ホールと八十五万七千ポンドを相続した。次男のジェイムズはカドガン・スクエアのアパートメントに引越して、同じく八十五万七千ポンドを相続した。ケニントン・セットは最後のひと駒《こま》を欠いたまま、所有権未定の状態で陳列ケースに残された。ここでマックス・グラヴァーが登場する。

マックスは疑う余地のないひとつの才能に恵まれていた。クリケット・バットの捌《さば》き方である。イングランドの二流のパブリック・スクールで教育を受けた彼は、スタイリッシュな左打ちのバットマンとしての才能のおかげで、のちに盗みの対象とするような階層の人々に仲間入りすることができた。結局、苦もなくハーフ・センチュリー（訳注　クリケットで連続五十得点を上げること）をやってのける男は、だれの目にも信用できる人間なのだ。アウェイの試合は、十一名の新しいカモと会うチャンスなので、彼にとってはまことに好都合だった。ケニントン・ヴィレッジ・イレヴンも例外ではなかった。ケニントン卿《きょう》がパヴィリオンでのティー・ブレイクで両チームに仲間入りするまでに、マックスは地元のアンパイアから、欠けている赤のキングを入手した息子が無条件に完全なセットの相続人となるという遺言の条項も含めて、ケニントン・セットの歴史を言葉巧みに引きだしていた。

マックスはヴィクトリア・ケーキを貪《むさぼ》りながら、自分はチェスが大好きなので、できたらケニントン・セットをひと目拝ませてもらえないだろうかと、ケニントン卿に頼み込んだ。ケニントン卿は、カヴァー・ポイント（訳注 クリケットの守備位置のひとつ）を抜く打球を苦もなく飛ばせる男を自宅の客間に招き入れることに、もちろん否《いな》やはなかった。ひとつだけ空いた枡目を見たとたんに、マックスの頭にある計画が浮かんだ。周到に計算されたいくつかの質問が、ホストの口から軽率な答えを引き出した。マックスはケニントン卿の弟の存在や、遺言状の問題の条項にはまったく触れなかった。そして午後はスクエア・レッグ（訳注 ウィケット後方の守備位置）を守りながら計画を練り上げた。捕れる打球を二度も捕りそこなった。

試合が終ると、ロンドンで急用があるからと口実を設けて、村のパブで行われたチームの打上げへの誘いを断わった。

ハマースミスのフラットへ戻った直後に、刑務所で同房だったある常習犯に電話をかけた。相手は頼まれたものを用意できるが、それには約一か月かかるし、「安くはないぞ」と釘《くぎ》を刺した。

マックスはある日曜の午後を選んでケニントン・ホールを再訪し、リサーチを続けることにした。年代物のMG——もうすぐコレクターズ・アイテムだ、と思いこもうとした——を見学者用の駐車場に駐《と》めた。案内図に従って玄関へ行き、五ポンド払って入場券を受け取った。ケニントン・ホールは維持管理費を捻出《ねんしゅつ》するために、ふたたび週末に館《やかた》を公開する必要に迫られていた。

マックスは決然とした足どりで長い廊下を進んで行った。廊下の壁にはロムニー、ゲインズボロ、リーリイ、スタッブズといった有名画家たちによるケニントン家の先祖代々の肖像画が飾られていた。売りに出せばどれもみな高値を呼びそうだったが、今はロング・ギャラリーに鎮座ます、それらよりはるかに小さなある物しかマックスの眼中になかった。

彼がケニントン・セットを展示してある部屋に入ると、その傑作はツアー・ガイドの説明に耳を傾ける熱心な見学者の群に囲まれていた。マックスは人垣の後ろに立って、知り過ぎるほどよく知っている作品の由来を聞いていた。彼はグループが食事室へ移動して、ケニントン・ホールの銀食器を鑑賞し始めるのを辛抱強く待った。

「食器類の一部はスペインの無敵艦隊の時代に獲得されたものです」と、節をつけて解説するツアー・ガイドに続いて、見学者たちは次の部屋に入りこんだ。

マックスは後ろを振り返って、次のグループがやって来るまでにまだ間があることを確かめた。それからポケットに手を入れて、赤のキングを取り出した。色の違いを別にすれば、精妙な彫刻を施されたその駒は、ボードの反対側に立つ白のキングと寸分違わなかった。マックスは偽物《にせもの》が放射性炭素年代測定テストに耐えないことを知ってはいたが、見た目には完璧《かんぺき》なコピーであることに満足した。数分後にケニントン・ホールを出て、ロンドンへ戻るために車を走らせた。

次なる問題は、計画を成功させるためには、ロンドン、ワシントン、北京のどこの警備が最もゆるやかであるかを知ることだった。勝者は頭ひとつ以下の僅差《きんさ》で北京の故宮博物院と決まった。しかし、作戦にかかる費用を考慮すると、レースに出走できるのは大英博物館だけだった。とはいうものの、決め手になったのは、次の五年間を中国の監獄で過ごすか、アメリカの刑務所で送るか、あるいはイングランド東部の開放型刑務所で暮すかという選択だった。結局イングランドの楽勝だった。

翌朝マックスは生まれて初めて大英博物館を訪れた。案内デスクの女性が、一階奥の中国コレクションの展示室を教えた。

マックスは何百点という中国の工芸品が十五の部屋を占めていることを知った。チェス・セットを見つけるだけでも一時間近くかかった。最初は制服の警備員に助言を求めることを考えていたが、目立っては困るし、警備員が質問の答えを知っているとも思えなかったのでその手は諦《あきら》めた。

マックスはその部屋にだれもいなくなるまでしばらく時間をつぶさなければならなかった。入館者に、あるいはなお悪いことに警備員に、これから実行するちょっとしたインチキを目撃されたら一巻の終りだからである。警備員は三十分ごとに四つの部屋を見回ることがわかった。だから警備員がイスラム工芸展示室へ去り、同時に見学者が一人も居合わせないことを確認するまで待って、行動を開始しなければならなかった。

さらに一時間たって、マックスはようやくポケットから私生児のキングを取り出し、陳列キャビネットの赤い枡目《ますめ》に誇らしげに立つ嫡出子《ちやくしゆつし》のキングと比べても遜色《そんしよく》はないと確信した。二人の王は互いににらみ合った。見た目にはまったく同じだが、一方はペテン師だった。マックスは周囲を見回した——依然として部屋の中は無人だった。なんといっても、学期の中間休暇中の火曜日の午前十一時、しかも外は太陽が照り輝いていた。

マックスは警備員がイスラム工芸室へ移動するまで待って、頭の中で何度もリハーサルを繰り返した行動を実行に移した。スイス・アーミー・ナイフの助けを借りて、中国工芸の傑作を納めた陳列キャビネットの蓋《ふた》を用心深くこじ開けた。たちまちけたたましい非常ベルが鳴り響いたが、最初の警備員が駆けつけるよりずっと早く二人の王をすりかえ、キャビネットの蓋を閉め、窓を開けてから、何事もなかったように次の部屋へ進んだ。彼がサムライの装束を鑑賞しているときに、二人の警備員が隣りの部屋に駆けこんで来た。一人が開いた窓に気がついて罵《ののし》り声を発し、もう一人が失《な》くなったものがないかどうかを点検した。

「さて、そろそろ聞きたいだろう」と、マックスは明らかに自分も楽しみながら話を続けた。「おれがいかにして兄と弟の両方を罠《わな》にかけて、殺し合いをさせたかという話を」わたしは頷《うなず》いたが、彼は新しい煙草《たばこ》を巻き終るまで沈黙を続けた。「まず最初に」と、やがてマックスは言った。「二人の買手が欲しがる物、この場合なら喉から手が出るほど欲しい物を持っているときは、決して商談を急がないことだ。おれが次に訪ねたのは――」彼は言葉を切って煙草に火を点《つ》けた――「チャリング・クロス・ロードにある店だ。この店のことを調べるのに大して手間は取らなかった。職業別電話帳《イエロー・ペイジズ》の**チェス**の項に、達人に奉仕し、初心者に助言するマーローズ、という広告を出していたからだ」

マックスが古色蒼然《こしょくそうぜん》たるかびくさい店に足を踏み入れると、人生のポーン、すなわち時おり前に進むことはあるが、結局は敵に捕われてしまう運命の人間、といった感じの老紳士が、いらっしゃいと挨拶《あいさつ》した——少くとも敵陣に攻めこんでキングになるタイプでないことは確かだった。マックスはウィンドーで見かけたチェス・セットに関して、老人に質問した。続いて何度もリハーサルを繰り返した一連の質問が、さりげなくケニントン・セットの赤のキングに及んだ。

「万一その手の駒が市場に出たら」と、老店員は思い入れをこめて言った。「かならず名乗りを上げる買手が二人いるだけに、五万ポンドを超す値段が付くことでしょうな」

この情報が、マックスに計画の一部を修正させるきっかけとなった。彼が次に直面した問題は、銀行預金の残高がニューヨーク行きには不足なことだった。結局そのためにいくつかの大邸宅から数点の小物を〝入手〟しなければならず、しかも計画を実行に移すのに必要な資本を携えてアメリカへ行くためには、それは右から左へ捌《さば》けるような品物でなければならなかった。幸い時はクリケット・シーズンの真最中だった。

ＪＦＫ空港に到着すると、マックスはサザビーズもクリスティーズも敬遠して、イエロー・キャブに東七十九丁目のフィリップス競売社行きを命じた。大英博物館から盗み出した精妙な彫刻を取り出して見せたとき、若い店員がさほど関心を示さなかったのでほっとした。

「出所はおわかりですか？」と、店員が質問した。

「いや」マックスは答えた。「何年も前からわが家にあったものです」

六週間後に競売用カタログが刊行された。マックスはロット23が、出所不明、三百ドルという最低入札価格でリストに載っているのを見て喜んだ。写真入りではなかったので、赤のキングに関心を持つ人間がいるとしてもごく少数に違いないと確信した。従ってケニントン兄弟の目に止まる可能性もまずないだろうと思われた。自分が彼らの目に止まるように仕向けるまでは。


マックスはオークションの一週間前に、ニューヨークのフィリップスに電話をかけた。若い店員に質問したいことはひとつだけだった。相手はカタログが発行されて一か月以上たつが、赤のキングに特別な関心を示した人は一人もいないと答えた。マックスはがっかりしたようなふりをした。

マックスが次に電話をかけた先はケニントン・ホールだった。彼はいくつかのもし《イフ》もやしかし《バット》、それにひとつのたぶん《パハップス》まで動員してケニントン卿をそそのかし、ホワイツ（訳注 ロンドンの名門クラブ）で一緒に昼食をしようという招待を引き出した。

ケニントン卿はブラウン・ウィンザー・スープを前にして、クラブの規則に違反するので食事中に書類を持ち出すのは禁止されている、とマックスに説明した。マックスは頷いてフィリップスのカタログを椅子《いす》の下に置き、ある客の依頼で中国の官吏の彫像を調べているときに、まったくの偶然から赤のキングに出会ったという念入りな作り話を始めた。

「あなたからその来歴を聞いていなければ、うっかり見逃していたところですよ」と、マックスは言った。

ケニントン卿はプディング（パンとバター）もチーズ（チェダー）もビスケット（水）にも手をつけず、図書室ならビジネスの話も許されるから、そこでコーヒーを飲みながら話をしようと提案した。

マックスはフィリップスのカタログを開いてロット23を示し、フィリップスでは見せなかった数枚のばらの写真を見せた。三百ドルという評価額を見たケニントン卿の質問はこれだけだった。「フィリップスはこのオークションのことをぼくの弟に知らせたと思うかね？」

「知らせたと考える理由はありません」と、マックスは答えた。「このセールを担当する社員の一人が、ロット23に関心を示した人間はほとんどいないと言ってましたよ」

「しかし、きみはなぜ出所に関してそれほど自信満々なんだ？」

「わたしはそれで飯を食っているんですよ」と、マックスは言った。「しかしお望みならいつでも放射性炭素法で調べてください。もしもわたしが間違っていたら、金を払う必要はありません」

「そいつは願ってもない。ではわたし自身がニューヨークへ飛んで、自分で入札しなきゃならないだろうな」ケニントン卿は革張りの椅子のアームを叩《たた》きながら言った。

年代物の埃《ほこり》がもうもうと舞い上がった。

「さあ、それはどうですかね、ミロード。結局のところ――」

「なにが問題なのだ？」

「要するに、あなたが説明もなしにアメリカへ飛んだとすれば、ケニントン一族の中には無用の好奇心を抱く人物が現われるかもしれません」マックスは一拍おいて続けた。「そこへ持ってきてあなたが競売場にいるところを見られたら……」

「それも一理あるな」ケニントン卿はマックスの顔を見ながら続けた。「じゃ、わたしはどうすればいいのかね、きみ《オールド・ボーイ》？」

「わたしが喜んで代理を務めますよ」

「報酬はいくらかね？」

「千ポンド、プラス落札価格の二・五パーセントの必要経費これが相場です」

ケニントン卿は内ポケットから小切手帳を取り出して、一千ポンドという数字を書き入れた。「この駒《こま》にはどれくらいの値がつくと思う？」と、彼はさりげなくたずねた。

マックスは自分のほうから値段について質問しようと思っていたところなので、その話題を歓迎した。「われわれのささやかな秘密を知っている人間がほかにいるかどうかにもよりますが」と、マックスは答えた。「いずれにしても上限を五万ドルと決めておくほうがいいですよ」

「五万ドル？」ケニントン卿《きょう》は驚いて口ごもった。

「高過ぎはしませんよ、完全なセットが百万以上で売れることを考えればね――」マックスはひと呼吸おいて続けた――「もっとも弟さんが赤のキングを手に入れれば、一セントにもなりませんが」

「それも一理ある」と、ケニントン卿は繰り返した。「しかし、それでも数百ドルで落札することは可能なんだろう？」

「そうなることを祈りましょう」と、マックスは言った。

マックス・グラヴァーはその日の午後もうひとつ約束があると言って、三時数分過ぎにホワイツを出た。事実約束はあった。

時計を見て、まだ時間はたっぷりあるから、グリーン・パークを抜けて歩いて行っても約束に遅れることはないと判断した。

四時数分前にスローン・スクエアに到着して、サー・フランシス・ドレイク像の真向かいのベンチに腰を下ろした。そして新しい台本のリハーサルを開始した。近くの教会の時計塔が四時を打つと、さっと腰を上げてきびきびした足どりで通りを横切ってカドガン・スクエアへ向かい、十六番地で立ち止まった。やがて階段を昇って呼鈴を押した。

ジェイムズ・ケニントンがドアを開け、笑顔で来訪者を迎えた。

「今朝電話した者です」と、マックスが説明した。「マックス・グラヴァーと申します」

ジェイムズ・ケニントンは彼を客間へ案内して、火のない煖炉《だんろ》のそばの椅子をすすめた。ケニントン家の次男は客と向かい合って腰を下ろした。

アパートメントは広々としていて、豪壮と言ってもよいほどだったが、壁の一、二か所に、かつては絵が飾られていたことをうかがわせる四角い輪郭がくっきりと残っていた。マックスは、おそらくその絵は、クリーニングに出したり額装をしなおすためにはずされたのではないだろうと思った。ゴシップ・コラムはしばしばジェイムズの飲酒癖を取り上げ、未払いの賭博《とばく》の借金があることを匂《にお》わせていた。

マックスが用件を切り出したとき、ジェイムズの最初の質問に答える準備は万全だった。

「その駒にはいくらぐらいの値がつくと思うかね、ミスター・グラヴァー？」

「数百ドルというところでしょう」マックスは答えた。「ただしお兄さんがこのオークションのことを知らないものとしての話です」彼はいったん言葉を切って、ティーを一口飲んでから続けた。「お兄さんが知ったら、五万ドルを超えるでしょうな」

「しかしぼくは五万ドルなんて持っていない」と、ジェイムズはこれもマックスがよく知っていることを白状した。「兄がこのことを知ったら、ぼくにはどうすることもできない。遺言状の条件は明白そのものだ――赤のキングを発見した者がセットを相続することになっている」

「その駒を手に入れるために必要な資金を、わたしが喜んで用立てましょう」と、マックスが間髪を入れずに言った。「見返りにそのセットをわたしに売ることに同意してくださったら」

「で、あんたはいくらで買うつもりかね？」

「五十万です」

「しかしサザビーズはすでに完全なセットは百万以上の価値があると評価しているが」と、ジェイムズが抗議した。

「そうかもしれませんが、五十万でも、お兄さんが赤のキングの存在を知った結果であるゼロよりははるかにましでしょう」

「しかしあんたは赤のキングは数百ドルで落札されるかもしれないと——」

「その場合は、わたしの手数料は前払いで一千ポンド、経費は落札価格の二・五パーセントです」マックスがこの台詞《せりふ》を口に出すのはその日の午後二度目だった。

「そのリスクは喜んで引き受けるよ」と、ジェイムズは自分のほうが有利であると信じている人間に特有の笑みを浮かべながら言った。「もしも赤のキングの落札価格が五万以下なら、ぼくが自分で金を用意できる。五万以上だったら、あんたにその駒を買ってもらって、揃《そろ》いのセットを五十万であんたに売るよ」ジェイムズはティーを一口飲んでから付け加えた。「どっちにしてもぼくに損はない」

こっちもご同様だ、と思いながら、マックスは内ポケットから契約書を取り出した。

ジェイムズがゆっくり時間をかけて書類を読んだ。やがて顔を上げて言った。「あんたはぼくがこの計画に乗ってくるという自信があったようだね、ミスター・グラヴァー」

「乗ってこなかったら、次はお兄さんを訪ねるつもりでした。そうすればあなたは虻《あぶ》蜂《はち》取らずで終るところでした。少くとも今は、あなた自身の言葉を使わせてもらえば、どっちにしても損はない」

「ぼく自身がニューヨークへ行くというのはどうだろうか」と、ジェイムズが提案した。

「その必要はないですよ」と、マックスが答えた。「電話でオークションに参加できますから。この方法には電話の主がだれか、ほかのだれにもわからないという利点もあります」

「しかし、ぼくはどうすればいいのかな」

「いたって簡単ですよ」マックスは保証した。「ニューヨークのオークションは午後二時に始まります。その時ロンドンは午後の七時です。赤のキングはロット23だから、ロット21まで行ったら、フィリップスからあなたに電話をかけさせるよう、わたしが手配しておきます。その時かならず電話のそばにいること、ほかの電話をシャット・

アウトすること、それだけ気を付けてください」

「そして五万ドルを超えたら、あんたが引き継いでくれるんだね？」

「約束しますよ」と、マックスは相手の目をまっすぐ見ながら言った。


マックスはオークションが行われる前の週末にニューヨークへ飛んだ。イースト・サイドの小さなホテルにチェックインして、われわれの房と大して変らぬ広さの部屋で我慢することにしたが、チェス・ゲームの大詰めに必要な金しか残っていないのだからそれもやむをえなかった。

マックスは月曜日の朝早起きした。ニューヨークの車の騒音とパトカーのサイレンのオーケストラのせいで、ゆっくり寝ていられなかった。その時間を利用して、オークションが始まってから起こりうるさまざまに異る状況を、何度も繰り返して念入りにおさらいした。彼がセンター・ステージに立つのはたった二分弱で、もしも失敗すれば、赤字の銀行口座以外になんの収穫もなしに、次の飛行機でレースローへ戻ることになる。

彼は三番街と六十六丁目の角でベーグルを一個買い、そこからフィリップスまでさらに数ブロック歩いた。午前中は、中国美術のオークションが行われる会場で開催中だった写本のオークションで時間をつぶした。会場の後列に無言で坐《すわ》って、午後から思わぬ事態に慌《あわ》てないように、アメリカ流のオークションの進め方をじっくり観察した。

マックスは昼食を抜いたが、それは資金がすでに底をつきかけていたせいばかりではなかった。かわりにその時間を利用して二本の国際電話をかけた。最初のケニントン卿への電話は、赤のキングを入手するために、まだ五万ドルまで競《せ》り続ける権限を与えられていることを確認するためだった。落札と同時に、その駒がいくらで売れたかを電話で知らせると約束した。数分後に二本目の電話を、今度はカドガン・スクエアの自宅にいるジェイムズ・ケニントンにかけた。ジェイムズは呼出音が一度鳴っただけで受話器を取り、マックスの声を聞いて明らかにほっとしたようだった。彼はジェイムズにも兄のときとまったく同じ約束を繰り返した。

電話を切って入札カウンターへ行き、係員にロンドンのジェイムズ・ケニントンの電話番号と、ロット23の競りに参加する彼の意図を伝えた。

「お任せください」と、係の女性は答えた。「充分な余裕を見てこの方と連絡を取ります」

マックスは礼を言ってオークション会場へ戻り、競売人に向かって右側の、八列目の端のいつもの席に腰を下ろした。そしてカタログのページをめくり、なんの関心もない品目をチェックし始めた。競売人がロット１への入札を呼びかけるのを辛抱強く待ちながら時間をつぶす間に、会場のだれが美術商で、だれが本気の入札者で、だれがただの物好きかを見きわめようとした。

競売人が二時五分前に壇上への階段を昇るころには、会場は期待に満ちた顔また顔で満員だった。二時きっかりに、競売人が顧客に向かって微笑《ほほえ》みかけた。

「ロット１は」と、彼は声を張り上げた。「優雅な象牙《ぞうげ》彫刻の釣人像です」

その作品はこれから始まるドラマを予感させるには程遠い、八百五十ドルという値段で落札された。

ロット2は千ドルに届いたが、五千ドルの大台は、ロット17の、机上の帳簿を読む官吏像まで待たなくてはならなかった。

明らかにそれ以降の品目にしか関心がない一人か二人の美術商が会場に姿を現わし、入れかわりに目当ての品目の落札に成功するか失敗するかした二人の美術商が席を立った。競売人がロット23の競りを開始するまではまだしばらく間があったが、マックスにはすでに自分の心臓の鼓動が聞えていた。

彼は会場の横手にある長テーブルの電話の列に目を向けた。電話の係が配置されているのはそのうちの三つだけだった。競売人がロット21を告げたとき、係員の一人が電話をかけ始めた。間もなく彼女は片手で口元を覆《おお》って、小声で話し始めた。ロット22の競りが始まると、彼女はふたたび依頼人と二言三言話した。次は赤のキングの番だと、ジェイムズ・ケニントンに連絡したのに違いなかった。

「ロット23」競売人が手元のメモを見ながら言った。「精妙な彫刻の赤のキング、出所不明の品です。三百ドルからスタートします」

マックスがカタログを差し上げた。

「五百ドルの方はいらっしゃいませんか？」競売人は電話係に向かって言った。彼女は小声で電話に話しかけてから、大きく頷《うなず》いた。競売人がマックスに視線を戻したので、彼は値段が提示される前に早くもカタログを持ち上げた。

「一千ドルの声がかかりました」競売人は電話係に声をかけた。「二千ドルはどうですか？」と思い切った値段を提示し、電話係が間髪を入れずに頷くのを見て驚いた。

「三千？」彼はマックスに視線を戻して続けた。すかさずカタログが持ち上げられ、後列の数人の美術商たちが私語を交わし始めた。

「四千？」競売人は信じられないといった表情で電話係にたずねた。五千、六千、七千、八千、九千、一万ドルまで達するのに一分とかからなかった。競売人はまさにこうなることを最初から予想していたように見せかけようとして必死だったたし、会場の私語はますます大きくなっていった。だれもがなんらかの意見を持っているようだった。一人か二人の美術商は、お気に入りの席から立ち上がって、過熱した競りの説明をきくために、急いで会場の後方へ移動した。ある者はすでにその理由にうすうす気が付いていたが、このような重圧のもとでは競りに参加する気はさらさらなく、まして値段が五千ドル刻みではね上がってゆく今となってはなおさらだった。

マックスは競売人の「四万五千？」の問いに答えてカタログを差し上げた。「五万の方はいらっしゃいませんか？」と、競売人は電話係にきいた。会場の全員の視線が彼女の反応に向けられた。彼女は初めてためらった。競売人が「五万はいらっしゃいませんか？」と繰り返した。彼女はその数字を電話に向かって囁《ささや》き、長い沈黙のあとで頷いたが、あまり乗気ではなさそうだった。

マックスは五万五千でどうかときかれたとき、同じようにためらったが、かなり時間をかけた末についにカタログを持ち上げた。

「六万の方はいらっしゃいませんか？」と、競売人が電話係に問いかけた。マックスは彼女が手で送話口を覆って、その数字を繰り返す間、そわそわしながら待った。ジェイムズ・ケニントンは五万ドル以上の金を用意できただろうかと考えるうちに、マックスの額に玉の汗がにじんだ。だとしたらこの計画を請負った経費が出るだけだ。永遠のように思えたが実際にはたった二十秒に過ぎない時間がたって、電話係が首を横に振って受話器を置いた。

競売人がマックスのほうを向いて、「左側の紳士に五万五千ドルで売れました」と言ったとき、マックスは吐気と眩暈《めまい》と勝利と安堵《あんど》感《かん》を一緒くたに経験した。

マックスは席に着いたまま、興奮がおさまるのを待った。さらに十件余りのロットが落札されたところで、この男は何者かといぶかる美術商たちの疑いの視線にも気付かずに、そっと会場から抜けだした。分厚いグリーンのカーペットを踏んで、購入カウンターで立ち止まった。

「ロット23の手付金を払いたいのだが」

女性の事務員が手元のリストを見た。「赤のキングですね」と言って、落札価格を再確認した。「五万五千ドルです」と付け加えて、マックスの同意を求めた。

彼が頷くと、事務員は購入書類の小さな枡目《ますめ》に数字を記入し始めた。間もなく書類の向きを変えてマックスのサインを求めた。

「手付金は五千五百ドルです。残額は二十八日以内に支払ってください」マックスはその手順ならよく知っていると言わんばかりに無造作に頷いた。契約書にサインしてから、これで銀行の口座が空っぽだと思いながら、五千五百ドルの小切手を切って、カウンターの上に滑らせた。事務員は契約書の一枚目をマックスに渡し、写しを手元に残した。サインをチェックしたとき、彼女は躊躇《ちゅうちょ》した。偶然の一致かもしれなかった。結局、グラヴァーというのはよくある名前だった。彼女は客を侮辱することを望まなかったが、会社が小切手を現金化する前に、この異例の事態（訳注　品物を持ち込んだのと落札したのが同一人物）を法務部に報告する必要があると考えた。

マックスは競売社を出て、北のパーク・アヴェニューに向かった。自信に満ちた足どりでサザビー・パーク・バーネットに入り、受付に近づいて、東洋部長に面会を申しこんだ。ほんの数分しか待たされなかった。

この時は真の意図を隠すための煙幕でしかない予備的な質問をして、時間を無駄にはしなかった。要するに、フィリップスの事務員が言っていたように、売買の完了まで二十八日間の余裕しかなかったからである。

「もしもケニントン・チェス・セットが市場に出たら、どれくらいの値が付くと思いますか？」と、マックスは質問した。

東洋部長は、フィリップスで赤のキングが売られたことと、その落札値をすでに知らされていたにもかかわらず、驚いて目を丸くした。「七十五万、ひょっとすると百万まで行くでしょうな」と、彼は答えた。

「それからもしもわたしがケニントン・セットをおたくへ持ちこんだとして、あなたがそれを本物と鑑定した場合、サザビーズは将来のオークションにそなえていくら前渡金を払ってくれますか？」

「四十万から五十万というところでしょう。持主がケニントン・セットであることを立証できればですが」

「また連絡します」と、マックスは約束した。これで彼の目先の問題も長期の問題もすべて解決した。

＊　　＊　　＊

マックスはその夜イースト・サイドの小さなホテルをチェックアウトして、ケネディ空港へタクシーを走らせた。飛行機が離陸すると同時に、何日ぶりかで熟睡した。

７２７型機はちょうどテムズの上空に日が昇る時間に、ヒースローに到着した。マックスは税関で申告する必要がなかったので、ヒースロー・エクスプレスでパディントンまで行き、朝食に間に合うように自分のフラットに戻った。いつも行きつけのレストランで食事をし、次のバスを待たずにタクシーに乗るのはどんな気分だろうかと想像した。

　朝食を終えると、流しに皿を片づけて、一脚しかない坐り心地のよい椅子《いす》でくつろいだ。赤のキングが盤上に居場所を見つけた今、ゲームはチェックメイトで終るに違いないと確信して、次の一手を考え始めた。

　十一時——上院に議席を持つ貴族に電話をかけるのにふさわしい時刻——に、マックスはケニントン・ホールに電話した。執事がケニントン卿《きょう》に電話を取り次いだとき、相手が最初に発した言葉は、「手に入ったか？」だった。

「残念ながらノーです」と、マックスは答えた。「どこのだれだかわからない買手に競り負けてしまいました。わたしはあなたの指示に忠実に従って、五万ドルまで競ってあとは下りました」彼は一呼吸おいて続けた。「落札価格は五万五千ドルでしたよ」

　長い沈黙が訪れた。「相手は弟のジェイムズだと思うかね？」

「それはなんとも言えません」と、マックスは答えた。「わかっているのは、おそらく匿名《とくめい》を守りたいからでしょうが、電話で競りに参加していたことだけです」

「すぐにわかるさ」と、ケニントン卿は電話を切る前に言った。

「そうでしょうとも」とマックスは答えて、次の電話をチェルシーのある番号にかけた。

「おめでとう」マックスはジェイムズ・ケニントンの朗々たる声を聞くなり言った。「赤のキングを手に入れたから、あなたは今や遺言状の条件に従って相続を主張できる立場にあります」

「でかしたぞ、グラヴァー」と、ジェイムズ・ケニントンが言った。

「そしてあなたが残りのセットを引き渡すのと引き換えに、四十四万五千ドルの小切手を支払うようわたしの弁護士に指示してあります」

「しかし五十万の約束だぞ」と、ジェイムズが嚙《か》みついた。

「わたしが赤のキングのために払った五万五千を差し引いた額ですよ。すべて契約書に明記されています」

「しかし——」ジェイムズが抗議しかけた。

「なんなら兄上に電話しましょうか？」とマックスが言ったとき、呼鈴が鳴った。「赤のキングはまだわたしが持っていますからね」ジェイムズはすぐには答えなかった。「よく考えてください。客が来たようだからちょっと出てみます」マックスは受話器をサイド・テーブルに置いて、揉手《もみで》をせんばかりにホールへ出て行った。ドア・チェーンをはずし、エール錠を解錠して、ドアを二インチほど開けた。そっくり同じトレンチ・コートを着た長身の男が二人、目の前に立っていた。

「マックス・ヴィクター・グラヴァーだな?」と、一人がたずねた。

「そちらは?」と、マックスが問い返した。

「わたしは詐欺課《さぎか》のアーミテイジ警部、こちらはウィリス巡査部長だ」それぞれがマックスには馴染《なじ》みの深い警察手帳を取り出した。「入っていいかね?」

「弁護士と話したい」それ以外はほとんど話さないマックスの供述を取り終えて、二人は引き揚げた。彼らはその足でヨークシャーまで車を飛ばして、ケニントン卿と面会した。卿の詳細な供述が得られると、ロンドンへ舞い戻って今度は弟のジェイムズから事情を聴取した。彼もまた兄に劣らず協力的だった。

一週間後、マックスは詐欺容疑で逮捕された。判事は彼の前科を考慮して、保釈を認めなかった。

「しかし、警察はあんたが赤のキングを盗んだことをどうやって知ったのかね」と、わたしは尋ねた。

「警察にはばれてないよ」と、マックスは煙草《たばこ》の火を消しながら答えた。

わたしはペンを置いた。「それはどういうことかね?」と、上段のベッドで呟《つぶや》いた。

「おれにもさっぱりわからなかったよ」マックスは白状した。「少くとも起訴されるまではね」わたしは同房の囚人が新しい煙草を巻く間、無言でじっと待った。「警察の事件記録《チャージ・シート》が読み上げられたとき」と、彼は続けた。「だれが驚いたって、このおれが一番驚いたさ」

「『被告マックス・ヴィクター・グラヴァー、あなたは虚偽表示によって金銭を詐取しようとした容疑で起訴された。即《すなわ》ち二〇〇〇年十月十七日、ニューヨークのフィリップス競売社において、ロット23の赤のキングを五万五千ドルで落札したが、その一方で自分がこのチェスの駒《こま》の所有者であることを隠したまま、別の買手をそそのかして自分と張り合わせようとした』」

鍵穴《かぎあな》で重々しく鍵の回る音がして、監房のドアがガチャンと音を立てて開いた。

「面会時間だ」と、看守の声が響きわたった。

「これでわかったろう」マックスはベッドから足を下ろしながら言った。「おれは身に覚えのない罪で起訴されて、見当違いの刑期を食らったんだよ」

「しかし、赤のキングを兄弟のどっちかに売ろうと思えば売れたのに、なんでわざわざそんな面倒くさいことをしたんだ？」

「そのためにはまず赤のキングをどうやって手に入れたかを彼らに説明しなければならず、万一つかまっていたら……」

「現につかまったじゃないか」

「しかし盗みでは起訴されなかった」と、マックスは指摘した。

「で、赤のキングはどうなったんだ?」わたしは連れ立って廊下へ出て、面会場のほうへ歩いて行きながら質問した。

「裁判のあとでおれの弁護士に返却されたよ。今はおれの釈放まで彼の金庫に保管されている」

「ということは——」と、わたしは言いかけた。

「ケニントン卿と会ったことはあるかね?」と、マックスがさりげない口調できいた。

「いや、ないね」

「じゃ紹介してやるよ、きみ《オールド・ボーイ》」彼はケニントン卿の口真似《くちまね》をした。「今日の午後、面会に来ることになっている」そして少し間をおいて続けた。「彼が赤のキングを売ってくれと言いだしそうな予感がするんだ」

「あんたは応じるつもりかい?」

「そう慌《あわ》てるなよ、ジェフ」マックスは面会場に入った。「来週、弟のジェイムズが面会に来るまでは、その質問には答えられないね」

ソロモンの知恵

「お節介はよしなさいよ」と、キャロルが忠告した。

「お節介なもんか」わたしはベッドに入りながら妻に反論した。「ボブとは二十年以上のつきあいなんだぜ」

「だったらなおさらあなたの意見を口に出すべきじゃないわ」と、妻は言い張った。

「だがぼくは彼女が好きじゃないんだ」と、わたしは手きびしく答えた。

「そのことなら食事中のあなたの態度で見え見えだったわ」と、キャロルはベッドサイドのライトを消しながら言った。

「しかしこの結婚が涙で終ることはきみにだってわかっているだろう」

「その時はクリネックスの大箱を買えばいいのよ」

「あの女は彼の金だけが目当てなんだぜ」

「彼は金なんか持ってないわ。ボブは開業医としてとても繁盛《はんじょう》しているけど、アブラモヴィッチ・クラスには及びもつかないのよ」

「そりゃそうだろうが、この結婚に反対するのは友人としての義務だと思う」

「今の彼はそんな忠告に耳を貸すとは思えないから、考えるだけ無駄よ」

「賢人よ、説明を頼む」わたしは枕《まくら》を膨らませながら言った。「なぜ無駄なのだ?」

キャロルはわたしの皮肉を無視した。「行き着くところが離婚裁判なら、あなたは自己満足した男に見えるだけ。逆にこの結婚が無上の幸福に包まれたら、彼は決してあなたを許さない——その点では彼女も同じことよ」

「彼女には話さないつもりだった」

「彼女は自分があなたにどう思われているかをちゃんと知ってるわ」と、キャロルが言った。「これは本当よ」

「一年とは保《も》たないだろう」と予言したちょうどその時、わたしのベッドサイドで電話が鳴った。患者からではないことを祈りながら受話器を取った。

「きみに頼みたいことはたったひとつ」と、名乗る必要のない声が言った。

「それはなんだい、ボブ？」

「花婿《はなむこ》の介添人を引き受けてくれるか？」


　ボブ・ラドフォードとわたしが初めて会ったのは、二人がセント・トマス病院で研修医見習をしているときだった。より正確に言えば、ファースト・コンタクトはラグビー・フィールドで、わたしがこれで決勝トライはいただきだと思った瞬間に彼にタックルされたときに起きた。当時われわれは敵味方のチームに分かれていた。

われわれがガイズ病院で研修医に任命されたあと、今度は同じラグビー・チームに属し、週の中ごろには定期的にスカッシュをやるようになった——これは何度やってもいつも彼の勝ちだった。研修医としての最後の年に、ランベスの同じ下宿の部屋に住むことになった。女友達を探して遠くまで行く必要はなかった。セント・トマスには三千人以上の看護婦がいて、その大部分はセックスをしたがり、なぜかわからないが医者は安全な賭《かけ》だと考えていた。二人とも新しく手に入れた地位を利用して楽しんだ。やがてわたしは恋に落ちた。

キャロルもガイズ病院の研修医見習いで、最初のデートのときに彼女は、自分が求めているのは長期間の関係ではないとはっきり釘《くぎ》を刺した。だが、彼女はわたしの唯《ゆい》一《いつ》の才能、すなわち粘り強さを甘く見ていた。わたしが九回求婚したあと、彼女はついに降参した。キャロルとわたしは彼女が研修医の資格を取った数か月後に結婚した。

ボブが進んだ方向はわたしとは正反対だった。われわれが夕食に招くたびに、彼は新しい連れと一緒に現われた。わたしは時おり連れの名前を間違えたが、キャロルは一度もそんなミスをしなかった。しかしながら、年月とともに、定食メニューの中からなにか新しいごちそうを見つけて味わおうというボブの食欲も、さすがに学生時代ほど旺盛《おうせい》ではなくなっていた。なんと言っても、最近二人一緒に四十回目の誕生日を祝ったところだった。ロンドンの開業医で最も成功していることも大いにあずかって、ボブが学生新聞で、結婚相手に最もふさわしい独身男性に選ばれたことも、あまり助けにはならなかった。彼はハーレー・ストリートに数部屋を持っていたが、その出費のどれも幸せな結婚生活とは無縁だった。

ボブが生涯をともにする女性と形容したフィオーナを紹介するために、キャロルとわたしを夕食に招いたとき、われわれは驚くと同時に心から喜んだ。同時にボブのその前のガール・フレンドの名前を思い出せないので、いささか当惑もしていた。少くともフィオーナという名前でないことは確かだった。

われわれがレストランに到着すると、二人は店の奥のコーナー・テーブルに坐《すわ》って、手を取り合っていた。ボブが立ち上がってわれわれを迎え、フィオーナを世界一の美女と紹介した。確かにフィオーナを公平な目で評価するならば、体内に赤い血が流れる男なら彼女の肉体的な美質を否定はしないだろう。身長が百七十五センチ、そのうちの七十五センチあまりが、ジムで鍛えたうえにおそらくレタスと水でダイエットした上半身に付属していた。

食事中の会話は全然はずまなかった。その理由のひとつは、ボブがドナテッロの裸婦像鑑賞のために取っておくほうがよさそうな視線で、フィオーナをみつめてばかりいたからである。食事が終るころ、わたしはフィオーナもドナテッロの彫刻に劣らず高くつきそうだという結論に達していた。それはなにも彼女がワイン・リストを下から上へ読み、前菜にキャヴィアを注文し、美しい笑顔でパスタにはトリュッフを盛りつけてと頼んだから、というだけではなかった。

率直に言って、フィオーナは、夜の遅い時間に、望むらくは海の向うの、ホテルのバーのスツールに腰かけているときに出会いたいと思うタイプの、脚の長い金髪女性だった。彼女の年齢はいざ知らず、食事の間にボブと会う前に三度の結婚歴があることがわかった。でも、今度こそ理想の男性が見つかったわ、とわれわれに請合った。

わたしはその晩無事に逃げだせたことにほっとするあまり、読者はすでにお気付きのように、フィオーナをどう思ったかを妻にくわしく話さなかった。

結婚式はおよそ三か月後に、キングズ・ロードにあるチェルシー登記所で行われた。式に出たのはセント・トマス、ガイズの両病院のボブの友人たちで――そのうちの何人かはわたしがラグビー時代から一度も会っていない顔だった。フィオーナには友達が一人もいないようだ、少くとも彼女の新しい結婚式に喜んで出席しようという友達は、とキャロルに指摘するのは賢明じゃなさそうだと判断した。

わたしは無言でボブのかたわらに立って、登記係の歌うような言葉を聞いていた。

「この二人が結婚によって結ばれることに反対する法的な理由を示せる者は、今この場でわたしにその理由を提示してください」

わたしは意見を述べたかったが、キャロルがすぐそばにいるので聞かれる危険があった。この日フィオーナが輝くように美しく見えたことは告白しなければならない。もっとも仔羊《こひつじ》を丸呑《まるの》みしようとするウワバミに似ていないこともなかったが。

披露宴はフーラム・ロードのルチオで行われた。花婿の介添人のスピーチは、わたしがシャンパンを飲み過ぎなかったら、あるいは自分の口から出た言葉の一言でも信じていたら、もう少し筋が通ったものになっていただろう。

お義理の拍手を聞きながら着席したが、キャロルは耳に口を近づけてスピーチの出来ばえをほめることもしなかった。わたしはレストランの前の歩道で新郎新婦を見送るまで、キャロルを避け続けた。ボブとフィオーナは手を振って別れを告げてから、ヒースロー空港まで行く白いストレッチ・リムジンに乗りこんだ。空港からは飛行機でアカプルコへ飛び、三週間のハネムーンを過ごす予定だった。披露宴の出席者全員が乗れそうなストレッチ・リムジンも、ハネムーンの最終目的地も、ボブが選んだものではなかった。わたしはこの情報をキャロルの耳に入れなかった。疑いもなく彼女は、それはあなたの偏見だとわたしを非難したことだろう――そして事実彼女の言う通りかもしれなかった。

彼らの結婚一年目に、フィオーナとひんぱんに顔を合わせたとはとても言えない。ボブは時おり電話をくれたが、いつもハーレー・ストリートの診察室からかけてくるだけだった。たまには一緒に昼飯を食べたが、彼はもう以前のように夕方からスカッシュをワン・ゲーム、というわけにはいかなくなっているようだった。ランチのとき、ボブはまるでわたしが彼の妻をあまりよく思っていないことを知っているかのように、かならず自慢の妻の長所を数え上げた――わたしは一度も本心を話したことがないのにである。おそらくその理由で、キャロルとわたしは一度も彼らの自宅へ夕食に招かれなかったし、こちらから食事に招待すると、決まって往診があるとか、その晩はロンドンを留守にするといった見えすいた口実で断わられた。

当初その変化は微々たるもので、ほとんど感知できないくらいだった。ランチの回数が多くなり、時おりスカッシュのゲームさえ割りこむようになって、しかもそれ以上に意味があるのは、まだ決定していない聖女フィオーナの誕生がほとんど話題にされなくなったことだった。

　変化がより明白になったのは、ボブのおばのミス・ミュリエル・ペンブルトンの死後間もなくのことだった。正直なところ、わたしはボブにおばがいることさえ知らなかったし、ましてやそのおばがペンブルトン・エレクトロニクスのただ一人の相続人であることなど、もとより知る由《よし》もなかった。

《ザ・タイムズ》の記事によれば、ミス・ペンブルトンは株と不動産で七百万ポンド少々と、かなりの美術コレクションを遺《のこ》していた。慈善団体への少額の遺贈を別にすれば、彼女の甥《おい》が唯一の相続人であることが明らかになった。驚いたことに、ボブは思いもかけない財産を相続してもまったく変らなかったが、フィオーナはそうは行かなかった。


　わたしがボブの幸運を祝うために電話したとき、声に元気がなかった。彼は個人的な問題で助言が欲しいので、ランチを一緒にどうかとたずねた。

　二時間後にデヴォンシャー・プレイスから少し入ったガストロ・パブで落ち合った。ボブはウェイターが注文を聞くまで重要なことをなにも話さなかったが、最初の一品が運ばれて来ると、それ以後メニューのほかの料理はフィオーナだけになってしまった。彼はその朝アボット・クロンビー弁護士事務所から、一点の曖昧《あいまい》さもない言葉で、彼の妻が離婚訴訟を起こすことを通知する手紙を受け取っていた。

「申し分のないタイミングだな」と、わたしは遠慮なく言った。

「しかもぼくは気がつきもしなかった」と、ボブ。

「気がつくって、なにに？」

「ミュリエルおばと会ってからいくらもしないうちに、ぼくに対するフィオーナの態度が変ったことにだよ。実を言うと、同じその夜、ぼくは彼女の魔力でパンツを脱がされてしまったんだ」

わたしはその問題に関してウッディ・アレンがどう言っているかをボブに教えてやった。ミスター・アレンは、神様は男にペニスと脳みそを与えながら、なぜその二つを結びつける充分な血液を与えなかったのか理解できなかった。ボブはその日初めて声を立てて笑ったが、またすぐに憂鬱《ゆううつ》そうに黙りこんでしまった。

「なにかぼくにできることはあるかい？」

「一流の弁護士を知らないか」と、ボブが言った。「ミセス・アボットは依頼人のために最後の血の一滴まで絞り取ることで有名だからな。とくに上院法官議員による妻に有利な最新の判決のあとではね」

「心当りはないな。十六年間波風の立たない結婚生活を送ってきた人間は、残念ながらその点で役には立てないよ。ピーター・ミッチェルに相談してみたらどうかな？　きっと彼なら四回も離婚しているから、最高の弁護士はだれか知恵を貸してくれるよ」

「今朝一番にピーターに電話したよ」ボブは白状した。「彼はいつもミセス・アボットに依頼しているそうだ——永続的委任契約を結んでね」

それから数週間、ボブとわたしはひんぱんにスカッシュ・コートで会い、初めてわたしが彼を負かすようになった。ゲームのあと彼はわれわれ夫婦と一緒に食事をした。われわれはフィオーナの話題を努めて避けた。ところが、彼女はミュリエルおばの遺産の半分を与えるという条件を出したあとでも、優雅に引き下がるつもりはないようだと、彼のほうからぽろりと洩《も》らした。

数週間が数か月と長引くにつれて、ボブの体重が減り、金髪が若白髪に変り始めた。一方フィオーナはますます元気になって、鍛え抜かれたサラブレッドのように新しいハードルを軽々と跳び越えてゆくように見えた。戦術という点では、フィオーナは明らかに長期戦というものを理解していたが、考えてみれば彼女にはアウェイの試合ですでに三勝しているという利点があり、しかも四勝目についても自信満々だった。

フィオーナがやっと和解に応じたのは、およそ一年後だったに違いない。ボブの全資産は二人の間で等分され、妻側の裁判費用は夫が負担することになった。弁護士事務所での正式調印の日取りが決まった。わたしは立会人の役目を引き受け、キャロルに言わせれば、ボブに必要不可欠な精神的支持を与えることを承知した。

わたしはペンのキャップをはずす暇もなかった。ミセス・アボットが和解条件を読み上げる間もあらばこそ、フィオーナが自分はひどい仕打ちを受け、ボブのせいでノイローゼになりそうだと言って泣き崩れたからである。そしてあとは一言も言わずに部屋から飛びだして行った。告白すればわたしの見るところ、フィオーナはおよそ神経を病んでいるようには見えなかった。ミセス・アボットでさえ憤懣《ふんまん》を隠せなかった。

ボブが自分の弁護士に選んだハリー・デクスターは、ボブが和解に応じなければ、これは時間と費用のかかる法廷闘争になりそうだと警告した。おまけに判事はしばしば被告に被害者の費用を肩代わりするよう指示する、と付け加えた。ボブは肩をすくめただけで、返事さえしなかった。

法廷外の示談で解決する可能性はないことを双方が認めたところで、審理の日程が判事のカレンダーに書きこまれた。

ミスター・デクスターはフィオーナの法外な要求に対して、負けず劣らず激しく抵抗する決心をし、最初はボブも彼のすべての勧告を受け入れた。しかし相手方から新しい要求が突きつけられるたびに、ボブは腰砕けになって、パンチを浴びてふらふらになったボクサーのように、いつでもタオルを投げ入れる覚悟ができていた。審理の日が近づくにつれてますます弱気になり、「なにもかもくれてやろう、それしか彼女を満足させる方法がないとしたら」とまで言いだす始末だった。キャロルとわたしは彼を元気づけようとしたが、ほとんど効果がなく、ミスター・デクスターでさえ依頼人に訴訟を続けさせるのに苦労するありさまだった。

わたしたち夫婦は審理の日に彼を応援しに裁判所へ行くことを約束した。

キャロルとわたしは、六月最終週の木曜日に、夫婦間訴訟を扱う第三法廷の傍聴席に坐って、審理の開始を待っていた。十時十分前に法廷職員たちが入場してそれぞれの席に着き始めた。数分後にミセス・アボットがフィオーナと連れ立って到着した。わたしは宝石ひとつ身につけず、裁判よりも葬式——ボブの——に向いていそうな黒のスーツを着た原告を見おろした。

間もなくミスター・デクスターがボブを従えて姿を現わした。彼らは法廷の反対側のテーブルの、自分たちの席に着いた。

時計が十時を打ったとき、わたしの悪夢が現実になった。判事が入廷した。それは一瞬のうちにわたしの母校の女校長——処罰は犯した罪に見合ったものであるべきだとは信じていないやかまし屋——を思いださせる女性判事だった。彼女は判事席に着席すると、ミセス・アボットにほほえみかけた。二人は大学で同期だったのかもしれなかった。ミセス・アボットが立ち上がって判事に笑みを返した。それからボブの持てる物を洗いざらいむしり取る戦いを開始し、彼のカレッジのカフスボタンは夫と妻のどちらが所有するのが妥当かということまで滔々《とうとう》と弁じた。すなわちミスター・ラドフォードの財産はすべてこれを等分するという同意に達しているのだから、夫が片方のカフスボタンを取るのなら、妻にももう一方のカフスボタンを受け取る権利がある……

時間がたつにつれてフィオーナの要求は増大した。結局わたしの依頼人は、夫に尽くすために、アメリカで成功していた家族経営の会社など、満足すべき幸せなライフスタイルを犠牲にしたのではなかったか、とミセス・アボットは熱弁をふるった。ところが結婚してみると夫は八時前にはめったに帰宅せずに友達とスカッシュをやり、やっと帰ったときには――ミセス・アボットは思い入れよろしく間をおいた――酔っ払っていて、彼女が何時間も手間暇かけて用意した食事に手をつけさえしないし――そこでふたたび間をおく――やがて寝室へ行くとたちまち前後不覚に眠りこんでしまう。わたしは思わず傍聴席から立ち上がって抗議しようとしたが、廷吏の一人に着席しなければ退廷を命じると警告された。キャロルには上衣《うわぎ》の裾《すそ》を強く引っ張られた。

やがて、ミセス・アボットは大演説の結びに達して、彼女の依頼人にはカントリー・ホーム（ミュリエルおばの家）が与えられ、一方ボブはロンドンのアパートメントを自分のものにすることを認められるべきだと述べた。同様に彼女はカンヌにある別荘（ミュリエルおばの持物）を取り、彼はハーレー・ストリートの部屋（貸間）を取る。最後にミセス・アボットはミュリエルおばの美術コレクションに言及して、それも夫婦間で等分されるべきだと思うと述べた。すなわち彼女の依頼人のモネに対して夫はマンギャンを、ピカソに対してはパスモアを、ベーコンに対しては……ようやくミセス・アボットが着席すると、バトラー判事は昼食のための休廷を提案した。

だれも手を付けなかった昼食の間に、ミスター・デクスターとキャロルとわたしが、ボブは反撃すべきだと力説した。しかし彼はまったく耳を貸さなかった。

「おばが死ぬ前にぼくが持っていた物さえ手放さずにすむのなら」と、ボブは言い張った。「それで充分だよ」

ミスター・デクスターはもっと有利な条件をかちとる自信があったが、ボブは争うことを好まなかった。

「早く終らせてくれ」と、彼は弁護士に指示した。「向うの裁判費用を払うのがだれか、忘れてもらっちゃ困る」

午後二時にわれわれが法廷に戻ると、判事がボブの弁護人に呼びかけた。

「この状況でなにか言いたいことはありますか、ミスター・デクスター?」と、バトラー判事はたずねた。

「わたしの依頼人の財産の分割に関するミセス・アボットの提案に、全面的に同意します」と、彼は憤懣やるかたない表情で、溜息《ためいき》をつきながら答えた。

「ミセス・アボットの提案に同意なさるんですね、ミスター・デクスター」と、判事は驚いて念を押した。

ふたたびデクスターがボブの顔を見ると、彼は車の後部の棚に乗っている犬のように頷《うなず》いた。

「ならそれでよいでしょう」バトラー判事は驚きを隠せずに言った。

彼女が判決を申し渡そうとしたとき、急にフィオーナが取り乱してわっと泣き崩れた。彼女はミセス・アボットの耳に口を近づけて何事か囁《ささや》いた。

「ミセス・アボット」バトラー判事は原告の泣き声を無視して言った。「この合意を認可してもよろしいですか？」

「どうも問題がありそうです」ミセス・アボットはいささか当惑した顔で立ち上がった。「わたしの依頼人は、この解決法でもまだ被告に有利だと感じているようなのです」

「本当にそう思っているんですか？」とバトラー判事は言って、フィオーナのほうを見た。ミセス・アボットは依頼人の肩に手を置いて、耳に囁きかけた。フィオーナが即座に立ち上がって、頭を下げながら判事の言葉を聞いた。

「ミセス・ラドフォード」判事はフィオーナを見おろして話し始めた。「あなたは弁護人があなたのためにかちとった条件に、まだ満足していないのですね？」

フィオーナはしとやかに頷いた。

「では、わたしから本件をスピーディな解決に導くある方法を提案しようと思います」フィオーナは判事を見上げてにっこり微笑《ほほえ》みかけ、一方ボブは椅子《いす》に深々と身を沈めた。

「ミセス・ラドフォード、あなたの目から見て、ご主人の財産の公正かつ公平な分割と思える二通のリストを作っていただき、それを当法廷で検討することにすれば、おそらく問題の解決はずっと簡単だと思うのですが、いかがでしょう」

「喜んでそのリストを作らせていただきますわ、裁判長」と、フィオーナがしおらしく答えた。

「この提案に賛成していただけますか、ミスター・デクスター？」と、バトラー判事はボブの弁護人に視線を転じて質問した。

「はい、裁判長」デクスターは憤懣を口調に出さないように努めながら答えた。

「つまりこれはあなたの依頼人の指示だということですね？」

デクスターがボブを見おろしたが、依頼人はもうどうでもよいといった感じで、意見さえ述べなかった。

「そして、ミセス・アボット」判事はフィオーナの弁護人に視線を戻した。「あなたの依頼人がこの解決策を撤回することはないと、約束してください」

「依頼人が裁定に従うことを約束いたします、裁判長」

「ではやむをえません」と、バトラー判事は言った。「明朝九時まで休廷とします。再開後にミセス・ラドフォードの二つのリストを検討することにします」

キャロルとわたしはその晩ボブを夕食に誘いだした――がそれは無意味な試みだった。彼はほとんど口を開かず、従ってろくに食べもせず詰もしなかった。

「彼女になにもかもやってしまおう」と、やがてコーヒーを飲みながら彼は言った。「あの女から逃れるにはそうするしかなさそうだ」

「しかしおばさんはこうなることがわかっていたら、きみに財産を遺《のこ》さなかったと思うよ」

「ミュリエルおばもぼくもそこまでは考えもしなかったのさ」と、ボブが諦《あきら》めの口調で言った。「おまけにフィオーナのタイミングも完璧《かんぺき》だった。おばと会ってからわずか一か月後に、ぼくのプロポーズを受け入れたんだ」ボブはわたしに向かって非難するような視線を投げかけた。「あんな女と結婚するなと、なぜ警告してくれなかったんだ？」

翌朝判事が入廷したとき、すでに法廷職員は全員持場についていた。原告と被告はそれぞれの弁護人の隣りに坐《すわ》っていた。法廷の全員が立って一礼し、バトラー判事が着席すると、ミセス・アボットだけが立ったまま残された。

「あなたの依頼人には二通のリストを作成する時間がありましたか？」と、判事はフイオーナの弁護人を見おろしながら質問した。

「はい、裁判長。二通のリストを検討していただく用意はできております」

判事が法廷職員に向かって頷いた。職員はミセス・アボットにゆっくり歩み寄って、二通のリストを受け取った。次に同じようにゆっくりと判事席に近づき、リストを判事に手渡した。

バトラー判事はたっぷり時間をかけて財産目録を熟読した。時おり頷いたり、「うむ」と付け加えたりもした。その間ミセス・アボットはずっと立ったままだった。判事はリストの最終行まで読みおえると、弁護人席に視線を向けた。

「では」と、バトラー判事は尋ねた。「双方とも、このリストは問題の財産を公正かつ公平に分割したものである、と考えているのですね？」

「はいそうです、裁判長」と、ミセス・アボットが依頼人に代わってきっぱりと答えた。

「わかりました」判事はミスター・デクスターに向かって言葉を続けた。「あなたの依頼人もこの分割方法に同意しているのですね？」

ミスター・デクスターは躊躇《ちゅうちょ》した。「はい、裁判長」と結局は答えたが、皮肉な口調は隠そうにも隠せなかった。

「それならよいでしょう」公判が始まってから初めて、フィオーナの顔に笑みが浮かんだ。判事も笑みを返した。「しかしながら、判決を言いわたす前に」と、彼女は続けた。「ひとつだけミスター・ラドフォードに質問があります」ボブが自分の弁護人をちらと見てから、そわそわと立ち上がった。そして判事席を見上げた。

判事はこの期《ご》に及んでまだ言いたいことがあるのか、というのが傍聴席にいるわたしの頭に最初に浮かんだ疑問だった。

「ミスター・ラドフォード、あなたの奥さんが当法廷で、この二通のリストはあなたの全財産の公正かつ公平な分割を示すものであると断言するのを、わたしたち全員が確かに聞きました」

ボブは無言で頷いた。

「しかしながら、判決を言いわたす前に、わたしはあなたがこの評価に同意していることを確かめる必要があります」

ボブが顔を上げた。一瞬躊躇する気配だったが、続いて言った。「はい、同意しております、裁判長」

「では、本件に関してわたしには選択の余地がありません」と、バトラー判事は断言した。そこで一拍おいて、まだ笑みを浮かべたままのフィオーナを睨《にら》みつけた。「わたしはミセス・ラドフォードにこの二通のリスト――これは彼女に言わせればあなたの財産を公正かつ公平に分割したものだそうですが――の作成を許可した以上――」バトラー判事はフィオーナが頷いて同意を示すのを見て、内心ほくそえんだ――「ミスター・ラドフォードに二通のうちの好きなほうを選ぶ権利を与えるのも」と、判事はボブに視線を戻して続けた。「公正かつ公平であると考えます」

この意味、わかるだろ

「このムショがどんなところか知りたかったら、おれに訊《き》きな」と、ダグが言った。「この意味、わかるだろ？」

どこの刑務所にもこの手の人間が一人はいる。ノース・シー・キャンプでは、そいつの名前はダグ・ハズレットだった。ダグは身長が六フィートに半インチ足らず、濃くて黒い縮れ毛はこめかみのあたりに白いものが混り、腹はズボンの上にオーヴァーハングしていた。ダグの考える運動とは、彼が図書係を務める図書室から百ヤードはなれた食堂まで、一日に三回歩くことだった。おそらく彼の頭の運動もそれとほぼ同じペースだった。

彼は頭がよくて、狡猾《こうかつ》で、ごまかしが得意で、怠け者――常習的犯罪者に共通する特徴である――であることを知るまで、さして時間はかからなかった。ダグは新しい刑務所に到着してから数日以内に、新しい衣類と、最も快適な監房と、最高給の仕事にありつくことを保証され、どの囚人の――そしてさらに重要なことだが――どの看守の側につくことが必要かを、たちまち見抜いてしまうのだった。

わたしは自由時間の大部分を図書室で過ごしたので――この刑務所には四百人を超す囚人がいるのに、そこはいつ行ってもがらがらだった――すぐにダグの身上話を聞かされるはめになった。相手が作家だとわかると、貝のように口を閉ざしてしまう囚人もいるが、逆におしゃべりが止まらなくなる囚人もいる。図書室のあちこちで目につく「静粛」の貼紙《はりがみ》にもかかわらず、ダグは後者のタイプだった。

ダグが十七歳で学校をやめたとき、合格した試験は運転免許試験だけで——これは一発で合格した。四年後に大型輸送車運転免許を追加して、同時にトラック運転手として初めて職に就いた。ダグは芽キャベツやエンドウマメを満載したトラックを駆って、遠路はるばる南フランスまで往復しても、稼ぎがいくらにもならないことに幻滅した。しかもスリーフォードまで空荷で戻らなければならず、ボーナスにありつけないこともしょっちゅうだった。彼はEUの規制に関してしばしばヘマをしでかし（彼の言い分）、なぜか自分は納税義務を免除されていると思いこんでいた。悪いのはフランスの必要以上に煩雑《はんざつ》すぎる手続きと、イギリス労働党政府の懲罰的な重税だった。ついに両国の裁判所が彼の銀行口座凍結命令を出したとき、ダグはだれかれなしに当り散らした。

執達吏はダグの所有物を洗いざらい没収した——が分割払い購入契約で今も支払いを続けているトラックだけは例外扱いだった。

ダグがトラック運転手稼業《かぎょう》に見切りをつけて、失業手当を受給しようとした矢先に

──実入りは運転手と大差なかったし、朝早起きしなくてすむ──マルセイユで途中下車をしたときに、見たこともない男から声をかけられた。埠頭《ふとう》近くのカフェで朝食をとっていると、その男が隣りのスツールに腰かけた。見知らぬ男は自己紹介で時間を無駄にせず、いきなり用件を切り出した。ダグは興味津々《しんしん》で話を聞いた。結局、彼はすでに芽キャベツとエンドウマメの積荷を埠頭近辺でおろして、あとは空のトラックでイギリスへ戻る予定だった。あんたは週に一度、託送品のバナナをリンカンシャーへ届けるだけでいい、と見知らぬ男は保証した。

わたしとしては、ダグもいくぶんは躊躇《ちゅうちょ》したことを指摘しておくべきだろう。彼は新しい雇い主に、麻薬の運び屋などまっぴらだし、不法移民の手助けなら話も聞きたくないと、はっきり断わった。ダグもまた、わたしの囚人仲間の多くがそうであったように、きわめて右翼的な心情の持主だった。

ダグが配達先の、リンカンシャーの草深い田舎にあるおんぼろ納屋《なや》に到着すると、キャッシュで二万五千ポンド入った分厚い封筒を渡された。荷下ろしの手伝いさえ要求されなかった。

ダグの暮し向きは一晩でがらりと変った。それから二度長距離輸送をやったあと、仕事をパートタイムに切り替えて、週に一度だけマルヤイユ往復をするようになった。にもかかわらず、一週間の稼ぎは所得税申告書の一年間の申告所得額よりも多かった。

ダグはこの新たな収入源を利用して、ヒントン・ロードの地下のフラットから脱出し、不動産市場に投資をすることに決めた。

それから一か月間、地元の不動産会社の若い女性社員の案内で、スリーフォードのいくつかの物件を見て回った。サリー・マッケンジーにしてみれば、トラック運転手の稼ぎでどうして自分が勧めているような物件に手が届くのか、ふしぎでならなかった。

ダグは結局スリーフォード郊外の小さなコテージを買うことに決めた。サリーは彼が手付金をキャッシュで支払ったことにますます驚き、彼にデートに誘われてショックを受けた。

六か月後、サリーは依然として金の出所の見当もつかなくて心配だったにもかかわらず、ダグの家へ引っ越した。

ダグは急に金持になったことで、ほかにも予想もしなかった問題に直面した。銀行に口座を開くことも、住宅金融組合に毎月小切手で支払うこともできないとしたら、週二万五千ポンドの収入をいったいどうすればよいのか？　ヒントン・ロードの地下のフラットは田舎のコテージに変った。中古のフォーク・リフト・トラックは十六輪のベンツのトラックと交換された。年に一度のブラックプールのベッド・アンド・ブレックファストは、ポルトガルはアルガルヴェ県の貸別荘に格上げされた。ポルトガル人はどこの国の通貨であれ、キャッシュによる支払いを大いに歓迎するようだった。一年後の二度目のアルガルヴェ行きで、ダグは片膝突《かたひざつ》いてサリーに求婚し、ドングリ大のダイヤモンドのエンゲージ・リングを贈った。ダグはそういう昔気質《むかしかたぎ》の男だった。

ある人々にとって、とりわけ若い妻もその一人だったが、年収が二万五千ポンドしかないダグになぜそんな暮しができるのか、依然として謎《なぞ》は解けないままだった。「超過勤務にキャッシュでボーナスが出るんだよ」サリーの質問に対する彼の答えはこれですべてだった。ところが夫は週に二日しか働かないことを知っていたので、この答はミセス・ハズレットを驚かせた。そして彼女のほかに同じ疑問を抱いた人間がいなければ、真相は永久に闇《やみ》の中だったかもしれない。

イギリス税関の野心的な若い税関吏補、マーク・ケイネンは、ある情報提供者からダグが運んでいるのはただのバナナではないかもしれないという情報を得て、いよいよ彼がイギリスになにを持ちこんでいるかを調べる時期が来たと判断した。

ダグが毎週のマルセイユ行きから戻って来たとき、ミスター・ケイネンは彼のトラックを止めて、税関倉庫に駐車するよう指示した。ダグは運転台から下りて、役人に勤務シートを渡した。積荷欄にはバナナ五十箱としか書いてなかった。若い税関吏補は木箱を一個ずつ開け始めて、三十六箱目に達したところで、ガセネタをつかまされたのではないかと思い始めた。四十一箱目でその考えが変った。中には煙草《たばこ》――マールボロ、ベンソン&ヘッジス、シルク・カット、プレイヤーズなど――がぎっしり詰まっていた。ミスター・ケイネンが五十箱目を開け終ったとき、密輸品の推定末端価格は二十万ポンド以上に達していた。

「おれは木箱になにが入っているか知らなかったんだ」ダグのこの言い分を妻は信じたし、弁護側も信じたかったが、陪審は信じなかった。ダグの弁護人は、ミスター・ハズレットはこれが初犯であり、彼の妻は妊娠中であると裁判長に訴えた。裁判長は冷やかに沈黙してその訴えを聞き、ダグに四年の刑を宣告した。

ダグは最初の一週間をリンカンの重警備刑務所で送ったが、入所手続きを完了して、イエスかノーで答えるすべての項目――麻薬、暴力行為、前科――のノーの枡《ます》に✓印を書き入れると、すぐに開放型刑務所に移された。

ノース・シー・キャンプでは、わたしがすでに説明したように、ダグは図書室勤務を志願した。ほかの選択肢は養豚場、調理場、売店、便所掃除などだった。ダグはすぐに気がついたのだが、この刑務所には四百人以上の囚人がいたにもかかわらず、図書室勤務はたいそう気楽な稼業だった。収入は週二万五千ポンドから十二ポンド五十ペンスに減り、妊娠中の妻と話すためにそのうちの十ポンドをテレフォン・カードに費した。

ダグは週に二回サリーに電話をかけて——刑務所から外へかけられるだけで、外からはかけられない——出所したらもう二度と法を犯すようなことはしないと、繰り返し約束した。サリーはそれを聞いて安心した。

ダグの留守中に、大きなおなかを抱えながらもサリーは相変らず不動産会社で働き、しかも夫の留守の間彼のトラックを貸し出しさえした。しかしダグはすべてを妻に打ちあけていたわけではなかった。ほかの囚人たちは《プレイボーイ》、《リーダーズ・ワイヴズ》、《サン》などを差入れてもらうのに、ダグは寝る前に読むための《週刊運輸業界《ホーリッジ・ウイークリー》》や《エクスチェンジ&マート》などを注文していた。《週刊運輸業界》を拾い読みしているときに、まさにお誂《あつら》え向きのものを見つけた。左ハンドル、四十トンの、アメリカ製ピータービルト・トラックの中古車で、信じられないほど安い値段で売りに出ていた。ダグは長い時間をかけて——時間だけはいくらでもあった――追加の特別装備を検討した。独りで図書室にいるときに、雑誌の裏に図面を描き始めた。次に物差を使ってマールボロの箱の正確なサイズを測定した。今度のほうが実入りは少いが、少くともつかまる心配はないことを知った。

　週に二万五千ポンドを稼ぎながら税金を払わずに済ますことの問題のひとつは、刑務所から出たあと、税込みで年収二万五千ポンドの仕事に就かなければならないことだった。これは大部分の犯罪者――とくに麻薬密売人――に共通するジレンマだった。

　出所まであと一か月を残すだけになったところで、ダグは妻に電話をかけて、今所有している最高級のトラックを下取りに出して、《週刊運輸業界》の広告で見たピータービルトの超大型十八輪の中古トラックを買うよう指示した。

　サリーはそのトラックを初めて見たとき、夫がなぜそれまでのすばらしいトラックをこのモンスターと取り換えることを望んだのか理解できなかった。だが、これならスリーフォードからマルセイユまで給油のために止まらずに走り続けられる、という夫の説明を聞いて納得した。

「でもこの車は左ハンドルよ」

「いいか、忘れるなよ」と、ダグは言った。「旅の最長区間はカレー－マルセイユ間なんだ（訳注 フランスは右側通行）」

ダグは模範囚と認められて、結局四年の刑期の半分を服役しただけで出所した。釈放の日、妻と生後十八か月になる娘のケリーが、刑務所のゲートでダグを待っていた。サリーは自分の古いヴォクスホールに夫と娘を乗せて、スリーフォードまで連れて帰った。ダグは帰宅と同時に、小さなコテージの隣りの草地に駐車している大型トラックを見て顔をほころばせた。

「だけど、なんで古いベンツを売らなかったんだ？」

「下取り値段が安過ぎたからよ」と、サリーは打ち明けた。「だからあと一年貸出しを続けることにしたの。そうすれば少くともわずかながら収入が得られるわ」ダグは頷《うなず》いた。うれしいことにトラックは二台ともぴかぴかで、エンジンも点検したところ快調そのものだった。

ダグは翌朝から仕事に戻った。もう二度と同じ過《あやま》ちを繰り返さないと、何度もサリーに誓った。地元の農家の芽キャベツとエンドウマメを満載して、マルセイユへの旅に出発した。そしてバナナを満載してイギリスへ戻って来た。最近昇進を果した疑り深いマーク・ケイネンが、いつもダグのトラックを止めて、マルセイユからなにを運んで来たかを調べるために抜打ち検査をした。しかしいくら木箱をこじ開けても、バナナしか入っていなかった。税関吏は納得が行かなかったが、ダグがどんな手を使っているのか見当もつかなかった。

「もう一度チャンスをくださいよ」ミスター・ケイネンにまたドーヴァーで停車を命じられたとき、ダグは言った。「おれが心を入れ替えた《ターンド・ア・ニュー・リーフ》ことがわからないんですかい？」税関吏は、立証はできないにしても、相手の言う葉《リーフ》は煙草の葉に違いないと信じていたので、チャンスを与えなかった。

ダグの新システムは順調そのもので、一週の稼ぎは一万ポンドにしかならなかったが、少くとも今度はつかまる恐れはなかった。サリーは二台のトラックの収入をきちんと帳簿につけていたので、ダグの税金の申告書はいつも正しく記入され、納税期限に遅れることもなく、ＥＵのいかなる新規制もきちんと守られた。だが、ダグは税金を払わずに利益をあげる新しい方法の詳細を、妻の耳には入れていなかった。

木曜日の午後、ダグはドーヴァーで通関を済ませた直後に、最寄りのガソリン・スタンドに寄って、北のスリーフォードへの旅を続ける前に給油しようとした。一台のアウディが彼のトラックに続いて給油場に入り、ドライヴァーは目の前の巨大トラックが給油を終えるまでどれだけ待たされるのかと舌打ちし始めた。ところが意外にもトラックの運転手はわずか二分ほどで給油ノズルをホルダーに戻した。ダグが通りへ出て行くと、後続車がそのポンプの前に入りこんだ。ミスター・ケイネンはトラックの横腹に書かれた名前を見て興味をかきたてられた。ポンプのメーターを確かめると、ダグはたった三十三ポンドしか払っていなかった。彼はハイウェイを走り去る十八輪のモンスターを眺めながら、たったそれだけでは、ダグはほんの数マイル走っただけでまた給油の必要に迫られることに気がついた。

ケイネンはほんの数分でダグのトラックに追いついた。それから安全な距離をおいて二十マイルほどトラックを追跡すると、やがてダグはまた別のガソリン・スタンドに入りこんだ。数分後にダグが通りに戻ると、ケイネンはポンプのメーター——三十四ポンド——をチェックした。またしても二十マイルしか走れない量だった。ダグがスリーフォードへの旅を続けたので、税関吏は会心の笑みを浮かべながらドーヴァーへ引き返した。

ダグはその翌週マルセイユからの帰途、ケイネンにトラックを停められ、税関倉庫に入れるよう指示されたが、不安の表情はなかった。積荷の木箱は、目録に書いてあるように、どれもみなバナナしか入っていないことを承知していたからである。しかし税関吏はダグにトラックの後部ドアを開けろとは命じなかった。梃《ちょう》のスパナーを音叉《おんさ》のように手に持って、巨大な燃料タンクをこつこつ叩《たた》きながら、トラックのまわりを一周しただけだった。税関吏は八番目のタンクがそれまでの七つの反響音とまったく違う音を立てても驚かなかった。ダグは税関のメカニックたちがトラックの両サイドから八つの燃料タンクをすべて取りはずす間、四時間も坐《すわ》って待った。ひとつだけはディーゼルが半分ほど入っていたが、ほかの七つの中身は十万ポンド相当の煙草だった。

今回は判事も前回ほど寛大ではなく、弁護人がもうすぐ二人目の子供が生まれるからと嘆願したにもかかわらず、六年の刑を申しわたした。

サリーはダグが約束を破ったことに呆《あき》れかえり、夫がもう絶対にしないと誓ってもまだ疑っていた。ダグが刑務所に送りこまれると同時に、彼女は二台目のトラックも貸出して、自分はまた不動産屋で働き始めた。

一年後、サリーは不動産会社の給料に加えて、三千ポンドをわずかに上回る増収を申告することができた。

サリーの税理士は、税控除の対象になるからという理由で、夜間にトラックを駐《と》めていた隣接する土地の購入を勧めた。「駐車場は」と、彼は説明した。「正当な事業必要経費なんですよ」

ダグは六年の刑期を務め始めて、刑務所の図書室で働くことで週給十二ポンド五十ペンスを稼ぐ生活に戻ったばかりだったので、どうこう意見を言える立場ではなかった。とは言うものの、翌年サリーが会社のボーナスも加えて三万七千ポンドの収入を申告したときは、さすがのダグもグーの音も出なかった。今度は税理士は彼女に三台目のトラックを買うことを勧めた。

結局ダグは刑期の半分（三年）を務めただけで出所した。サリーは刑務所のゲートの前にヴォクスホールを駐めて、夫を家へ連れて帰るべく待っていた。九歳になる娘のケリーは、三歳になる妹のサムと並んで、シートベルトを締めてバックシートに坐っていた。サリーは娘たちが刑務所で父親に面会することを許さなかったので、ダグが下の娘を抱いたとき、サムはわっと泣きだした。サリーはこのおじさんがあなたのお父さんよ、と娘に説明した。

帰宅を歓迎するベーコン・アンド・エッグズの朝食のときに、サリーは税理士の勧めで有限会社を設立したことを伝えた。ハズレット運輸は初年度に二万一千六百ポンドの利益を計上し、急成長するトラック部隊の台数をさらに二台ふやしていた。彼女は不動産会社を辞めて、新しい会社のフルタイムの社長《チェア》になることを考えている、と夫に打ち明けた。

「椅子《チェア》だって？」と、ダグは訊《き》いた。「それはどういうことだ？」

ダグは会社の運転手の一人としてトラックのハンドルを握らせてもらえるかぎり、サリーに会社の経営を任せるのはむしろ大歓迎だった。

ダグのもとにまたしても例のマルセイユの男がアプローチして来なかったら、この状況はめでたく続いていたことだろう。自分は一度も刑務所入りしたことがなさそうなその男は、リスクは皆無だし、さらに肝心なのは、今度はかみさんが知る必要もない絶対確実なプランなのだと、自信満々で話を持ちかけた。

ダグはフランス人の誘いに数か月間抵抗したが、ポーカーで大金をすったあとでついに誘惑に負けた。一度だけだ、と自分に誓った。マルセイユの男は笑いながら、キャッシュで一万二千五百ポンド入りの封筒を手渡した。

ハズレット運輸はサリーの経営のもとで、評判の点でも収益の点でも成長を続けた。一方ダグはふたたびキャッシュを、バランス・シートとは無縁で、従って申告の義務もないキャッシュを稼ぐことに慣れてしまった。

ハズレット運輸、とりわけダグの行動をきびしく監視し続けるある人物がいた。時計のように規則正しく、芽キャベツとエンドウマメを満載したトラックを運転してドーヴァー・ターミナルを通過し、マルセイユに向かうダグの姿が見られた。しかし今や警察に所属して密輸取締官として勤務するマーク・ケイネンは、イギリスへ戻って行くダグの姿を一度も見ていなかった。そのことが彼の気にかかっていた。取締官が彼の記録を調べてみたところ、ハズレット運輸は今や週に九台のトラックをヨーロッパ各地へ運行させていることがわかった。社長のサリー・ハズレットの評判は非の打ちどころがなく——その点は彼女の会社のトラックに似ていなくもなかった——取引関係のある人間は、税関《カスタムズ》から顧客《カスタマーズ》にいたるまで、だれもが彼女をほめちぎった。しかしミスター・ケイネンは、ダグがもはやドーヴァー経由で帰国しない理由を依然として探り続けていた。それは彼個人の関心事だった。

あちこちで慎重に聞込みを行った結果、ダグは相変らずマルセイユで芽キャベツとエンドウマメの積荷をおろし、空になったトラックにバナナの木箱を積みこんでいることがわかった。しかしながらひとつだけ以前とは小さな違いがあった。今はニューヘイヴン経由で帰国するようになっていたことである。ケイネンの推定では、そのルートだとダグの帰国の旅の所要時間は、旧ルートより少くとも二時間長かった。

すべての税関吏は、昇進の可能性を高めるために、毎年一か月間ほかの通関港で勤務する選択の自由を与えられている。ケイネンは前年はヒースロー空港を選択していた。この年は一か月間のニューヘイヴン勤務を選択した。

ケイネン取締官はダグのトラックが埠頭《ふとう》に現われるのを辛抱強く待ったが、仇敵《きゆうてき》がオルセンズ・フェリーから下船する車の列に並んで待つのを発見したのは、二週目の終りだった。ダグのトラックが埠頭に上陸すると同時に、ケイネンは二階の職員室に姿を消して、自分でコーヒーをいれた。窓に近付いて、ダグのトラックが列の先頭で停まるのを見守った。勤務中の税関吏二名がすばやく手を振って彼を通過させた。ケイネンは介入せず、ダグは通りに出てスリーフォードへの旅を続けた。

彼はふたたびダグのトラックが現われるまでまた十日間待たなければならず、そして今度はひとつだけ変っていないことがあるのに気が付いた。それは偶然とは思えなかった。

ダグが五日後にニューヘイヴン経由で戻って来たとき、同じ二人の税関吏は彼のトラックをおざなりに調べただけで、手を振って通過させた。取締官はそれは偶然の一致ではないことを知った。ミスター・ケイネンは自分の発見をニューヘイヴンの上司に報告し、一か月の勤務が終了したので、ドーヴァーへ戻って行った。

ダグがニューヘイヴン経由でさらに三度マルセイユ往復を繰りかえした時点で、二人の税関吏が逮捕された。ダグは五人の警官が自分のトラックに殺到するのを見たとき、絶対にばれるはずのない新システムが当局に疑われていたことを知った。

ダグは無罪を主張して裁判所の時間を無駄にさせなかった。報酬を彼と山分けしていた税関吏の一人が、共犯者の名前を挙げる条件で減刑をかちとる取引をしていたからである。その税関吏はダグラス・アーサー・ハズレットの名前を挙げた。

判事は、ダグが七十五万ポンドの罰金を支払うことに同意しない場合は、模範囚であっても減刑なしという条件で八年の刑を科した。ダグは七十五万もの大金を払えず、かと言って鉄格子《てつごうし》の中でまた八年も過ごすことには耐えられなかったので、サリーに助けを求めた。サリーは夫を法廷命令に従わせるために、コテージ、駐車場、九台のトラック、それに婚約指輪まで含めて、ありとあらゆるものを売らなければならなかった。

ダグはノーフォークにあるウェイランド・カテゴリーC刑務所で一年間服役したあと、ノース・シー・キャンプへ移された。彼はふたたび図書室に配属され、わたしはそこで初めて彼と会った。

わたしはサリーと二人の娘たち——もう成人していた——が、毎週末ダグと面会しに来ることに感心した。彼は自分の母親の墓にかけて、もう同じ過ちは絶対繰り返さないと誓ったにもかかわらず、家族は仕事の話には全然取り合ってくれない、とわたしにこぼした。「仕事のことは考えるだけでもだめ」と、サリーは釘《くぎ》を刺していた。「あなたのトラックはもうスクラップにしちゃったわ」

「あいつにどれだけ苦労をかけたかを思えば、無理もないと思うよ」と、わたしが次に図書室へ顔を出したとき、ダグが言った。「しかし出所後にハンドルを握らせてもらえなかったら、おれは死ぬまでなにをして暮せばいいんだ？」

わたしはダグより二年早く出所し、数年後にリンカンで文学祭の講演をしなかったら、この図書室主任がその後どうなったかを知る由《よし》もなかったかもしれない。

質疑の時間に会場の聴衆を見下ろしていると、三列目からかすかに見覚えのある三つの顔がわたしを見上げているのに気がついた。人名を記憶しているはずの脳の部分を刺戟《しげき》したが、反応はなかった。思い出したのは、刑務所内で執筆する困難について質問を受けた時だった。記憶が一挙によみがえった。わたしが最後にサリーと会ったたのは約三年前、彼女が二人の娘、ケリーと、それから、えーと……サムを連れてダグと面会しに来た時だった。

最後の質問が終り、コーヒー・ブレイクになったとき、三人がわたしに会いにやって来た。

「やあ、サリー、ダグは元気かね?」わたしは彼女たちが自己紹介をする前に話しかけた。使い古された政治家の〝手〟だが、三人はうまいぐあいに引っかかって感激した様子だった。

「引退しました」と、サリーが説明抜きで答えた。

「しかし彼はわたしより若いはずだ」と、わたしは抗議した。「そして出所後の計画をだれかれなしにつかまえては話していたよ」

「おそらくね」と、サリーが答えた。「でも本当に引退したんです。今ハズレット運輸を経営しているのはわたしと二人の娘たちで、社員は運転手を別にして二十一人います」

「つまり経営は順調だってことだね」と、わたしは探りを入れた。

「経済欄はお読みにならないようですね」と、彼女がからかった。

「わたしは日本人と同じで、いつも新聞を右から左へ読むんだよ」と、わたしも反撃した。「で、わたしはなにを読み落としたのかな？」

「ハズレット運輸は去年上場しました」と、ケリーが横から割って入った。「ママが会長で、わたしが新規顧客、サムが運転手を担当しています」

「わたしの記憶違いでなければ、トラックを九台くらい持っていたね？」

「今は四十一台にふえました」と、サリーが言った。「昨年の売上高は五百万ポンド弱でした」

「なのにダグはなんの役割も果していない《ダズント・プレイ・エニィ・ロール》？」

「ゴルフをして《プレイ》いますよ」と、サリーが言った。「それならドーヴァーを通って旅をする必要も」彼女は戸口に現われた夫に気づいて、溜息《ためいき》をつきながら付け加えた。「ニューヘイヴン経由で帰る必要もありませんから」

ダグは無言で部屋の中を見回し、目で家族を探した。わたしが手を振って彼の注意を引いた。ダグも手を振って応《こた》え、ゆっくりわれわれのほうに近づいて来た。

「今も家へ帰るときに時々運転させてあげるんですよ」と、サリーが笑いながら言ったとき、ダグがわたしの隣りに立った。

わたしは元囚人仲間と握手を交わし、サリーと娘たちがコーヒーを飲み終わると、一家を車まで送って行き、その機会にダグと言葉を交わした。

「ハズレット運輸は順調だそうでうれしいよ」

「すべて経験が物を言う」と、ダグが答えた。「あいつらが今知ってることはみなおれが教えたんだってことを忘れるな」

「われわれが最後に会ってから、ケリーの話じゃ会社が上場したんだってな」

「それもみなおれの長期計画の一部だよ」と、妻がバックシートに乗りこむとダグが言った。彼は振り向いてわけ知り顔でわたしに目配せした。「今いろんな奴《やつ》が嗅《か》ぎ回っている。いいか、ジェフ、近い将来株式公開買付け《テイクオーヴァー・ビッド》が始まっても驚くなよ」彼は運転席側に回ったところで付け加えた。「株価が上がらないうちに小金を稼ぐチャンスだぞ。この意味、わかるだろ」

慈善は家庭に始まる

友達——と言っても数は多くないが——の間ではハリーと呼ばれているヘンリー・プレストンは、地元のパブで顔を合わせたり、サッカー試合で会ったり、バーベキューのために家へ招《よ》んだりするタイプの男ではなかった。率直に言って、もしも内向型人間のクラブなるものがあれば、ヘンリーは会長に選ばれていただろう——それも渋々ながら。

学校時代、唯一《ゆいいつ》他人よりもすぐれていた学科は数学だけで、彼を愛していた唯一の人間である母親は、ヘンリーは将来専門職に就くものと決めてかかっていた。彼の父親は郵便配達人だった。Aレヴェルが数学だけでは、専門職といっても範囲はきわめて限られていて——銀行か会計事務所しかなかった。母親は会計事務所を選んだ。

ヘンリーはピアソン、クラッターバック＆レナルズ会計事務所に見習として採用され、初めて正規の職員に昇格したとき、**ピアソン、クラッターバック、レナルズ＆プレストン**とレターヘッドが印刷された便箋《びんせん》を夢に見た。だがそれから何年もたって、年々より若い職員の名前が社用箋の左側に浮出し印刷されるにつれて、彼の夢はしだいに色褪《いろあ》せていった。

中には自分の限界を知って、出世以外のこと——セックス、ドラッグ、忙しい社交生活など――に慰めを見出《みいだ》す者もいた。忙しい社交生活を単独で送るのは至難の業である。ドラッグ？　ヘンリーは煙草《たばこ》さえ吸わず、時おりジン・トニックを一杯やることはあるが、それも土曜日に限られていた。セックスに関しては、自分がゲイではないという自信はあったが、異性相手の成功率、年下の同僚たちのいう〝ヒット率〟は、限りなくゼロに近かった。ヘンリーには趣味と言えるものさえなかった。

人間だれしも、「おれは永遠に生きそうだ」という考えが誤りだと気付く人生の一時期がある。それはヘンリーの場合あまりにも早く訪れた。あっという間に中年を通り過ぎて、とつぜん早期退職について考え始めたからである。会計事務所のシニア・パートナー、ミスター・ピアソンが引退したとき、彼の功績を称《たた》えて、五ツ星ホテルの個室会場で盛大なパーティが催された。ミスター・ピアソンは傑出した長いキャリアのあとで、コッツウォルズのコテージに引退してバラの世話をし、ゴルフのハンディキャップを減らすつもりだと、同僚たちに語った。賑《にぎや》かな笑い声と盛大な拍手がスピーチの後に続いた。そのパーティでヘンリーが覚えているのは、会計事務所の一番最近の新人アトキンズが、帰りがけに、「ぼくたちがあなたのためにこういうパーティを開く日も、そう遠くはないですね」と言ったことだけだった。

ヘンリーはバス停に向かって歩きながら、アトキンズ青年の言葉を熟考した。彼は今五十四歳だから、定年が五年延長される会計事務所のパートナーになれないかぎり、六年後には送別パーティが開かれることになる。ヘンリーはパートナーになる可能性をとっくに諦《あきら》めていたし、自分のパーティが五ツ星ホテルの特別室で催されないこともすでに覚悟していた。間違ってもコッツウォルズのコテージに引退してバラの世話をすることはないし、ハンディキャップならゴルフと無関係にすでにたくさん抱えていた。

ヘンリーは同僚たちから、信頼できる、有能で手抜きをしない男だと評価されていることを充分承知していたが、それだけに挫折感《ざせつかん》はつのる一方だった。これまでに聞いた最高のほめ言葉は、「ヘンリーは頼りになる男だ。安全確実だよ」というものだった。

だが、アンジェラと出会った日にすべてが変った。

アンジェラ・フォースターの会社、イヴェンツ・アンリミテッド（訳注 催事よろず引受け）の規模は、パートナーの一人が経理を見るほど大きくもなく、かといって実務見習が担当するほど小さくもないので、ヘンリーにお鉢が回ってきたというしだいだった。彼はアンジェラの会社の帳簿を注意深く検討した。

ミズ・フォースターは各種イヴェント――保守党地方支部の年次夕食会から地域狩猟会主催の舞踏会までのあらゆる催しもの――を専門に企画する小さな会社の、たった一人の経営者だった。アンジェラは生まれながらの仕切り屋であり、夫が彼女を捨てて若い女のもとへ走ったときに――男が妻を捨てて若い女のもとへ走る話は短篇小説にしかならないが、女が夫と別れて年下の男と一緒になる話は長篇小説になる（閑話休題）――アンジェラは家に閉じこもってめそめそしたりはせずに、才能に関する寓話《ぐうわ》の形をとった主の助言に従って、持って生まれた才能を生かすことで忙しく働く一方で、片手間になにがしかの小銭を稼ぐことを選んだ。問題はアンジェラの事業が予想以上に成功してしまったことで、彼女がヘンリーと会うことになったのはそんな事情によるものだった。

ヘンリーはミズ・フォースターの経理を見終わるまでに、ゆっくり時間をかけて項目ごとに数字を説明し、営業上の経費、たとえば車、旅費、衣類でさえ税控除できることを、新しい依頼人に教えた。そして企画したイヴェントに出席するときは、その場にふさわしい服装をすべきだと指摘した。そうやってミズ・フォースターの納税額を数百ポンド節約させてやることに成功した。結局、彼の助言に従った結果、すべての依頼人の会社で利益が増したことは、その道のプロとして誇るべきことだと彼は考えた。依頼人たちは彼の会計事務所に料金を支払ってもまだお釣りがきたし、彼に言わせればその料金も税金から控除できた。

依頼人との打合せの終りに、「これでおたくの帳簿は完璧《かんぺき》です。税務署も文句のつけようがないでしょう」というのがヘンリーの口癖だった。彼は自分の依頼人の中には、税務署に文句を言われるどころか、目をつけられる者さえほとんどいないことを、知り過ぎるほどよく知っていた。彼は依頼人を戸口まで送って行って、「では来年また会いましょう」と言う。ミズ・フォースターのためにドアを開けてやったとき、彼女は微笑《ほほえ》みながら言った。「そのうちわたしが手がけるイヴェントを覗《のぞ》きにいらっしゃいませんか、ミスター・プレストン？　そうすればわたしがほとんど毎晩のようにどんなことをしているかわかりますわ」

ヘンリーは最後になにかに招待されたのがいつのことか思いだせなかった。どう答えればよいかわからずに躊躇《ちゅうちょ》した。アンジェラがその沈黙を破った。「土曜の晩にわたしが手がけたアフリカ飢餓救済舞踏会があるんです。会場はタウン・ホールなの。いらしてくださる？」

ヘンリーは、「行きますとも、ご親切にありがとう。楽しみにしています」と答える自分の声を聞き、ドアを閉めたとたんにそう答えたことを後悔した。要するに土曜の晩は、中華のテイクアウトとジン・トニックを楽しみながら、スカイTVで「今週の映画」を観《み》る習慣だった。いずれにせよ、日曜午前の教会献金の集計のために、十時にはベッドに入っていなくてはならなかった。彼は教会の経理も引き受けていた。無報酬でね、と母親には断わってあった。

ヘンリーは土曜日の午前中の大部分を、頭痛、緊急の会議、忘れていた先約等々、ミズ・フォースターに電話して約束を取り消す口実ばかり考えて過ごした。やがて彼女の自宅の電話番号を知らないことに気がついた。

ヘンリーは夕方六時に、二十一歳の誕生日に母親から贈られたものの、それ以来年に一度も着たことがないディナー・ジャケットを着た。きっともう流行遅れに違いないと心配になって——幅広の襟、裾拡《すそひろ》がりのズボン——鏡の前に立ったが、じつは最近そのファッションが復活していることを知らなかった。彼はいちばん後からタウン・ホールに到着した人間の一人で、しかもすでになるべく早く引きあげようと決心していた。

アンジェラはトップ・テーブルの端にヘンリーを坐《すわ》らせた。そこからだとイヴェントの進行の一部始終を観察することができたし、左隣りの婦人に話しかけられたときだけ答えればよかった。

一連のスピーチが終り、バンドの演奏が始まると、ヘンリーはもう会場からそっと脱けだしても目立たずに済むと感じた。ミズ・フォースターの姿を探してあたりを見回した。それまでに彼女が会場中を駆け回って、富くじからコインの裏表当てゲーム、十ポンド紙幣の抽選からオークションにいたるまで、あらゆる催しものを仕切る姿を見ていた。舞踏会用の赤いロング・ガウンを着て、金髪を肩まで垂らした姿を改めてもっとよく見たとき、正直なところ彼は……ヘンリーが席を立って帰ろうとしたとき、アンジェラが近づいて来た。「楽しんでいるでしょうね」と、彼の腕に手を触れながら言った。ヘンリーは女性に最後に触れられたのがいつのことか思いだせなかった。彼女にダンスに誘われないようひたすら祈った。

「とても楽しかったよ」ヘンリーは言った。「きみは？」

「へとへとだわ」アンジェラは答えた。「でも今年の募金額はきっと新記録よ」

「総額いくらになると思う？」ヘンリーは話題が自分の得意な分野に移ったのでほっとしてたずねた。

アンジェラは小型の手帳を開いた。「寄付の予約が一万二千六百ポンド、小切手で三万九千四百五十ポンド、現金で二万少々」彼女はヘンリーに見せるために手帳を渡した。彼はその晩はじめて肩の力が抜けるのを感じながら、慣れた手つきで数字を指でなぞった。

「現金はどうする？」と、ヘンリーがきいた。

「いつも家へ帰る途中に夜間金庫のある最寄りの銀行に寄ることにしているの。一緒に行ってくれたら、わたしの仕事を最初から最後まで全部経験してもらえることになるわ」ヘンリーが頷《うなず》いた。「数分間待ってね。バンドと、それにアルバイトにも支払いをしなくては——彼らはいつも現金を欲しがるのよ」

ヘンリーが最初にそのアイディアを思いついたのはたぶんそのときだった。初めはほんの思いつきに過ぎず、すぐに忘れてしまった。彼は出口へ急いで、アンジェラを待った。

「わたしの記憶違いでなければ」と、ヘンリーはタウン・ホールの階段を並んで下りながら言った。「おたくの昨年の総売上げは五百万弱で、そのうちの百万は現金だった」

「すばらしい記憶力ね、ミスター・プレストン」と、ハイ・ストリートへ向かう途中でアンジェラが言った。「でも今年は五百万以上の売上げを予定していて、すでに三月分の売上げ目標は超えたわ」

「そうかもしれないが、きみは去年自分にたった四万二千ポンドしか給料を払っていない。これは総売上げの一パーセントにも満たない額だ」

「その通りよ」と、アンジェラは答えた。「だけどわたしは仕事を楽しんでいるし、おかげで退屈する暇もないわ」

「しかし自分の努力が金銭的にもっと酬《むく》われてもいいとは思わないのかね？」

「そうかもしれないけど、わたしは依頼人に利益の五パーセントしか請求していないのに、手数料の値上げを持ちだすたびに、そもそもこれは慈善事業なんだからと言われるのよ」

「しかしきみ自身は慈善事業をやっているわけじゃない。プロフェッショナルなんだから、しかるべき報酬を受け取るべきだよ」

「あなたの言う通りだと思うわ」ナット・ウェスト銀行の前で立ち止まって、夜間金庫に現金を投入しながら、アンジェラが言った。「だけど依頼人の大部分とは何年も前からの長いつきあいなのよ」

「そして彼らは長い間きみを利用してきた」

「そうかもね。だけどわたしはどうすればいい？」

例のアイディアがヘンリーの頭に甦《よみがえ》ったが、彼は「とても興味深い晩をありがとう、ミズ・フォースター。こんなに楽しかったのは何年ぶりだろう」としか言わなかった。

仕事で会って別れるときはいつもそうするように、右手を差し出したが、「ではまた来年」という言葉は出番がなかった。

アンジェラは声をたてて笑い、前かがみになって彼の頬にキスをした。ヘンリーはそれと同じことが最後に起きたのがいつだったか、まるっきり覚えていなかった。

「おやすみなさい、ヘンリー」彼女はくるりと向きを変えて歩きだした。

「もしかして……」ヘンリーはその先をためらった。

「なんなの、ヘンリー？」彼女が振り向いてたずねた。

「そのうち一緒に夕食をどうかと……」

「うれしいわ、ヘンリー。いつがいいの？」

「明日はどうかな」ヘンリーは急に大胆になってたずねた。

アンジェラはハンドバッグから手帳を取りだしてページをめくり始めた。「明日はだめみたい」と、彼女は言った。「グリーンピースの予定が入っているわ」

「月曜日は？」ヘンリーは手帳を確かめる必要がなかった。

「ごめんなさい、ブルー・クロスの舞踏会があるの」アンジェラは手帳のほかのページをめくりながら答えた。

「じゃ、火曜日は？」ヘンリーは焦《あせ》っていると思われないように用心しながら言った。

「アムネスティ・インターナショナルの予定だわ」と、アンジェラはまた別のページをめくりながら言った。

「水曜日はどう？」ヘンリーは彼女の気が変ったのだろうかと思いながら言った。

「だいじょうぶそうよ」アンジェラは真白なページを眺めながら答えた。「どこで会うことにする？」

「ラ・バチャはどう？」ヘンリーはパートナーたちが大事な依頼人をランチに連れて行くレストランを思いだした。「八時でいいかい？」

「結構よ」


ヘンリーは二十分早くレストランに到着して、メニューを隅から隅まで——数回読みかえした。昼休みに新しいワイシャツとシルク・タイを買っていた。ウィンドーに飾られていたブレザーを試着しなかったことを、早くも後悔し始めていた。

アンジェラは八時を回った直後にラ・バチャに入ってきた。丈が膝下《ひざした》までの、淡いグリーンの花模様のドレスを着ていた。ヘンリーは彼女の髪型が気に入ったが、そのことを口に出して言う勇気がないことを自覚していた。また、化粧が薄く、装身具は地味な真珠のネックレスだけだったことも彼の好みだった。ヘンリーはテーブルから立ち上がって彼女を迎えた。アンジェラは自分にそんなふうに礼儀正しく振舞ってくれた最後の男性がだれだったか思いだせなかった。

ヘンリーは共通の話題が見つからないのではないかと心配していたが――世間話は得意ではなかった――アンジェラが気を遣ってくれたおかげで、食事が終るずっと前に二本目のワインのボトルを注文していた――これまた初めての経験だった。

コーヒーを飲みながら、ヘンリーが言った。「きみの収入を増やす方法を思いついたような気がするんだ」

「ねえ、ビジネスの話はよしましょうよ」と、アンジェラが彼の手を取りながら言った。

「ビジネスの話じゃないんだよ」と、ヘンリーが請合った。

アンジェラは翌朝目をさますと、ヘンリーとすてきな晩を過ごしたことを思いだして顔をほころばせた。別れるときに彼が言ったことで覚えているのは、「ギャンブルの稼ぎはすべて免税だってことを忘れるな」という言葉だけだった。彼はいったいなにを言いたかったのか？

一方ヘンリーはアンジェラに与えた助言をひとつ残らず詳細に覚えていた。日曜日の朝は早起きして、複数の銀行口座の開設、コンピューター用スプレッドシートの作製、長期の投資計画などを含む大まかなプランを立て始めた。そのためあやうく朝の礼拝をすっぽかすところだった。

次の晩、ヘンリーはパーク・レインのヒルトン・ホテルに向かい、十二時数分過ぎに到着した。片手に空のグラッドストーン旅行鞄《かばん》を持ち、もう一方の手に傘を持っていた。要するに役になりきる必要があった。

ウェストミンスター・シティ地区保守党協会の年次舞踏会が終りに近づいていた。ヘンリーが会場に入って行くと、パーティの出席者たちが風船を割り、残ったボトルからシャンパンを最後の一滴まで飲み干し始めていた。会場奥の一隅のテーブルで、寄付の予約、小切手、現金を仕分けして三つの山に積み上げているアンジェラの姿が目に止まった。彼女は顔を上げ、彼の出現に驚きを隠せなかった。その日はまる一日、彼が話したことは本気じゃなかったのよ、もしも彼が現われたとしても絶対に誘いには乗らないわ、と自分に言い聞かせて過ごしていた。

「現金はいくらある？」と、彼はアンジェラがこんにちはという暇もなく、事務的に質問した。

「二万二千三百七十ポンドよ」と、気がつくと彼女は答えていた。

ヘンリーはゆっくり時間をかけた。紙幣を二度かぞえてから、現金を傷だらけの鞄にしまった。アンジェラの計算は正確だった。ヘンリーは彼女に一万九千四百ポンドの領収証を渡した。

「じゃまたあとで」と彼が言ったとき、バンドが《エルサレム》を演奏し始めた。ヘンリーは「与えてくれ、ぼくの黄金の燃える弓を《ブリング・ミー・マイ・バウ・オヴ・バーニング・ゴールド》」の歌詞が、調子はずれのどら声で歌われるのを聞きながら会場を後にした。アンジェラはその場に立ちすくんで、歩み去るヘンリーを見送った。追いかけて行って、銀行に着く前に引き止めなければ、もう後戻りは利《き》かないことを知っていた。

「今年もみごとに仕切ってくれたね、アンジェラ」と、ピッカリング市会議員が声をかけてきて、彼女の思考を中断させた。「あんたがいなかったらどうしていいかわからないよ」

「おほめいただいて、どうも」アンジェラは舞踏会組織委員長に向かって言った。

ヘンリーはホテルのスウィング・ドアをいくつも押して通りへ出ながら、自分のぱっとしない風采《ふうさい》が弱点ではなくてむしろ利点なのだと、初めて感じていた。夜間金庫のある最寄りの銀行、HSBCの地元支店へ向かう途中、自分の心臓の鼓動がはっきり聞こえた。一万九千四百ポンドを金庫に預けて、現金二千九百七十ポンドを鞄に残した。それからタクシーを呼び止めて――それも日常の習慣からの逸脱だった――運転手にウェスト・エンドのあるアドレスを告げた。

タクシーはヘンリーが一度も中に入ったことのない施設の前で停まった。だが彼はそこの経理を二十年以上にわたって担当していた。

ブラック・エース・カジノの夜間支配人は、ミスター・プレストンがフロアに現われたのを見て、驚きの表情を隠そうとした。彼は抜打ち検査のためにやってきたのだろうか？　会計事務所の担当者が支配人に挨拶《あいさつ》もせずにルーレット・テーブルへ直行したところを見ると、そうではなさそうだった。

ヘンリーは毎年四月に、カジノの年度末のバランス・シートの作製を担当していたから、オッズがどれくらいか知り過ぎるほどよく知っていた。家賃、税金、従業員の給料、警備費、上顧客に出す無料の食事と酒を考慮しても、彼の依頼人はなお多額の利益を計上していた。しかしヘンリーの意図するところはカジノで儲《もう》けることでも、ましてや損することでもなかった。

ヘンリーはルーレット・テーブルに坐って興奮した。グラッドストーンを開けて十ポンド紙幣を十枚取りだし、クルーピエに渡した。相手はそれをゆっくりかぞえてから、ブルーとホワイト二色の小型のチップに替えてくれた。

ルーレット・テーブルにはすでに大勢のギャンブラーがいて、五、十、二十、五十ポンドといったさまざまな額面の金額の、そして時には百ポンドの金色のチップを賭《か》けていた。ただ一人の客だけが目の前に金色のチップを山と積んで、異る数字にばらまくように手当りしだいに賭けていた。ヘンリーはその男がテーブルを囲んで立つ見物人の大部分の注目を集めているのを見てほっとした。

テーブルの向い側の男が緑色のラシャ地に金色のチップをばらまき続けている間に、ヘンリーは一枚のチップを赤に賭けた。ホイールが回転し、小さな白球が逆方向に回転して、やがて赤の19に止まった。クルーピエが十ポンドのチップ一枚をヘンリーに払い戻して、テーブルの反対側のギャンブラーの前から千ポンド以上に相当する金色のチップを掻《か》き集めた。

クルーピエが次の勝負にそなえる間に、ヘンリーは最初の賭金を赤の上に置いたまま、増えた一枚のチップを左のポケットにしまいこんだ。

クルーピエがふたたびホイールを回転させると、今度は白球は黒の4に止まり、ヘンリーのチップはクルーピエによって回収された。ヘンリーは二回賭けてイーヴンだった。ふたたび十ポンドを赤に賭けた。すべての現金をチップに換えるとすれば、長時間の骨の折れる仕事になるのは覚悟の上だった。だがヘンリーは大部分のギャンブラーたちと違って、辛抱強い男だったし、目標はプラス・マイナス・ゼロで終ることだった。彼はまた赤に十ポンド賭けた。

三時間後――それまでにだれにも疑われずに二千九百七十ポンドの現金の全額をチップに替えていた――ヘンリーはルーレット・テーブルを離れてバーに向かった。もしもだれかがヘンリーの行動を注意深く観察していたならば、彼の賭はほぼ損得なしで終ったことに気がついただろう。だが、それこそまさに彼の思う壺《つぼ》だった。要するに計画の第二段階に移る前に、手元に残した現金をすべてチップに両替えすることが目的だったのである。

空っぽのグラッドストーンとチップで膨らんだポケットとともにバーにやってくると、連れのいないらしい女の隣に腰を下ろした。女に話しかけもしなかったし、相手も関心を示さなかった。アンジェラがドリンクのおかわりを頼んだとき、ヘンリーが上半身をかがめて、彼女がかたわらの床に口を開けて置いてあったハンドバッグにチップを一枚残らず入れた。そしてバーテンが注文をきく暇もなく、すでに出口に向かって歩きだしていた。

支配人がドアを開けてくれた。

「また近いうちにお越しください」

ヘンリーは頷《うなず》いただけで、今後毎夜のカジノ通いが始まることはあえて話さなかった。外の通りに出ると最寄りの地下鉄駅を目ざして歩きだしたが、口笛が出始めたのは角を曲がってからだった。

アンジェラは腰をかがめてハンドバッグの口を閉めたが、それはドリンクを飲み終ってからだった。それまで見知らぬ二人の男に声をかけられていて、悪い気はしなかった。バーのスツールから下りて、出納窓口にできたギャンブラーたちの短い列に並んだ。順番が来ると、十ポンドのチップの山を鉄格子《てつごうし》の下から押しこんで待った。

「現金ですか小切手ですか、マダム？」と、チップを数え終った出納係がたずねた。

「小切手でお願い」と、アンジェラは答えた。

「受取人はどなたにしますか？」それが出納係の次の質問だった。

アンジェラはちょっとためらってから答えた。「ミセス・ルース・リチャーズよ」

出納係はルース・リチャーズという名前と二千九百三十ポンドという金額を書き入れて、格子の下から小切手を滑らせてよこした。アンジェラは金額をチェックした。

ヘンリーは四十ポンド損をしていた。一年たてばプラス・マイナス・ゼロになると彼が請合ったことを思いだして、微笑を浮かべた。結局彼が何度も説明したように、目的は金儲けではなく、たんに足がつく恐れのある現金をチップに替えて、最終的に絶対に足のつかない小切手が彼女の手に入るようにすることだった。

アンジェラは支配人が明らかに大金を損した客と話をしている隙《すき》を見て、カジノから抜けだした。カジノの経営者は損した人間よりも儲けた人間をより厳しく監視するものだと、ヘンリーから警告されていた。きみはこれから長期間にわたって儲け続けるわけだから、人目につかないように注意しなくてはならないと。

ヘンリーが示した条件のひとつは、彼がイヴェント会場に売上金を受取りに行くときと、カジノで一瞬のうちに彼女のハンドバッグにチップを移すときを除いて、二人の間にいかなる接触もあってはならないというものだった。アンジェラは彼の筋道立った説得に渋々従った。もうひとつだけ、いかなる催しでも彼女が自分で現金を受取ってはならない、というのが彼の助言だった。

「それはヴォランティアに任せておくんだ。そうすれば万一のときにだれもきみを疑わない」

セントラル・ロンドンには百十二軒のカジノがあるので、ヘンリーとアンジェラは一年間に二度以上同じカジノへ行く必要がなかった。

それから三年間、ヘンリーとアンジェラは毎年八月に同時に休暇を取ったが、行先はいつも違っていた。アンジェラの説明によれば、八月に毎年恒例のイヴェントを開催する主催者は多くはなかった。ヘンリーはシーズン中常にロンドンにいなくてはならなかった。九月から十月までは、アンジェラが絶対に仕事をしないのは日曜の夜だけで、クリスマス前の時期にはしばしばランチタイムのイヴェントまであったし、さらに夜は二つも催しが重なることがあったからである。

ルールを定めたのはヘンリーだったが、アンジェラも付則を一項日追加することを主張した。それは前年度の売上げ額に達しなかった団体からは一ポンドも抜き取らない、というルールだった。ヘンリーも全面的に賛成したこの付則にもかかわらず、彼が空っぽのグラッドストーンを抱えて会場から引きあげることはめったになかった。

二人はミズ・フォースターの年次会計報告書を作製するために、依然として年に一度ミスター・プレストンのオフィスで会い続けていて、その一週間後には〈ラ・バチャ〉で夕食をともにした。二人とも彼女が過去三年間にそれぞれ二一六万七千九百ポンド、三十一万一千百五十ポンド、三十六万四千六百十ポンドを不正に吸い上げて、各イヴェントの終了後に手に入れたばかりの小切手をロンドン市内のさまざまな銀行の、ミセス・ルース・リチャーズ名義の口座に預け入れたことをおくびにも出さなかった。ヘンリーのもうひとつの役割は、彼がギャンブラーではない点を買われて、新しく手に入れた富を有利な条件で投資することだった。だがギャンブラーではなくとも、ほかのいろんな会社の経理を見ているおかげで、どの会社の業績が伸びそうかを予想するのはさほど難しいことではなかった。小切手の受取人は彼でも彼女でもなかったので、稼ぎに足がつくことはありえなかった。

銀行預金が百万ポンドに達したとき、ヘンリーはお祝いのディナーというリスクを冒してもよいと考えた。アンジェラはウェスト・ハルキン・ストリートの〈モジマンズ〉へ行きたがったが、ヘンリーは反対した。そして〈ラ・バチャ〉に二人分のテーブルを予約した。急に裕福になったことに世間の目を惹《ひ》きつけるのは得策じゃない、とアンジェラを説き伏せた。

ヘンリーはディナーの間に二つ新たな提案をした。アンジェラは最初の提案に諸手《もろて》を上げて賛成したが、二番目のそれは話題にすることもいやがった。最初の提案は、百万ポンドをクック諸島のオフショア銀行口座に移して、それまでと同じ方針で投資を続けるという計画だった。そして将来も預金が十万ポンドに達するごとに、ただちに同じ口座に移すというものだった。

アンジェラはグラスを持ち上げた。「賛成よ。だけどもうひとつの議題はなんなの、会長？」と、彼をからかった。ヘンリーは万一の緊急時対策について説明したが、彼女はそれを検討することさえいやがった。

ついにヘンリーもグラスを合わせた。生れて初めて引退を、六十歳の誕生日に同僚たちが開いてくれる送別パーティを、心待ちにする心境だった。

六か月後、ピアソン、クラッターバック&レナルズの会長は、会計事務所の全社員に招待状を送って、ヘンリー・プレストンの引退を祝い、会社への四十年間の貢献に感謝するために、地元の三ツ星ホテルで開催される役員会主催の送別パーティへの出席を求めた。

ヘンリーは自分の送別パーティに出席できなかった。刑務所の鉄格子の中で六十歳の誕生日を祝うはめになったからである。それもわずか八百二十ポンドのために。

＊　　＊　　＊

ミス・フローレンス・ブレンキンソップは数字をダブル・チェックした。やはり最初の計算が正しかった。ピンストライプのスーツを着た招かれざる客が、小型の鞄を持って会場に現われてすべての現金を持ち去る前に、彼女が計算した金額よりも八百二十ポンド少なかった。アンジェラが犯人ということは考えられなかった。なんと言っても彼女は、セント・キャサリン女子修道院付属校のミス・ブレンキンソップの教え子の一人だったからである。結局金額の違いは自分の計算ミスだろうと判断した。収入が前年度をかなり上回っていたので目をつぶることにした。

翌年は付属校の創立百周年記念に当たるので、ミス・ブレンキンソップはすでに百周年記念舞踏会を計画していた。百周年記念の年に募金額の新記録を樹立したかったから、大いに奮起するように《プル・ゼア・ソックス・アップ》と、委員会にはっぱをかけていた。セント・キャサリンの校長職を七年ほど前に退職していたにもかかわらず、彼女にかかると卒業生からなる委員会はいまだに思春期の女学生扱いだった。

百周年記念舞踏会は最大級の成功をおさめ、ミス・ブレンキンソップはだれよりもアンジェラを名指してその功績を讃《たた》えた。わたしの考えでは、ミズ・フォースターは疑いもなくソックスを引き上げました、と彼女は断言した。しかしながらミス・ブレンキンソップは、グラッドストーンを持った小男が現われて、その夜集まった現金を全額持ち去ってしまう前に、三たびかぞえなおす必要を感じた。その週のうちに金額を調べなおすと、過去の最高額を大幅に上回っていたにもかかわらず、彼女が席順カードの裏にメモしておいた金額よりも二千ポンドあまり不足だった。

ミス・ブレンキンソップは金額の食いちがい（しかも二年続きの）を、理事長のレディ・トラヴィントンに報告するほかはないと考え、理事長は理事長で地区の警察監視委員会の委員長を務める夫に助言を求めた。サー・デイヴィッドは、その夜ベッドのライトを消す前に、明朝警察本部長に話してみると約束した。

寄付金の横領を知らされた警察本部長は、事件の詳細を配下の警視正に申し送った。警視正は部下の警部にたらい回しにし、警部は警部で自分は今殺人捜査の渦中《かちゆう》にあり、しかも末端価格で一千万ポンドを上回るヘロインの運び屋を張りこんでいるところだと上司に訴えたかった。セント・キャサリン女子修道院付属校から――警部はメモをチェックした――二千ポンド少々の現金が消えたという事件は、彼の優先順位のトップに来るとはとうてい思えなかった。そこで廊下で出会った最初の人間を呼び止めて事件書類を渡した。「来月警察監視委員会が開かれるまでに、おれのデスクに完全な報告書を提出してくれ、巡査部長」

ジャネット・シートン巡査部長はジャック・ザ・リッパーに迫るかのような意気込みで捜査を開始した。

まずミス・ブレンキンソップから話を聞いた。元校長はきわめて協力的だったが、教え子のだれかがこのような不快な事件に関わっている可能性はありえないと力説したので、卒業生からの事情聴取は行われなかった。十日後、シートン巡査部長は生まれてこの方一度も馬に乗った経験がないのに、ベビントン狩猟会主催舞踏会のチケットを購入した。

シートン巡査部長がベビントン・ホールに到着した直後にゴングが鳴り響き、司会者が「ディナーが始まります」と大音声《だいおんじょう》で告げた。彼女は自分の席を確かめるよりも先に、すばやくアンジェラ・フォースターを確認していた。巡査部長は両隣りの男たちとお義理で会話を交わさなくてはならなかったが、それでもミズ・フォースターに絶えず目配りし続けることができた。チーズとコーヒーが出るころ、巡査部長は自分の相手は完璧《かんぺき》なプロフェッショナルであるという結論に達していた。猟犬管理者の夫人であるレディ・ベビントンがしばしば立腹して大声を出しても巧みに丸くおさめてしまうばかりか、バンド、調理場、給仕、ショー、ヴォランティアたちを、決してあわただしい動きを見せずにみごとに仕切る余裕さえ見せていた。だが、それ以上に興味深いのは、彼女がいかなる種類の集金にもまったく関わっていないように見えることだった。集金は一群の女性たちの担当で、しかもアンジェラに相談もなく行われているようだった。

バンドが最初の曲を演奏し始めると、何人かの若い男が巡査部長をダンスに誘った。すべて断わったが、その一人は断わるのが少し惜しいくらいだった。

巡査部長が待っていた男の姿を見つけたのは、一時数分前、その夜の催しがお開きになるころだった。赤や黒のジャケットを着た人々の間では、猟犬に追われて逃げるキツネに劣らず目立つ存在だった。また、ミス・ブレンキンソップが話してくれた人相にぴったりで、背の低い、丸々と太って頭の禿《は》げた、狩猟会主催の舞踏会よりは会計事務所にふさわしい服装をした六十前後の男だった。彼女はダンスフロアのまわりを伝わってバンドスタンドの裏に姿を消す男から一瞬も目を外《そ》らさなかった。巡査部長は急いでテーブルから離れて、ホールの反対側へ回り、二人の姿が丸見えになる場所で初めて立ち止まった。男はもう一対の目に見られているとは知らずに、アンジェラと並んで坐《すわ》って現金を数えていた。巡査部長がアンジェラを観察するうちに、男が小切手と予約票と現金を注意深く仕分けした。二人は一言も交わさなかった。

ヘンリーは現金を二度かぞえなおすと、アンジェラには目もくれずに、鞄《かばん》に紙幣を入れて彼女にレシートを渡した。そしてかすかに一礼すると、ダンスフロアの外縁ぞいに戻って急いで会場から出て行った。到着してから引揚げるまでの彼の行動は十分足らずで終っていた。ヘンリーはパーティの出席者の一人がわずか数歩後ろにいて、しかもずっと自分を見張っていることに気がつかなかった。

シートン巡査部長は、正体不明の男が長い私道を歩いて遠ざかり、鍛鉄の門をくぐり抜けて村の方角へ向かうのを見守った。

よく晴れた晩で、通りにほかに人影はなかったから、シートン巡査部長が鞄を持った男に気づかれずに尾行することは難しくなかった。彼は自信満々らしく、一度も振りかえらなかった。彼女はたった一度、獲物がナット・ウェスト銀行の地元支店の前で立ち止まったときだけ、物かげに隠れた。男は鞄の口を開け、包みを取りだして夜間金庫に投入した。それからまた、ほとんど変らない歩調で歩きだした。今度はどこへ行こうとしているのだろうか？

若い巡査部長は即座に決断しなければならなかった。このまま見知らぬ男を追うべきか、それともベビントン・ホールへ引き返して、ミズ・フォースターの行動を見届けるべきか。金を追え、と警察学校ではいつも教官から教えられていた。ヘンリーが駅に到着したとき、巡査部長は罵《ののし》り声を発した。ベビントン・ホールの敷地内に車を置いてきたので、鞄の男の尾行を続けるとすれば、車を置きっぱなしにして明朝一番で取りに戻らなくてはならなかった。

その夜のウォータールー駅行の最終列車が数分後にベビントン駅に入って来た。鞄を持った男は、明らかに寸分違《たが》わず時刻表に従って行動していた。巡査部長は容疑者が列車に乗りこむまで物かげに隠れていて、隣りの車輛《しゃりょう》の座席に腰を下ろした。

ウォータールーに到着すると、男は列車から下りて最寄りのタクシー乗場へ急いだ。巡査部長は横に立って、男が列の先頭へ進んで行くのを見守った。そして彼がタクシーに乗りこむと同時に、急ぎ足で列の先頭に近づいて警察手帳を出し、乗りこもうとしていた客に割りこみを詫《わ》びた。タクシーに跳び乗って、たった今走りだした前の車を追跡するよう運転手に命じた。

タクシーがブラック・エース・カジノの前で停まると、巡査部長は男が建物の中に消えるまで客席で待った。

やがて時間をかけて料金を払ってから下り、獲物を追ってカジノに入りこんだ。勤務中の警官であることを知られたくなかったので、臨時会員の申込書類に記入した。

フロアに歩を進めて、周囲の各種ゲームのテーブルを見回した。ルーレット・テーブルのホイールの隣りに坐っている男の姿を見つけるまで、さして時間はかからなかった。彼女は近づいて行って、テーブルを馬蹄形《ばていけい》に囲む見物人の群に加わった。獲物にあまり接近しないように注意した。カジノより舞踏会向きの、ゾルー・シルクのロング・ガウン姿では、男の目に止まって、ベビントン・ホールから尾行してきたのではないかと疑われる惧《おそ》れがあったからである。

それから一時間、男が一定の間隔で鞄から現金の束を取りだしてチップに換えるのを観察した。一時間後には明らかに鞄が空っぽになったらしく、男はむっつりした顔でバーへ向かった。

シートン巡査部長の読みが当たった。名も知らぬ男はギャンブルの元手を作るために、その夜のイヴェントで集まった金の一部を横領していたのである。しかしアンジエラも加担しているかどうかはまだ不明だった。

巡査部長は大理石の柱のかげに身を潜めて、男がブルーのスーツにショート・スカートの女性の隣りのスツールに腰かけるのを見守った。

男は娼婦《しょうふ》に払う金を余分に持っているのだろうか？　巡査部長がさらによく見ようとして柱のかげから足を踏みだしたので、出口のほうへ戻り始めたヘンリーと危く鉢合せするところだった。やがて、ずっと後になって、シートン巡査部長は男がなにも飲まずにバーから立ち去ったことを不思議に思った。おそらくスツールに坐っていた女に肘鉄《ひじてつ》を食らったのだろう。

ヘンリーが歩道に出てタクシーを呼び止めた。巡査部長は次のタクシーをつかまえた。パトニー・ブリッジを渡り、テムズの南岸に沿って進むヘンリーのタクシーを尾行した。行き着いたところはワンズワースにあるアパートの前だった。シートン巡査部長はアドレスをメモし、これで今夜はタクシーで帰っても文句を言われないだけの仕事をした、と勝手に決めつけた。

翌朝シートン巡査部長は警部のデスクに報告書を提出した。警部はそれを読んで笑みを浮かべ、部屋を出て廊下の先にある警視正の部屋へ報告に行くと、今度は警視正が本部長に電話をかけた。本部長は逮捕が行われるまで経過を警察監視委員長に報告しないことに決めた。陪審が有罪を答申せざるをえない整然《イン・アップル・パイ・オーダー》とした事件を、サー・デイヴィッドに提示したかったからである。

ヘンリーはバタフライ慈善舞踏会の上がりの現金を、会場のホテルからわずか二百ヤードの距離にあるロイズTSB銀行の夜間金庫に預けた。そこからさらに三十ヤードほど歩いたとき、一台のパトカーが横に停まった。慌《あわ》てて逃げだしてもあまり意味はなかった。ヘンリーはとっさに方針変更《ア・チェンジ・オブ・ギア》ができるような性格には生まれついていなかったからである。しかもいずれにせよこの瞬間のためにすでに万全の計画を立ててあった。ヘンリーはその場で逮捕され、警察監視委員会の会議が行われるまで二日間勾留《こうりゅう》された。

ヘンリーは過去二十年間経理を見てやっている事務弁護士、ミスター・クリフトン＝スミスを代理人に選んだ。

クリフトン＝スミスは依頼人の弁明に注意深く耳を傾け、膨大なメモをとったが、やがてヘンリーの話を聞き終ったとき、たったひとつ、すなわち有罪を認めることだけを助言した。

「もちろん、刑期の軽減事由があれば、弁護人にちゃんと伝えますよ」

ヘンリーは事務弁護士の助言に従った。結局過去二十年間、クリフトン＝スミスも、彼の判断を疑ったことはただの一度もなかったからである。

*　　*　　*

ヘンリーは公判の準備期間にアンジェラとはいっさい連絡を取ろうとせず、警察は彼女とヘンリーがボニーとクライドの関係（訳注　一九三〇年代のアメリカ中西部を荒らし回った男女のギャング）にあると確信していたにもかかわらず、彼がもう一度カジノへ行くまで逮捕すべきではないと即断した。バーのカウンターに坐っていた女は何者なのか？　女はそこで彼を待っていたのか？　特別犯罪捜査班は何週間もかけてロンドン中のカジノから小切手の控えを集めて回ったが、ミズ・アンジェラ・フォースターに振り出された小切手はただの一枚も見つからなかったし、なおふしぎなことに、ミスター・ヘンリー・プレストンを受取人とする小切手も皆無だった。彼は賭《か》けるたびにすってばかりいたのだろうか？

警察はアンジェラのイヴェント記録をチェックして、常にヘンリーが現金の集計を担当し、受領証に署名していたことをつきとめた。やがて彼女の銀行口座が大蔵省の禿タカたちによって調べられたが、わずか一万一千三百十八ポンドの残高は、過去五年間ほとんど動きがないことがわかった。シートン巡査部長がそのことをミス・ブレンキンソップに報告すると、彼女はやはりアンジェラではなく逮捕された男が真犯人だったのだと、たいそう満足そうだった。なんと言ってもセント・キャサリンの卒業生がこんな事件に関係するとは考えられない、と彼女は巡査部長に語った。

まだ殺人事件の捜査が進行中で、麻薬の密売ルートも解明されていなかったので、警視正はセント・キャサリン事件の捜査終了を指示した。すでに犯人逮捕が行われていて、年間の犯罪統計を報告するときに重要なのはそれだけだった。

大蔵省の法務官たちが、行方不明の金を追跡することは不可能だと認めた時点で、ヘンリーの弁護人は公訴局との取引に成功した。ヘンリーが十三万ポンドの横領を認めて、被害者に全額返済することに同意すれば減刑を意見具申する、という取引だった。

「おそらくこの事件には、わたしの注意を喚起したいと考える軽減事由があるのでしょうな、ミスター・キャメロン？」裁判長が判事席からヘンリーの勅選弁護士を見下ろして促した。

「もちろんですとも、裁判長」勅選弁護士ミスター・アレックス・キャメロンは弁護人席からゆっくり立ち上がって答えた。「わたしの依頼人は」と、彼は切りだした。「この悲劇的な身の破滅の原因となった不幸なギャンブル中毒を隠し立てはしません。しかしながら」と、ミスター・キャメロンは続けた。「依頼人は今回が初犯であり、このたび判断を誤って道を踏みはずすまでは、その評判に一点の曇りもない社会の柱石でありつづけてきたことを、裁判長には考慮していただけるものと確信しております。事実依頼人は永年の間名誉会計係として地元の教会で私心なき奉仕活動を行っており、その点に関しては教区牧師も証言していることを、裁判長もご記憶かと思います」

ミスター・キャメロンは咳払《せきばら》いをして続けた。「裁判長、今あなたの前にいるのは、引退後の長い孤独な年月のほかになんの希望もない無一文の破産者であります。彼は」と、ミスター・キャメロンは上着の襟を引っぱりながら付け加えた。「債権者への支払いのためにワンズワースのアパートさえ売らなくてはなりませんでした」そこでひと息入れた。「かくのごとき次第なので、裁判長におかれましては、わたしの依頼人は充分に苦しんだのだから寛大な処置を受ける資格がある、と考えておられるのではないでしょうか」ミスター・キャメロンは判事に期待に満ちた微笑を投げかけて着席した。

判事はヘンリーの弁護人を見下ろして、微笑を返した。「いや、充分とは言えませんな、ミスター・キャメロン。ミスター・プレストンは専門職に従事する身でありながら、その地位に付随する信頼を裏切ったことをお忘れなく。だがまず最初にあなたの依頼人に注意しておきます」判事はヘンリーのほうに視線を転じた。「ギャンブルは一種の病気なのだから、被告は刑務所から出所しだい、なんらかの治療を受けるべきであります」ヘンリーは刑期がどれくらいになるかと、緊張して待った。

判事は永遠とも思える長い時間沈黙して、ヘンリーをじっと注視した。「被告を三年の刑に処す」と言った後で、彼は付け加えた。「囚人を被告席から下ろしなさい」

ヘンリーはフォード開放型刑務所へ送られた。彼の入所にも出所にもだれ一人気がついた者はいなかった。塀の中でもシャバにいるときと同じように目立たない存在だった。郵便物も受け取らず、電話もかけず、面会者もいなかった。刑期の半分を務めあげて一年半後に出所したとき、彼を出迎えた人間はいなかった。

ヘンリー・プレストンは四十五ポンドの出所手当を受け取った。身の回りの物しか入っていないグラッドストーン鞄を下げて、近くの鉄道駅へ向かったのを最後に、以後彼の姿を見た者は一人もいない。

グレアム・リチャーズ夫妻は、マジョルカ島で快適だがいささか退屈な引退生活を楽しんでいる。パルマ湾を見下ろす小ぢんまりした高級別荘に住み、夫婦ともに地域社会の人気者になりつつある。

パルマのロイヤル・オーヴァーシーズ・クラブの会長は、年次総会の席上で、ナイジェリア国立石油会社の元財務担当重役を説得して、クラブの名誉会計係を引き受けてもらうという大手柄を立てたことを報告した。承認の首肯、ヒヤヒヤの声、まばらな拍手などがその後に続いた。会長は、ミスター・リチャーズが会計係を引き受けてくれてからは、クラブの帳簿は整然《イン・アップル・パイ・オーダー》と記帳されていると、議事録に記録することを書記に提案した。

「ついでに報告しますが」と、会長はつけ加えた。「リチャーズ大人のルースがクラブ主催の年次舞踏会のイヴェント企画を引き受けてくださいました」

アリバイ

「やつは人を殺しながらまんまと逃げおおせたんだよ」と、ミックが言った。

「そんなことができるのかね？」と、わたしがきいた。

「二人の看守がほんとだと言えば、それはほんとにあったことなのさ。囚人がそうじゃないと言っても相手にされない。わかったかい？」

「いや、わからんね」と、わたしは正直に答えた。

「それじゃ説明してやらなくちゃな」と、ミックが言った。「囚人間にはひとつの鉄則がある——仲間が刑務所に入っている間にそいつの女と寝るなってやつだ。これが掟《おきて》のすべてだよ」

「ボーイフレンドが長い刑期を食らったばかりの若い女には、それはちょっと酷じゃないかな。つまり女にもセックス抜きの同じ刑期を宣告することになるわけだ」

「それは問題じゃないさ」と、ミックが言った。「ピートはカレンを待つと、はっきり言ったんだから」

「しかし彼はこれから六年間どこへも行かないんだよ」

「あんたはわかってないな、ジェフ。これは掟だし、公平に見て、カレンはだれに聞いても最初の六か月はおとなしくしていたが、やがて脱線してしまった。じつを言うと、ピートの親友のブライアンはすでにカレンと寝ていたが、それは彼女がピートの女になる前の話で、三人とも同じ新中学《セカンダリー・モダーン》に通っていたからだ。だがカレンはピートと一緒に住むようになって男あさりをやめたから、それは問題じゃなかった。わかったかい？」

「まあね」

「いいかい、ピートは男だからこのルールは当てはまらない。男は女とは違うから、それが理屈に合ってるんだよ。男はライオン、女は仔羊《こひつじ》だ」どちらかと言えば仔羊よりは雌ライオンだろう。しかし、告白するならばそのときはこの考えを口には出さなかった。「そうは言っても」と、ミックが続けた。「掟ははっきりしている。ダチが豚箱に入っている間にそいつのスケとは寝ないのさ」

わたしはペンを置いて、聖ミックによる福音書に耳を傾け続けた――この男も刑務所には回転ドアでもあるかのように、何度も出たり入ったりしてきた盗人の一人だった。わたしは日記を書くことを諦《あきら》めた。ミックの舌は明らかに絶好調で、だれにも止められそうになかった――もちろんわたしの手には負えなかった。しかもドアに鍵《かぎ》がかかっていて逃げだすこともできないので、彼の話を書きとめることにした。だが、その前にまず彼の前歴を少し説明しておこう。

ミック・ボイルはリンカン刑務所でわたしと同房で、過去十七年間に九度目の刑務所暮しをしているところだった。罪名はすべて侵入盗だった。「おれは泥棒《ティー・リーフ》かもしれないが」と、彼は悪びれることなく言った。「暴力はふるわない。暴力には反対なんだ」と、明らかに道徳的に優位に立とうとして付け加えた。わかってるだけで五人の女に生ませた六人の子供がいるが、どの子供とも連絡はまったくないかほとんどない、という話だった。わたしが驚きの表情を浮かべたらしく、彼は言葉を補った。

「心配することたあないよ、ジェフ、みんな福祉に面倒見てもらってるから」

「やらしてくれる女が欲しけりゃ」と、ミックは続けた。「ダチのスケになんか手を出さなくたって、スペアはいくらでも手に入る。なんてったって、おれたちの仲間の大部分は出たり入ったり、出たり入ったりを繰り返しているわけだからな」彼は刑務所暮しとセックスをかけた自分のジョークを笑いながら繰りかえした。

ミックの仲間のピート・ベイリーは――読者の観点によってこの物語のヒーローとも悪役とも言えるが――警察と裁判所と被告自身の手間を省くために、被告が望めば犯した罪と同種の百十二の犯罪を、有罪判決後に考慮に入れて処理してもらえる加重強盗罪で起訴されていた。

「結果はどうなったたって？　ピートは六年の刑を食らったよ」ミックは言葉を休めて

大きく息を吸いこんだ。「いいかい、やつはそれでもムショにいる間にダチを殺して、しかもまんまと逃げおおせたんだぜ」

「ほんとかね？」わたしは少なからず興味を唆《そそ》られた。

「もち、ほんとだよ。いいかい、やつはムショではいつも模範囚だから、三年務めるだけでいいことを知ってたんだ」と、ミックは言った。「筋が通ってるだろう？　で、ウェイクフィールドに十五か月いた後で——ありゃひでえムショだ——刑期を終えるまでサフォークのホーズリー・ベイ開放型刑務所へ送られた。こっちは休暇で行くキャンプってところだ。つまり」と、ミックは続けた。「開放型刑務所は社会復帰の準備をさせるところだ。いくらか望みがあるんだよ。ピートがそこでやったのは、ムショの図書室で、お節介焼きが差入れた《カントリー・フイフ》のバックナンバーを隅々まで読んで時間をつぶし、出所したとたんにどの家に盗みに入ろうかと下調べすることだけさ。さて、開放型刑務所のもうひとつのルールは、閉鎖型の月に一回と違って、週に一回面会が許可されることだ。囚人が向上《インハンスト》していて、少くとも一か月間懲罰を食らっていないという条件付きだがな」

「向上？」わたしは恐る恐る尋ねた。

「囚人が少くとも三か月間素行がよかったと認められることだよ。向上すると、いろんな特権が与えられる。房外で過す時間が長くなるとか、ましな作業にありつけるとか、ムショによっては昇給だってある」

「懲罰を食らうのはどんなときかね？」

「そいつは簡単だ。看守に悪態をつくか、作業に遅刻するか、麻薬検査で引っかかるか。おれなんか一度調理場からオレンジを一個くすねただけで懲罰を食らったことがある。いくらなんでもやりすぎだよ」

「で、あんたの仲間のピートは懲罰を食らったのか？」

「いや、一度も食らわなかった」と、ミックが答えた。「品行方正そのものさ。スケが面会に来ることを望んでいたからな。倉庫作業に精を出し、行いを慎んで三か月を無事に切り抜ける。これで万々才、やつは向上した。次の土曜日にスケが面会にやってくる。

「開放型刑務所じゃ、面会はいちばん広い部屋、ふつうはジムか食堂で行われる。そして忘れちゃならないが、閉鎖型のムショと違って警備はゆるく、麻薬を嗅《か》ぎまわる犬もいなけりゃどんな動きも見逃さない監視カメラもないから、スケを相手に自然に振舞うことができる」彼はひと息入れて続けた。「ま、それも限度はある。スウェーデンの刑務所と違ってセックスまでは無理だよ。ほら――なんて呼ばれてるんだっけ？」

「夫婦間面会かい？」

「ま、どう呼ぼうとセックスのことだが、この国じゃそれは許されていない。だがいいかい、看守は見て見ぬふりをする――囚人がスケのスカートの中に手を突っこんでも……そう言えばあるムショで――」

「ピートの話の途中だよ」と、わたしは遮った。

「そうそう、ピートの話だった。それでカレンが次の土曜に面会にやってきた。万事順調だったのはピートがダチのブライアンのことをきくまでだった。カレンは貝のようにロを閉ざして一言も話さず、やがて顔が真赤になった。ピートはすぐに相手がなにを隠しているかを察した。つまり自分がムショにいる間にスケがダチとよろしくやっていたってことをだ。カレンはやつの導火線に火をつけちゃったんだよ。で、ピートが跳びあがって一発見舞った。カレンは真っ逆様にぶっとんで、床に倒れた。非常ベルが鳴りだして、ドアというドアから看守たちが駆けこんできた。連中はやつをカレンから引っぺがして、隔離房へ引きずって行かなきゃならなかった。隔離房に入ったことはあるかい、ジェフ？」

「いや、ないね」

「まあいい。とにかくひでえところさ。家具なしの独房、床にマットレス、壁にネジで留められた洗面台と水の流れない便器。あくる日ピートは懲罰のために所長のところへ連れて行かれた。所長は、あんたも覚えているはずだが、全能の神だ。囚人が有罪かどうかを決めるのに判事や陪審の助けは必要ない──内務省規則だけで充分だ」

「それで、ピートはどうなったんだ？」

「閉鎖型のムショへ逆戻りさ。刑期を三か月延長されて、その日のうちにリンカンへ送られた。囚人の中には、閉鎖型へ送り返されると、頭にきて建物をぶっこわしたり、麻薬をやったり、自分の房に火をつけたりし始めるやつがいて、結局いつまでも外に出られない。おれがリヴァプールで同房だったやつなんか、三年の刑で入ったのにいまもまだそこにいる──もう十一年もたってるんだぜ。そいつが最後に所長室に呼ばれたときは──」

「ピートはどうなった？」と、わたしは努めて苛立《いらだ》ちを隠しながら催促した。

「そうそう、ピートの話だった。でどうなったかってえと、ピートはその逆を行ったんだ」

「逆とは？」

「リンカンにいる間はずっと優等生だったよ。で、三か月後にはまた向上を認められて、あらゆる特権が回復した。調理場の作業にありつき、奴隷《どれい》なみに働いて、六か月後には面会を申請して許可された。カレン・スレイターとの面会だけは認められなかったがね。だが、どっちみちあの女とは会う気がなかった。今度はピートが申請した面会の相手は、そのころシャバにいたダチの一人だった。で、このダチがブライアンはカレンとできているだけじゃなしに、ピートがリンカンにぶちこまれているのをいいことに、女がブライアンと同棲《どうせい》していることまで耳に入れた。やりたい放題ってとこだな」と、ミックは言った。「ピートのダチはブライアンを消しちまおうかとまできいた。『いや、それはしてくれなくていい』と、ピートはダチに言った。『やつはそのうち自分で始末する』ピートは結局かならずだれかがしゃべってしまうという理由で、どう始末するつもりなのか具体的には話さなかった。そのへんはきっと政治の世界でも同じなんだろうな、ジェフ」

「ピートの話だろう」

「ああ、相変らず文句なしの模範囚さ。休む間もなく働いて、看守に悪態はつかず、懲罰も食らわない。それでどうなったって？　十二か月たったら、刑期を九か月残すだけでホーズリー・ベイ開放型刑務所に戻っていたよ」

「そしてホーズリー・ベイに戻ったら、カレンと連絡を取ろうとしたのかね？」

ったよ」

「いや、面会を申請しなかった。それどころか、彼女の名前さえ一度も口に出さなかったよ」

「彼の狙い《ゲーム》はなんだったんだ？」わたしは無意識のうちに刑務所の隠語を使っていた。

「狙いはひとつだけだよ、ジェフ。刑務所の反対側にある向上ブロックへ移りたかったんだ」

「よく意味がわからないんだが」と、わたしは白状した。

「やつのマスター・プランの一部だよ。いいかい、開放型刑務所のホーズリー・ベイに到着すると、囚人は二つあるメイン・ブロックのどっちかの房に入れられる」

「そうかね？」

「そう、北ブロックか南ブロックのどっちかだ。だがそのうち向上すると――また三か月間聖人みたいに行儀よくしていればだが――向上ブロックへ移されてもっといろんな特権が与えられる」

「たとえば？」

「土曜日ごとに面会が許可される。だがピートにはその気がなかった。月に一度の土曜日には自宅へ帰ることもできる――が、これもどうでもよかった。週日は刑務所の外の仕事に応募してもいい――出所前に少し余分に金を稼げるのに、それにもやつは無関心だった」

「いろんな特権を利用する気がないとしたら、なんでそれを欲しがったのかな？」

「ピートのマスター・プランの一部じゃなかったからだよ。あんたの欠点は、犯罪者のような物の考え方をしないことだな、ジェフ」

「それじゃなんでピートは向上ブロックへ移ろうとがんばったんだ？」

「やっといい質問が出たな、ジェフ。だがそれには少し溯《さかのぼ》って説明する必要がある。ピートはすでに、向上ブロックでは日中五人の看守が勤務しているが、夜間は二人だけになることを調べていた。囚人が向上ブロックに移されたのなら問題を起こすはずはないし、もともと刑務所は人手不足に悩まされているのがその理由だ。それからもうひとつ、開放型のムショには監房も鉄格子《てつごうし》も敷地を囲む塀もないから。だれでも逃げだせることも忘れちゃならない」

「じゃ、なぜだれも逃げないんだ？」

「開放型のムショにいる囚人で、脱走を考えるやつは多くないのさ」

「なぜだ？」

「それが理屈だろう？　刑期の終りが近いのに、もしもつかまったら、十中八九はどうせつかまるが、刑期を延長されて閉鎖型刑務所へ送り返される。だからやめたほうがいい、逃げても意味がないんだ。そう言えばデイルという名前の囚人がいたな。アホなやつだった。出所まであとわずか三週間というときに――」

「ピートの話だよ」

「あんたもせっかちな男だな、ジェフ。別にどっかへ行く当てはないんだろう？　それで、どこまで話したっけ？」

「向上ブロックには夜は看守が二人しかいないってところまでだよ」と、わたしはメモをチェックしながら言った。

「そうだった。だが向上ブロックでも朝の七時と夜九時の二度、事務室へ出頭しなきゃならない。ところでピートは、さっき言ったように、刑務所の店で新入りに衣服を支給したり、週に一度常連に洗濯物を渡したりする仕事を受け持っていたので、看守たちはいつもやつの居場所を知っていた。で、それもピートのプランの一部だったんだ。だがもしもやつが朝の七時と夜の九時に事務室へ出頭しなけりゃ、懲罰を食らって、特権を全部剝奪《はくだつ》されたうえで北ブロックへ送り返されることになる。だからピートは一度も点呼をすっぽかさず、房は塵《ちり》ひとつ落ちていないし、いつも十一時よりずっと前にライトを消していた」

「それもみなピートのマスター・プランの一部なんだな？」

「呑《の》みこみが早いな」と、ミックが言った。「ところがピートは障害にぶつかった――この言葉で間違ってないんだろう、ジェフ？」わたしは話の流れを滞らせたくはなかったので、黙って頷《うなず》いた。「夜の間に、看守の一人が一時にブロック内をひと回りし、もう一度四時に戻ってきて、どの囚人もみなベッドで眠っていることを確かめる。看守の仕事は、ドアの外側に下がっているカーテンをめくり、ガラス窓から中を覗《のぞ》き、懐中電灯でベッドを照らして、囚人が鼾《いびき》をかいていることを確かめるだけだ。ところで自分の房でつかまった囚人の話をしたかな、そいつは――」

「ピートだろう？」わたしはミックの顔も見ずに言った。

「わかったよ。ピートは最初の看守が一時にやってきて、やつが房にいることを確かめるまで、夜はいつもベッドで目を覚ましていた。看守はカーテンをめくり、懐中電灯でベッドを照らしてから戻って行く。やつはそれから眠るが、いつも四時十分前に目覚しをかけておいて、四時になったら毎晩同じことを実行する。四時になると毎晩違う看守がやってきて、囚人がベッドにいることを確かめる。ピートは一か月ちょっとかかって、夜ごとの巡回と囚人がベッドにいることの確認をさぼる看守が二人いることを調べ上げた。その二人とはミスター・チェンバーズとミスター・デイヴィスだった。チェンバーズはいつも眠ってしまうし、デイヴィスはテレビの前からはなれない。結局、ピートはこの二人が同じ晩に勤務するチャンスを待つだけでよかったんだよ」

出所まで余すところわずか六週間ほどになったころ、ピートが仕事を終えて向上ブロックに戻ると、その晩の当直看守がチェンバーズとデイヴィスであることがわかった。ピートが九時に点呼簿にサインしたとき、チェンバーズはすでにテレビでサッカーの試合を観《み》ていたし、デイヴィスは机に足を乗せてコークを飲みながら、《サン》紙のスポーツ欄を読んでいた。ピートは房に戻り、十時ちょっと過ぎまでテレビを見てから、ライトを消した。ベッドに入って毛布をかけたが、トラックスーツとトレイナーを着たままだった。一時数分過ぎまで待って、こっそり廊下に出ると、だれもいないことを確かめた――チェンバーズもデイヴィスも姿は見えなかった。それから廊下の突当りまで行って、非常口のドアを開け、裏階段を下り、ドアに新聞紙のくさびを挟んで、ウッドブリッジまでの八マイル・レースを開始した。

ピートがその夜何時に戻ったかはだれにもわからないが、翌朝七時にはいつものように事務室へ出頭した。チェンバーズは彼の名前に∨印をつけた。ピートが看守のクリップボードをちらと見ると、四つの点呼欄――九、一、四、七時――のすべての枡《ます》に∨印がついていた。ピートは食堂で朝食を済ませてから、仕事場へ行った。

「つまりうまいこと逃げおおせたんだね？」

「それがそうでもないんだ」と、ミックが言った。「その朝おまわりが大勢やってきて、ムショの隅から隅まで探し始めたが、連中の目当てはたった一人だった。結局、仕事場でピートを逮捕して、取調べのためにウッドブリッジのサツへしょっぴいて行ったよ。そしてベッドで絞め殺されていたブライアン・パウエルとカレン・スレイターの死について、何時間も尋問が行われた。噂《うわさ》じゃ二人はあの最中に殺されたんだそうだ。ピートは最初の釈明をあくまで変えなかった。『おれがやるはずがないよ、だんな。おれはその時間にムショにいた。あの晩当直だった二人の看守、ミスター・チェンバーズとミスター・デイヴィスに訊《き》いてみればすぐにわかるこった』捜査担当のおまわりは向上ブロックを訪れて、点呼簿をチェックした。鑑識によればブライアンとスケが絞め殺されたのは三時から五時の間だそうだから、四時にチェンバーズがベッドで眠っているピートを見たとすれば、同時にウッドブリッジにいられるわけがないだろう？　それが理屈ってもんだよ。

「内務省による独自の調査が行われた。チェンバーズとデイヴィスは、一時と四時に全囚人をチェックしたが、ピートは二度とも房で眠っていたと証言した。ほかの囚人たちの何人かも、進んで調査班の前にやってきて、チェンバーズとデイヴィスが巡回にきたとき、懐中電灯の光で目を覚まされたと証言した。これがピートの弁明を裏づける結果になった。調査班は、その夜ピートは一時と四時にベッドにいたはずだから、殺人を犯すことは物理的に不可能だったと結論した」

「つまりうまいこと逃げおおせたわけだ」と、わたしは繰りかえした。

「なにを指して逃げおおせたと言うかによるな」と、ミックが言った。「というのは、サツは結局ピートを起訴しなかったが、捜査担当のおまわりは、ほかに尋問したい人間がいないので捜査を終了すると声明を発表した――こいつは当てこすりもいいところだよ。これじゃチェンバーズとデイヴィスにとっては出世の妨げだから、やつらはピートを陥《おとしい》れる計画に取りかかった」

「しかしピートは出所まで六週間残すだけだったんだろう？」と、わたしは指摘した。

「しかも文句なしの模範囚だった」

「その通りだ。ところがデイヴィスの親友のもう一人の看守が、釈放予定の数日前にピートが倉庫からジーンズを一本盗んだと上司に通報した。ピートは隔離房へしょっぴかれ、所長はその晩のティーも出ないうちにやつをリンカン刑務所へ送り返した。刑期を三か月延長してな」

「結局彼は三か月余分に服役しなきゃならなかったわけかね？」

「それは六年前の話だ」と、ミックが言った。「ピートはいまだにリンカンにぶちこまれたまんまだよ」

「どうしてそんなむちゃくちゃがまかり通るんだ？」

「看守どもが二、三週間に一回の割で新しい違反を摘発するもんだから、ピートが懲罰を受けるたびに所長は刑期を三か月ずつ延長したんだ。きっとピートは一生リンカンから出られないだろう。いくらなんでも度がすぎるよ」

「連中はそれで無傷なのか？」

「あんたはおれの話を全然聞いてないな、ジェフ。二人の看守がほんとだと言えば、それはほんとにあったことなのさ」と、ミックは繰り返した。「だれかがそうじゃないと言っても相手にされないよ。わかったかい！」

「わかったよ」と、わたしは答えた。

二〇〇二年九月十二日付の刑務局通達NO47／2002号は、エゼー及びコナーズ裁判におけるヨーロッパ人権裁判所の判決が、服役日数追加の処罰を招くほど重大な違反が行われた場合には、ヨーロッパ人権協定第六条に内在する保護が適用されると裁定した、と述べている。独立かつ公平な法廷によって審理が行われなければならず、囚人にはこの審理に当たって法的援助を受ける権利がある。

ピート・ベイリーは二〇〇二年十月十九日にリンカン刑務所から釈放された。

あるギリシア悲劇

イオルゴス・ツァキリスは、贈物をもらうことを警戒しなければならないようなギリシア人の部類ではない。

イオルゴスは幸運にも人生の半分をロンドンで、そして残りの半分を生まれ故郷のアテネで過ごすことができた。彼と二人の弟たち、ニコラオスとアンドレアスは、父親から引きついだ超優良企業のサルベージ会社を経営していた。

イオルゴスとわたしは何年も前に、赤十字を支援するチャリティ・イヴェントで初めて出会った。彼の妻のクリスティーナが組織委員会のメンバーで、わたしに競売人を引き受けてくれないかと頼んできたのだった。

永年の間にわたしが司会したほとんどすべてのチャリティ・オークションでは、買手のつかない品物が一点は残ったもので、その晩も例外ではなかった。

このオークションでは、別の委員の一人が、娘によって描かれた、村のバザーでも引取り手がなさそうな風景画を寄贈した。わたしはオークション台に上がって会場を見回し、入札開始価格の買手を探すずっと前から、今回もまた立往生してしまいそうだと予感していた。

だが、わたしはイオルゴスの気前のよさを計算に入れていなかった。

「開始価格は一千ポンドです。どなたかいらっしゃいませんか？」わたしは藁《わら》にもすがる思いで呼びかけたが、だれも助けにきてはくれなかった。「一千ポンドですよ」と、やけっぱちの心境を見抜かれないように繰りかえし、もうだめだと諦《あきら》めかけたときに、黒のディナー・ジャケットの海から一本の手が差し上げられた。それがイオルゴスの手だった。

「二千ポンドの方は？」と、わたしは誘いをかけたが、だれも興味を示さなかった。「三千ポンドでは？」わたしはまっすぐイオルゴスを見て言った。ふたたび彼の手がさっと上がった。「四千で行きましょう」わたしは自信満々で言ったが、その自信も短命に終ったので、またイオルゴスに視線を戻した。「五千でどうでしょう」とわたしがきくと、またしても彼が応じてくれた。いくら夫人が委員であるとは言っても、いい加減にしなくてはと思った。「五千ポンドでミスター・イオルゴス・ツァキリスに落札されました」とわたしが発表すると、盛大な拍手が湧《わ》き、クリスティーナの顔に安堵《あんど》の表情が浮かんだ。

それ以来、気の毒《プアー》なイオルゴスは、あるいはより正確に言えば裕福《リッチ》なイオルゴスは、この種の催しでは決まってわたしに救援の手を差しのべて、しばしば開始価格でさえ買手が現われそうもないがらくたを買ってくれたものだった。永年の間に、チャリティの美名のもとに、わたしがこの男からどれほどの金をむしり取ったかは、神のみぞ知るところである。

昨年、彼にウズベキスタンの旅とアエロフロート提供のエコノミー・チケット二枚を売りつけたあとで、わたしは彼のテーブルへ行って礼を述べた。

「礼など必要ありませんよ」と、隣りに腰を下ろしたわたしにイオルゴスは言った。「自分がどれほど幸運か、生きているだけでも運がよいと思わない日は、ただの一日としてないほどなんですから」

「生きているだけでも運がよいですって？」わたしはなにか曰《いわ》くがありそうな匂《にお》いを嗅《か》ぎつけて、水を向けた。

ここで言わせてもらいたいが、人間だれしも一冊の本が書ける、という言い古された決まり文句は誤りである。しかしながら、たいていの人間が一生の間に自分だけの、一篇の短篇小説を書くに足るひとつの出来事を経験していることを、永年の間に認めざるを得なくなったことも事実である。イオルゴスの場合も例外ではなかった。

「生きているだけでも運がよい、ですか」と、わたしは繰りかえした。

イオルゴスと二人の弟たちは事業の責任を平等に分担して、イオルゴスはロンドン・

オフィスを受け持ち、ニコラオスはアテネに止《とど》まったので、アンドレアスは沈みかけた顧客先を海上に浮かべておく必要が生じるたびに、世界中を飛び回ることができた。

イオルゴスはロンドンとニューヨークとサン＝ポール＝ド＝ヴァンスに事業所を構えていたが、いまだにしょっちゅう神々の故郷に戻ってきて、大人数の一族との交流を保っていた。金持ちはみな例外なしに大家族であるらしいことに気がつきましたか？

ドーチェスター・ホテルで開催された最近の赤十字の舞踏会では、わたしが――ニュージーランド遠征の後で――負けチーム全員がサインしたブリティッシュ・ライオンズのジャージーをオークションにかけたところ、だれ一人助け船を出してくれなかった。頼みのイオルゴスの姿は会場になかった。かわいがっている姪《めい》の結婚式に出るために故郷へ帰っていたからである。その結婚式である事件が起きなかったら、わたしは二度とイオルゴスと会うことがなかっただろう。ついでに言うと、わたしはブリティッシュ・ライオンズのジャージーを、入札開始価格そのままで売ることにさえ失敗した。

イオルゴスの姪のイサベラは、イオニア海に嵌《は》めこまれた美しい宝石のような、ギリシアの島々でも最も美しい島のひとつ、ケファリニア島の住民だった。イサベラは島のワイン生産農家の息子に恋をし、父親がすでに亡《な》くなっていたので、イオルゴスが花聟《はなむこ》の自宅で催される結婚披露宴のホスト役を買って出た。

イギリスの風習では、家族や友人たちが結婚式と、続いて花嫁の両親の自宅の芝生に張られたテントで催されることが多い披露宴に出席する。芝生がそれほど広くないときは、祝宴は村の公会堂に移される。型通りのスピーチが行われ、ほどほどに時間がたったところで、新郎新婦はハネムーンに出発し、それから間もなく客も帰り始める。

夜の十二時前にパーティから引き揚げるという風習は、ギリシア人には認めがたい。彼らは結婚披露宴なら翌早朝まで続いて当然だと考えているし、まして花聟がぶどう畑を持っているとしたらなおさらである。ギリシアの島で島民同士が結婚するときは、地元の人々が当然のごとく招待されて、ワイン・グラスを傾け、花嫁の健康を祈って乾杯することになる。ギリシア人は結婚式の押しかけ客という言葉を知らない。花嫁の母親は、左下隅にＲＳＶＰ（訳注　フランス語の「出欠をお知らせください」の頭文字）と印刷された金色の打出し文字の招待状を送ったりはしない。その理由はただひとつ、だれもわざわざ返事を出したりしないが、それでも全員が出席することは確かだからである。

イギリス人とギリシア人という偉大な国民のもうひとつの違いは、ギリシア人がおよそ十か月続く夏の間に、土砂降りの雨に降られるおそれはまずないから、貸しテントを張ったり村の公会堂を借りたりする必要がないことである。ギリシアではだれでも天気予報官になれる。

結婚式の前日、クリスティーナは夫に、ホストは素面《しらふ》でいるほうが賢明ではないかと提案した。花聟の職業を考えれば、だれかが宴《うたげ》の進行を見張る必要があるのではないかと。イオルゴスは渋々承知した。

結婚式は島の小さな教会で行われ、信者席は晩禱《ばんとう》の時刻のはるか前から、招かれた客と招かれていない客で満員になった。イオルゴスは持前の気前のよさで、かなり盛大な宴会のホスト役を務めることになりそうだと覚悟した。かわいい姪とその恋人が神聖な婚姻の儀式で結ばれるのを、誇らしげに見守った。イサベラの顔は白いレースのヴェールで覆《おお》われていたとはいえ、その美貌《びぼう》は島の若者たちの間でつとに知られていた。婚約者のアレクシス・クルクンディスはすらりとした長身で、そのウェストラインは、いまだ彼がぶどう農園の跡取り息子であることの証拠にはなっていなかった。

さて、その結婚式である。ここで、しばしの間イギリス人とギリシア人が協調するが、それも長くは続かない。儀式は金色の長い法衣を着て山高の黒い帽子をかぶったひげ面《づら》の司祭によって執り行われた。揺れる香炉から立ちのぼる香の甘い香りが教会内を漂い、きらびやかな刺繍《ししゅう》を施したガウンを着た、同じくだれよりも長いひげを誇らしげにのばした別の司祭が、賛美歌と祈禱のうねりの中で儀式を司《つかさど》った。

式が終わると、イオルゴスとクリスティーナは、先に家へ戻って客を迎えたかったので、だれよりも早く教会を出た。

花聟の古くてだだっぴろい農家は、ぶどう畑の上の丘の斜面にうずくまっていた。段々畑のオリーヴの林に囲まれた広大な庭は、花嫁と花聟が登場するずっと前から、談笑する祝い客で埋まっていた。イオルゴスが二百本以上の手を握ったに違いないと思われるころ、花聟の乱暴な友人たちの大群がお祝いに空に向かってぶっぱなすピストルの音が、クルクンディス夫妻の登場を告げた。ギリシアのこの風習は、おそらくイギリスのカントリー・ハウスの芝生では通用しないだろうし、もちろん村の公会堂ではとうてい許されないだろう。

ごく近い身内と、ダンスフロアの横に設けられた長いメイン・テーブルに坐《すわ》らされた何人かの客を別にすれば、実際はイオルゴスが前に会ったことのある人間はほとんどいなかった。

イオルゴスは右のイサベラと左のアレクシスの間に挟まれて、メイン・テーブルの真中に坐った。全員が席に着くと、山盛りの料理が次々に客の前に運ばれ、まるでこの宴が小さな島の婚礼ではなくバッカスの祭であるかのように、大量のワインが流れた。しかし考えてみればバッカス――ワインの神――はギリシア人だった。

遠くで寺院の時計が十一時を打ったとき、イオルゴスは花聟の介添人に、そろそろスピーチをどうかと促した。イオルゴスと違って、介添人はへべれけで、おそらく翌朝自分がなにを話したか思いだせなかっただろう。続いて花聟が立ち、こんなすばらしい女性と結婚できた自分は途方もなく幸運な男だと述べたとき、ふたたび彼の若い友人たちがダンスフロアに跳び上がって、ピストルを空にぶっぱなした。

イオルゴスが結びのスピーチを行った。もう時間も遅いことと、客の目に浮かぶ懇願の表情と、テーブルに散乱した半ば空っぽのボトルに気がついて、彼は花嫁と花聟が恵まれた生活――子だくさんの婉曲語法《えんきょくごほう》――を送ることを祈るだけで満足した。それからまだ自力で立ち上がれる者に呼びかけて、花嫁と花聟のために乾杯した。イサベラとアレクシスにと、全員が声を揃《そろ》えてとはいかなかったが、唱和した。

拍手が鎮《しず》まると、バンドの演奏が始まった。とたんに花聟が席を立ち、花嫁のほうを向いて最初のダンスに誘った。新婚ほやほやのカップルがダンスフロアに上がると、またひとしきりピストルの一斉射撃が鳴り響いた。花聟の両親が続いてフロアに上がり、数分後にイオルゴスとクリスティーナが仲間入りした。

イオルゴスは妻、花嫁、そして花聟の母親と踊りおえると、メイン・テーブル中央の自分の席に戻りながら、ホスト役の彼に感謝する多くの客と握手を交わした。

イオルゴスが自分でグラスに赤ワインを注いでいるときに――公式の役目はもうすべて終っていた――その老人が現われた。

イオルゴスは庭の入口に独りぽつんと立つ老人の姿に気づいたとたんに、さっと立ち上がった。グラスをテーブルに戻して、足早に芝生を横切って、思いがけなく出現した老人を迎えに行った。

アンドレアス・ニコライデスは大きく曲がった腰を二本の杖《つえ》で支えていた。老人が山腹を途中まで下ったところにある小さな山小舎《やまごや》からここまで登ってくるのに、どれほど時間がかかったかを、イオルゴスは想像したくもなかった。彼は深々と一礼して、生まれ故郷を一度も離れたことがないのに、ケファリニア島ばかりかアテネの街でも伝説となった人物を出迎えた。なぜ島を出ないのかと訊《き》かれるたびに、アンドレアスはあっさりと答えるのだった。「なぜ天国から出て行かなきゃならんのかね？」

ケファリニア島がドイツ軍に蹂躙《じゅうりん》された一九四二年に、アンドレアス・ニコライデスは山へ逃げて、二十三歳の若さでレジスタンス運動のリーダーとなった。彼は長い祖国占領下に一度も山から下りず、首に多額の懸賞金がかかっていたにもかかわらず、アレクサンダー大王のように、侵略者どもを海へ追い落とすまでは身内のもとへ戻らなかった。

一九四五年の終戦と同時に、アンドレアスは意気揚々と凱旋《がいせん》した。やがてケファリニア島の市長に選ばれ、それから三十年間無競争でその地位に止まり続けた。齢《よわい》八十に入った今では、彼に恩義を感じていない家族はケファリニア島では皆無だったし、ほとんどの家が彼の親戚《しんせき》と称していた。

「こんばんは」イオルゴスは老人に近づいて挨拶《あいさつ》した。「わたしの姪の結婚式においでいただいて光栄です」

「光栄なのはわしのほうじゃよ」アンドレアスは会釈《えしゃく》を返しながら答えた。「あんたの姪ごさんの祖父《そふ》はともに戦ってわしのかたわらで死んだ。いずれにせよ」と、彼はウィンクしてつけ加えた。「島のすべての花嫁にキスできるのが老人の特権だからね」

イオルゴスはダンスフロアの周辺をゆっくり回って、賓客をメイン・テーブルへ案内した。客はダンスを中断して、通り過ぎる老人に拍手を送った。イオルゴスはメイン・テーブル中央の自分の席をアンドレアスに譲れば、新郎新婦の間に坐ってもらえると、強硬に言い張った。アンドレアスはホストの特等席に遠慮がちに腰を下ろした。イサベラは横を向いてだれが自分の隣りに坐ったかに気がつくと、わっと泣きだして老人に抱きついた。「ご出席いただいて、わたしたちの結婚式は満点になりました」と、彼女は言った。

アンドレアスはにっこり笑い、イオルゴスの顔を見て小声で言った。「もっと若いころに女どもをその気にさせたかったよ」

イオルゴスは、メイン・テーブル中央に坐って、新郎新婦と楽しそうにおしゃべりしているアンドレアスのそばを離れた。皿を一枚手に取って、料理テーブルぞいにゆっくり歩を進めた。そしてたっぷり時間をかけながら、老人にも消化のよさそうな少量のごちそうを取り分けた。最後に自分の結婚式の日に父親からプレゼントされたケースから、ヴィンテージ・ワインの一本を選んだ。イオルゴスが供え物を持って主賓のもとへ戻ろうとしたとき、寺院の時計が十二時を打って、新しい一日の始まりを告げた。

またしても島の若者たちがダンスフロアに突進し、客の歓声に合わせて空中にピストルをぶっぱなした。イオルゴスは眉《まゆ》をひそめたが、自分の若かったころをちらと思いだした。片手に皿を、もう一方の手にワインのボトルを持って、今やアンドレアス・ニコライデスが占めている、メイン・テーブル中央の自分の席へ戻って行った。

とつぜん、なんの前ぶれもなく、いささか飲み過ぎた若い狼藉者《ろうぜきもの》たちの一人が、前に走りだしたかと思うと、最後の一発を発射すると同時にダンスフロアの縁につまずいた。イオルゴスがぞっとして凍りつくなかで、老人が椅子《いす》の上で前にのめって、頭からテーブルに倒れるのが見えた。慌《あわ》ててメイン・テーブルに駆けつけたが、時すでに遅かった。アンドレアス・ニコライデスはすでにこときれていた。

活気に満ちた盛大な宴は、突如としてある者は悲鳴を上げ、ある者は泣き叫び、ある者はひざまずく混乱に陥った。だが大多数の人間はなにが起きたのか理解しかねて、ショックに見舞われ、重苦しい沈黙の中に沈んでいた。

イオルゴスは遺体の上にかがみこんで、老人を抱き上げた。そして頭を垂れた客の列の間を縫って、芝生の上をゆっくり母屋《おもや》のほうへ進んで行った。

イオルゴスがわたしにアンドレアス・ニコライデスの話をしたのは、すでに幕を下ろしたウェスト・エンドのミュージカルの切符二枚を、五千ポンドで落札した直後だった。

「人々はアンドレアスが島の人間すべての命を救ったと言い伝えています」イオルゴスは老人の思い出にグラスを捧《ささ》げながら言った。そして少し間をおいてつけ加えた。

「もちろんわたしの命も含めてね」

警察長官

「彼はわたしになんの用があるのだ?」と、警察長官は訊《き》いた。

「個人的な用件だと言っています」

「いつ刑務所から出たのかね?」

長官秘書はラジ・マリクのファイルをちらと見た。「六週間前に釈放されています」

ナレシュ・クマールは立ち上がり、椅子《いす》を後ろに押しやって、部屋の中を歩き回り始めた。それが考えをまとめようとするときのいつもの癖だった。彼は確信していた——まあ、ほぼ確信していた——しょっちゅう部屋の中を歩き回ることがなにがしかの運動になっていると。午後からホッケーをひと試合やり、夕方からスカッシュを三ゲームこなして、警察本署までジョギングで戻った日々は、もはや遠い昔だった。昇進を重ねるたびに、肩章《けんしょう》の銀モールがふえ、腰まわりが太くなっていった。

「退職して暇ができたら、またトレーニングを始めるよ」と、彼はナンバー・ツーのアニル・カーンに言った。だが言った本人もそれを信じていなかった。

長官は窓際《まどぎわ》で立ち止まって、十四階ほど下のムンバイの雑踏を見下ろした。そこには極貧民から世界の最富裕層にいたる一千万の人間が住んでいた。乞食《こじき》から億万長者まで、そのすべてを取り締まるのが彼の任務だった。彼の前任者は、「きみにできることは、せいぜい問題に蓋《ふた》をしておくことくらいだ」と言い残して去った。一年足らずのうちに後任に任務を引き継ぐときは、彼もまた同じ助言を贈ることになるだろう。

ナレシュ・クマールは父親と同じく警察官一筋で、この職業でいちばん気に入っている点はその意外性だった。もちろん、マンゴーを一個盗んだ子供の耳を切り取っても問題がなかった時代とは、大きく事情が変わったとはいえ、意外性という点では今日も変りはなかった。今の時代に同じことをすれば、子供の両親は暴行で訴えるだろうし、子供はカウンセリングが必要だと主張するだろう。しかし、幸いなことに、副長官のアニル・カーンは、路上の銃と麻薬密売人とテロリズムとの戦いは、みな現代の警察官の任務の一部であると認めていた。

長官の思考は、過去三十年間に自分の手で三度刑務所に送り込んだ男、ラジ・マリクに戻った。あの前科者はわたしになんの用だろうか？　その答えを知る方法はひとつしかなかった。彼は秘書に向かって言った。「マリクとの面会を予定に入れてくれ。ただし割けるのは十五分間だけだ」

長官は、秘書が約束の時間の数分前にファイルを持ってくるまで、マリクとの面会を許可したことを忘れていた。

「一分でも遅刻したら」と、長官は言った。「約束はキャンセルだ」

「もうロビーで待っていますよ」と、彼女は答えた。

クマールは眉《まゆ》をひそめて、急いでファイルを開いた。そしてマリクの犯罪歴に目を通し始めた。うち二回は――最初は巡査部長のとき、二度目は警部補に昇進した直後だった――逮捕したのが自分だったのでよく覚えていた。

マリクは兇悪《きょうあく》な犯罪を避けて通ることができるホワイト・カラーの犯罪者だった。とは言うものの、大した努力をせずに世間知らずな人々から、とりわけ老女たちから、大金を騙《だま》し取るだけの魅力と生まれながらの狡猾《こうかつ》さが身にそなわっていることを、若いうちから自覚していた。

彼が最初に働いた詐欺《さぎ》は、ムンバイでは珍しいものではなかった。必要としたのは小型の印刷機と、レターヘッド入りの便箋《びんせん》と、未亡人たちのリストだけだった。未亡人リストが手に入ったところで――《ムンバイ・タイムズ》の死亡記事から毎回仕入れた――仕事に取りかかった。彼の専門は存在しない海外の会社の株を売りつけることだった。この仕事は彼に定期収入をもたらしたが、それもやがて自分と同類の詐欺師の未亡人に株を売りつけようとしたときに終った。

マリクは起訴されて、百万ルピー以上を稼いだことを白状したが、長官はその程度では済まなかっただろうと推測した。結局、多くの未亡人がマリクの魅力に騙されたことを認めていたからである。マリクは五年の刑を宣告されてプネ刑務所に収監され、クマールはそれ以後ほぼ十年間彼の消息を聞かなかった。

マリクはただの沼地でしかないことがわかった土地に建っていると称する高層アパートの部屋を売った罪で、ふたたび刑務所に入った。今度の刑期は七年だった。また十年が過ぎた。

マリクの三度目の犯罪はさらに巧妙で、刑期もさらに長かった。彼は生命保険ブローカーになりすました。あいにく彼が扱った保険契約は決して満期にならなかった──彼自身はそれで潤《うるお》ったが。

マリクの弁護人は依頼人がおよそ千二百万ルピーの不当な利益を得たことをほのめかしたが、まだ存命中の保険加入者に返済できる金はほんのわずかしか残っていないので、判事はこの保険契約の報酬は十二年が妥当であると裁定した。

長官は最後のページをめくっても、依然としてマリクがなぜ自分に会いたいのか皆目見当もつかなかった。机の下のボタンを押して、次の面会者を通すよう秘書に伝えた。

クマール警察長官はドアが開くと同時に顔を上げた。目の前の男にはほとんど見覚えがなかった。マリクは彼よりも十歳は年下に違いなかったが、おそらく二人は同年代で通っただろう。ファイルによればマリクの身長は百七十五センチ、体重は七十七キロとあったが、長官室に入ってきた男はまるで別人に見えた。

前科者の肌は干からびて皺《しわ》が寄り、背中が丸くなって、体が小さく縮んでしまったように見えた。刑務所で過ごした半生の祟《たた》りだった。襟と袖口《そでぐち》がほつれたワイシャツを着て、過去のいつか誂《あつら》えて仕立てたと思われる、今はだぶだぶのズボンをはいていた。目の前にいるのは、長官が三十年以上も前に初めて逮捕したときの、打てば響くような自信に満ちた男ではなかった。

マリクは弱々しい笑みを浮かべて、長官の前で立ち止まった。

「会っていただいてありがとうございます」と、彼は小さな声で言った。声からもかつての力強さが消えていた。

長官は頷《うなず》いて、机の前の椅子を手で示した。「今朝は忙しいんだよ、マリク、さっそく用件を聞こうか」

「わかりました」マリクは腰も下ろさないうちに答えた。「わたしはただ仕事が欲しいだけなのです」

長官はマリクの用件はいったいなんだろうとあれこれ考えていたが、まさか求職が目的だとは夢にも思っていなかった。

「笑いだす前に」と、マリクが続けた。「まずわたしの話を聞いてください」

長官は椅子の背にもたれて、声もなく祈りを唱えるかのように両手の指先を合わせた。

「わたしが刑務所で過ごした時間はあまりに長過ぎました」とマリクは言って、ひと呼吸おいた。「つい最近五十歳になって、正直なところもう二度と刑務所には戻りたくないと思っています」

長官は頷いただけで、意見は述べなかった。

「先週、長官は」と、マリクが続けた。「ムンバイ商工会議所の年次総会でスピーチをなさいました。わたしは《タイムズ》でそれを読んで大いに関心を持ちました。長官はこの市の一流ビジネスマンたちに、刑務所に入ったことがある人間の雇傭《こよう》を考慮すべきだ――彼らに第二のチャンスを与えなければ、安易な道を選んでまた犯罪者の生活に戻ってしまう、と訴えておられました」

「しかしわたしの意見は」と、長官は相手を遮った。「初犯者に限られる、とも指摘しておいたはずだが」

「それこそまさにわたしの言いたいことなんです」と、マリクが続けた。「初犯者にとってさえ問題があるとお考えなら、このわたしが職を求めるときにどれほどの困難に直面するか、想像してみてください」マリクは言葉を休めてネクタイの曲がりをなおしてからまた続けた。「長官のスピーチが本音であってたんなる人気取りではないとしたら、信念に従ってみずからお手本を示すべきではないでしょうか」

「わたしになにをさせようというのかね？」と、長官が訊いた。「どだいきみには警察の仕事向きの資格などありゃせんだろうが」

マリクは長官の皮肉を無視して大胆に続けた。「長官のスピーチが載った同じ新聞に、警察資料室の資料整理係の募集広告が出ていました。わたしはここムンバイで、P&O海運の事務員として人生のスタートを切りました。記録を調べていただければわかりますが、わたしは勤勉かつ有能な社員で、当時後ろ指さされるようなことはひとつもしておりません」

「しかしそれは三十年以上も前のことだ」と、長官は言った。目の前のファイルを参照するまでもなかった。

「ではわたしはスタート時点と同じようにキャリアを終えなくてはなりません」と、マリクが答えた。「資料整理係として」

長官はしばらく無言でマリクの申入れを考慮した。やがて身を乗りだし、両手を机に置いて言った。「きみの頼みを少し考えさせてくれ、マリク。わたしの秘書はきみへの連絡方法を知っているかね？」

「ええ、知っていますとも」マリクは腰を上げながら答えた。「わたしは毎晩ヴィクトリア・ストリートのＹＭＣＡホステルにいます」彼はひと息ついた。「今のところそこから移る予定はありません」

幹部食堂で昼食をとりながら、クマール長官はマリクと会ったことを副長官に伝えた。

アニル・カーンはいきなり笑いだした。「自分で仕掛けた地雷を踏んでしまったわけですな」と、彼は同情するような口ぶりで言った。

「ま、そんなところだ」長官はスプーンでライスのおかわりをよそいながら答えた。「来年きみがわたしの後釜《あとがま》に坐《すわ》ったときに、このちょっとした出来事は、自分の口から出た言葉が、とりわけ公《おおやけ》の場での発言の場合は、いかに重大な結果を招くかということをきみに思いださせてくれるだろう」

「つまり本気であの男を雇おうと考えているということですか？」と、カーンはテーブル越しにボスをみつめながら質問した。

「ことによるとね。きみは反対なのか？」

「今年はあなたの長官在任の最後の年で」と、カーンは指摘した。「その廉直《れんちょく》さと有能さで人も羨《うらや》む名声を得ております。なぜその輝しい経歴を汚《けが》すおそれのある危険をあえて冒すのですか？」

「それはちと大袈裟《おおげさ》じゃないかな。マリクは敗残者だ、彼が訪ねてきたときに同席していればきみにもそのことがわかっただろう」

「犯罪者はいつまでたっても犯罪者ですよ。繰りかえしますが、なぜそんな危険を冒すのです？」

「この場合はそれが正しい行動方針だからかもしれんな。マリクの頼みを断わったら、わたしがしたり顔で意見を述べてももうだれも耳をかしてくれないだろう」

「しかし資料整理係の仕事はとくに慎重さを必要とします」と、カーンが異議を唱えた。「マリクは慎重さの点では百パーセント信頼できる人間しか見ることを許されない情報に近づくことになるんですよ」

「その点はすでに考えてある」と、長官は言った。「われわれの資料室は二か所に分かれている。ひとつはこの建物の中にあって、きわめて機密性の高い資料を扱い、もうひとつの市の郊外にある資料室は、捜査が終了した事件、すでに解決したか捜査が打ち切られた事件を管轄《かんかつ》している」

「しかしわたしならやはり危険は冒しませんね」と、カーンがナイフとフォークを皿に戻しながら言った。

「わたしはさらに危険の芽を摘んでおいた」と、長官が反論した。「マリクを一か月間仮採用で働かせることにしたのだ。彼の上に主任を置いて厳しく監視させ、直接わたしに報告させる。マリクが親指一本でも越えてはならない線を越えたら、うむを言わさずその日のうちにお払い箱にする」

「それでもわたしは反対です」と、カーンが言った。

　その月初めに、ラジ・マリクは市の郊外のマハトマ・ドライヴ四七番地にある警察の資料室に出勤した。週六日の勤務時間は午前八時から午後六時までで、サラリーは月九百ルピーだった。マリクの一日の仕事は、自転車に乗って市の周辺地域にあるすべての警察署を訪問し、捜査の終了した事件のファイルを集めて回ることだった。資料室に戻ってそれを主任に提出すると、地下室に保存されたファイルはそれっきり参照されることはめったになかった。

　一か月が過ぎると、主任は指示通り長官に報告した。「マリクを一ダース欲しいくらいですよ」と、彼は言った。「今どきの若い連中と違って、遅刻はしないし、休憩時間はきちんと終らせるし、担当以外の仕事を頼んでも決していやとは言いません。長官の許可がいただけるなら」と、彼は続けた。「月給を千ルピーに上げてやりたいくらいですよ」

主任の二度目の報告はさらにべたぼめだった。「先週スタッフの一人が病気で亡《な》くなり、マリクがその男と自分の仕事の両方をなんとかこなしてくれました」

マリクの三か月目の終りに主任が行った報告があまりにも好意的だったので、長官はムンバイ・ロータリー・クラブの夕食会でスピーチをしたときに、クラブのメンバーに前科者に救いの手を差しのべるよう呼びかけたばかりか、みずから手本を示した結果、永年の持論のひとつが正しかったことを証明できたとまで言いきった。出獄者に本物のチャンスを与えるならば、彼らは二度と罪を犯さないだろうと。

その翌日、《ムンバイ・タイムズ》は次の見出しを掲げた。

警察長官、みずから手本を示す

クマールの心情が詳細に述べられ、改心した人物と説明されたマリクの写真が記事と並んで掲載された。長官はその記事を副長官の机に置いた。

マリクは主任が昼食をとりにでかけるまで待った。ボスは毎日十二時になると車で自宅へ戻って、妻と一緒に一時間過ごすのだった。マリクはボスの車が視界から消えるのを待って、地下室に戻った。整理すべき書類の山をカウンターの隅に置いた。万一予告なしにだれかがやってきて、なにをしているのかときかれたときの隠れみのだった。

次に二段に積み重ねられた木製キャビネットに近づき、腰をかがめて一冊のファイルを引きだした。九か月かかってPの項まで目を通していたが、いまだにお誂え向きの候補が見つかっていなかった。すでにその前の週に何十人ものパテルたちの資料に目を通して、その大部分が自分の計画には不適当と判断して見送っていた。だが、それもH・Hの頭文字で始まるパテルに行き着くまでだった。

マリクはキャビネットから分厚いファイルを取りだしてカウンターに置き、ゆっくりページをめくり始めた。二度まで読みかえす必要もなく、宝の山を掘り当てたことを知った。

彼は一枚の紙に氏名、住所、電話番号を正確に書きとめてから、ファイルをキャビネットの元の場所に戻した。ティー・ブレイクの間にミスター・H・H・パテルに電話をかけて、面会の約束を取りつけるつもりだった。

退職をわずか数週間後に控えて、クマール長官は優秀な資料整理係のことをきれいさっぱり忘れていた。だがその状態も、市の有力な銀行家、ミスター・H・H・パテルから電話がかかってくるまでだった。ミスター・パテルはプライヴェートな用件で至急に面会を求めていた。

クマール長官はH・Hを、友人でありかつ誠実な人物であるとみなしていた。しかるべき理由もなしに安易に至急などという言葉を使う人間とは思っていなかった。

ミスター・パテルが部屋に入ってきたので、クマールは机の後ろから立ち上がった。彼は部屋の隅の安楽椅子《いす》を旧友に勧めて、机の下のボタンを押した。間もなく秘書がティー・ポットとバス・オリヴァーのビスケットを運んできた。副長官がその後に続いた。

「この席にはアニル・カーンにも同席してもらうほうがよかろうと思ってね、H・H。彼は数週間後にわたしから長官の地位を引き継ぐ予定なのだから」

「もちろんあなたの評判は知っていますよ」と、ミスター・パテルはカーンと心のこもった握手を交わして言った。「同席を歓迎します」

秘書は三人にティーを注ぎ終ると、部屋から出て行った。ドアが閉まると同時に、クマール長官は無駄話を打ち切って本題に入った。「プライヴェートな用件で至急に会いたいという話だったね、H・H」

「そうなんだ」と、パテルが答えた。「昨日、きみの部下と称する男が訪ねてきたことを、知らせておくほうがよいだろうと思ってね」

長官が驚いて眉《まゆ》を上げた。

「ラジ・マリクという男だよ」

「その男なら新入りの資料整理係で――」

「個人としての資格で、と強調していたよ」

長官が右手の掌《てのひら》で椅子の肘当《ひじあ》てをぺたぺた叩《たた》き始めるうちに、パテルが続けた。

「マリクはわたしがマネー・ロンダリング容疑で捜査を受けたことを示す記録が資料室にあると言ってきたんだ」

「9／11のテロ事件の後、内務大臣から多額の現金を動かすすべての組織を捜査せよという指示を受けた。カジノも、競馬場も、きみのムンバイ銀行も、みな捜査対象だった。わたしの捜査チームのあるメンバーがきみの銀行の出納主任と会って、どんなことに注意すべきかを指示し、わたし自身がきみの銀行への許可書に署名したよ」

「覚えているよ、当時きみが情報を提供してくれたことを。しかしきみの友達のマリクは――」

「あの男は友達じゃない」

「――わたしの記録を破棄してもよいと言ってきた」パテルは間をおいて続けた。

「わずかばかりの謝礼と引きかえにね」

「なんだって？」クマールはほとんど椅子から跳び上がりそうになった。

「わずかとはいくらくらいですか？」と、カーン副長官が冷静に質問した。

「一千万ルピーですよ」と、パテルが答えた。

「H・H、わたしはどう言っていいかわからんよ」と、長官が言った。

「きみはなにも言う必要がないさ」と、パテル。「なぜならこんなばかげたことにきみが係わっているとは、ただの一瞬も思わなかったからだし、マリクにもそう言ってやったよ」

「礼を言うよ」と、長官。

「礼など必要ないが」と、パテルが言った。「ふと思ったのは、わたしほど寛大でない連中なら……」彼は一瞬躊躇《ちゅうちょ》した。「とくにマリクが訪ねてきたのはきみの退職が間近に迫った時期だけに……」ふたたび躊躇した。「それに万一新聞がこの話を嗅《か》ぎつけたら、いとも簡単に誤解されてしまう惧《おそ》れもあるしね」

「きみの配慮と迅速な行動に感謝するよ」と、クマールは言った。「この恩は一生忘れない」

「わたしの望みは、このムンバイ市がきみの恩を一生忘れないようにすることだけだ。そうすればきみの退職は栄光の輝きに包まれるだろう。まかり間違っても退職後長い間きみの頭上に疑問符がつきまとい続けるような心配はあるまい」

長官が頷《うなず》いて賛意を示すと、パテルが椅子から腰を上げた。

「いいかね、ナレシュ」パテルは長官と向かい合って言った。「きみが先月ロータリー・クラブのスピーチで、あの男をほめちぎらなかったら、わたしだって彼と会うことを承知しなかったよ。彼は《ムンバイ・タイムズ》の記事まで取り出して見せた。だからてっきりきみの許可を得て訪ねてきたものと思ったんだ」ミスター・パテルはカーンのほうを向いた。「長官就任後の幸運を祈りますよ」と、副長官と握手を交わしながら続けた。「もっとも、これほどりっぱな人物の後継者となるあなたを、わたしは羨みはしませんな」クマールはその朝初めて微笑を浮かべた。

「すぐに戻るよ」長官は副長官に言いおいて、玄関までパテルを送って出た。

副長官は窓の外を眺めながら長官の帰りを待った。ビスケットを食べながら、いくつかの可能な手段を検討した。長官が部屋に戻ったとき、カーンはなにをなすべきかを心に決めていた。だが今度はボスを説得できるだろうか？

「一時間以内にマリクを逮捕させ、刑務所に送りこませることに決めた」と、長官が机の上の電話を取り上げながら言った。

「どうでしょう」副長官が冷静な口調で言った。「それが最上の策と言えますかね──この状況では？」

「選り好みの余地はほとんどない」長官はダイヤルをし始めた。

「そうかもしれませんが、そのような撤回不能の決断を下す前に、この件が表沙汰《おもてざた》になったら──」カーンは一瞬躊躇した──「新聞がどう受け止めるかを考慮すべきでしょう」

「新聞は鬼の首でも取ったようにはしゃぐだろうな」クマールは受話器を戻して、部屋の中を行きつ戻りつし始めた。「わたしのことを、収賄《しゅうわい》も辞さない悪党として吊《つる》し首にするか、歴代警察長官中最も騙《だま》されやすい間抜けな男と笑いものにするか、どっちとも決めかねて悩みはするだろうがね。いずれにしても考えるだに耐えがたいよ」

「しかし考えないわけにはいきません」と、カーン副長官は食い下がった。「なぜならあなたの敵は——善人にも敵はいます——平然と賄賂《わいろ》を受け取るような人間だと非難するでしょうし、味方にしても間抜けぶりを笑わずにはいないでしょうからね」

「しかし、警察一筋の四十年間の勤務を考えれば、世間はきっと信じてくれる……」

「世間は自分が信じたいことを信じるだけです」カーンは長官が最も恐れていることを念押しした。「それにマリクに証人席に坐《すわ》って自分の言い分を述べるチャンスが与えられるまでは、もちろん彼を刑務所へ送ることはできませんよ」

「しかしいったいだれが前科者の言い分を——」

「火のない所に煙は立たぬと、人々は裁判所の廊下でひそひそ話をするでしょうし、マリクが二日も証人席に坐って、あなたを自分の出世の踏石としか考えていない、被告に甘い弁護人の質問に答えた翌朝の新聞と比べたら、それでもまだお手やわらかなほうでしょう」

クマールは部屋の中を歩き続けるだけで、それには答えなかった。

「弁護人の反対尋問のあとで新聞にどんな見出しが躍るか、予想してみましょうか」カーンはひと呼吸おいて続けた。「『長官、友人の記録破棄と引きかえに賄賂を受け取る』——《ムンバイ・タイムズ》の見出しはこんなところでしょうか。一方タブロイド紙はもう少し派手に書き立てるでしょう——『配達係、長官室に賄賂を届ける』、あるいは『クマール長官、前科者を雇って汚れた仕事をさせる』とでも？」

「どうやら事態の重大さが呑《の》みこめたよ」長官はカーンの隣りの椅子に倒れこんだ。

「それで、わたしはどうすればよいと思う？」

「今までいつもやってきた通りにやるのですよ」と、カーンが答えた。「正式のやり方でね」

長官はけげんそうに副長官の顔を見た。「きみはいったいなにを考えているのかね？」

「マリク」主任は受話器を置く前に大きな声を張り上げていた。「クマール長官がすぐに会いたいとおっしゃっているぞ」

「理由はなんですか？」と、マリクが心配そうにたずねた。

「いや、長官にはわたしに理由を告げられる習慣はない」と、監督は答えた。「ただ、長官は待たされることを好まないから、ぐずぐずしないほうがいいぞ」

「わかりました」マリクは整理途中の書類を閉じて、主任の机に戻した。それから自分のロッカーへ行って、自転車用の裾《すそ》止めクリップを取りだし、それ以上なにも言わずに建物の外へ出た。歩道に立ったところで初めて全身に震えがきた。いちばん最近の詐欺《さぎ》がばれてしまったのだろうか？　もっともその計画がうまくいったというわけではなかったが。彼は手摺《てすり》に自転車をつなぎとめたチェーンの鍵《かぎ》をはずして、いくつかの選択肢を検討しはじめた。ここは一目散に逃げだすべきか、それとも徹底してしらを切るべきか？　どのみち選択の余地はあまりなかった。結局、どこへ逃げるというのか？　かりに逃げることに決めたとしても、つかまるまでは数日、いや数時間の問題だろう。

マリクはズボンの裾をクリップで留めて、二度人手を経た中古のローリー・レントンに跨《またが》り、市の中心部めざしてゆっくりペダルを踏み始めた。埃《ほこり》っぽい土の道は、ほかの自転車や自動車や無数の人でごったがえし、それらの進む方向はてんでんばらばらだった。ひっきりなしに鳴る警笛、さまざまな匂《にお》い、照りつける日射《ひざ》し、日常生活の喧噪《けんそう》などが、ムンバイに地球上のほかのどの町とも違う性格を与えていた。路上の物売りが通りすぎるマリクに両腕を突きだして品物を売りつけようとし、腕を失《な》くした乞食《こじき》たちが彼と並んで走って施しを乞《こ》い、走行の邪魔をした。なにもかも認めて、自分の企《たくら》みを白状すべきだろうか？

さらに数ヤード先までペダルを漕《こ》いだ。いや、なにも白状しない、それが永年の刑務所暮しで学んだ鉄則だった。彼は牛をよけようとしてハンドルを切り、あやうく倒れそうになった。

追いつめられるまでは相手はなにも知らないと仮定せよ。たとい追いつめられても、すべてを否定せよ。次の角を曲がると、前方に警察本署が見えてきた。逃げるなら今だ。なおもペダルを漕ぎつづけて、玄関に通じる階段から数ヤードの地点に達した。くたびれたブレーキ・ハンドルを力いっぱい引くと、自転車はふらつきながらゆっくり停まった。自転車から下りて、たったひとつの財産を南京錠《ナンキンじょう》で手摺に留めた。それから本署への階段をゆっくり登って、スウィング・ドアを通り抜け、緊張しながら受付へ向かった。当直警官に向かって名前を告げた。なにかの間違いかもしれなかった。

「長官にお会いする約束が——」

「わかっている」当直警官は当番表を見もせずに答えた。不吉な予感がした。「長官がお待ちかねだ。長官室は十四階だよ」

マリクは当直警官の視線がいっときも自分から離れないのを知りながら、エレベーターのほうへ歩きだした。振りかえって玄関ドアを見た。逃げるならこれが最後のチャンスかもしれないと思ったとき、エレベーターのドアが開いた。乗りこんだ満員に近いエレベーターは、途中で何度も停まりながらゆっくりと十四階まで上がった。最上階に到着するころ、マリクはびっしょり汗をかいていた。狭いスペースと冷房のないことだけが彼の緊張の原因ではなかった。

最後にドアが開いたとき、残ったのはマリク一人だけだった。彼は本署内でそこだけ分厚いカーペットが敷きつめられた廊下に足を踏みだした。周囲を見回して、前回の訪問を思いだした。**長官**という太字のステンシル文字がドアに印刷されていた。

マリクは静かにドアをノックした――なにかもっと大事な用事ができて、長官は断わりなしに外出したかもしれなかった。どうぞという女性の声が聞えた。ドアを開けると、長官秘書が自分の机に坐って、猛烈な勢いでタイプを打っていた。彼女はマリクの姿を見たとたんに手を止めた。

「長官がお待ちです」秘書はそれしか言わなかった。笑顔もしかめ面《つら》も見せずに立ちあがった。たぶん彼を待ち受ける運命を知らないのだろう。奥のドアの中へ姿を消したと思うと、ほとんどすぐにまた戻ってきた。「長官がお会いになります、ミスター・マリク」と彼女は言い、彼のためにドアを支えてやった。

マリクが長官室に入ると、長官は机に坐って拡《ひろ》げたファイルに視線を落としていた。彼は顔を上げてまっすぐマリクを見ると、「掛けたまえ、マリク」と言った。ラジでもミスター・マリクでもなく、ただのマリクだけだった。

マリクは長官の向かいの椅子に腰を下ろした。無言で坐って、緊張のそぶりも見せないように努めながら、机の後ろの壁にかかった時計の秒針が一回転するのをじっと見守った。

「マリク」と、ようやく長官が書類から顔を上げて言った。「わたしは今きみの主任から届いた年次報告を読んでいたところだ」

マリクは無言だった、が、鼻の脇《わき》を玉の汗が伝わり落ちるのを感じた。

長官はまた書類に視線を戻した。「彼はきみの勤務態度を激賞している。ちょうど一年前にきみがこの椅子に坐ったときは、とてもここまでやれるとは思いもしなかった」長官は顔を上げて笑みを浮かべた。「実際のところ、彼はきみを昇進させるべきだと提案してきている」

「昇進ですか？」マリクは驚いて問いかえした。

「そうだ。もっとも今はきみ向きの仕事があまり多くないので、簡単には行かないかもしれないがね。しかし、きみの持って生まれた才能にぴったりの仕事がひとつ見つかったよ」

「それはどうも、ありがとうございます」マリクは初めてほっと安心した。

「空席になっているのは――」長官は別のファイルを開いて笑みを浮かべた――「市の死体収容所助手の地位だ」彼はファイルから一通の書類を抜き取って読みあげ始め

た。

「きみの仕事は死体の解剖が終って収納されたら、すぐに解剖台と床の血を洗い流すことだ。聞くところによると悪臭はかなりのものだそうだが、防臭マスクは支給されるし、おそらくそのうち慣れるだろうと思うよ」長官はマリクに向かって微笑《ほほえ》みつづけた。「この仕事できみは副主任に任命され、それに伴って昇給もする。特典はほかにもある。中でもばかにならないのは、死体収容所の二階にきみ専用の部屋が与えられるから、もうＹＭＣＡで寝泊りしなくてもよくなることだ」長官はひと息ついた。「しかも六十歳の誕生日までこの仕事を続ければ、わずかながら年金ももらえる」そこでマリクのファイルを閉じて、まっすぐ彼を見た。「なにか質問は？」

「ひとつだけ伺います」と、マリクが言った。「お断わりしたらどうなります？」

「その場合」と、長官は答えた。「きみは一生刑務所で過ごすことになる」

あばたもエクボ

同じ学校で一緒に学んだことを別にすれば、二人の間に共通点はほとんどなかった。ジアン・ロレンツォ・ヴェニーチは五歳の年の最初の出欠調べのときから勤勉な子供だったのに対して、パオロ・カステッリはなぜかいつも遅刻しがちで、最初の出欠調べのときでさえ例外ではなかった。

ジアン・ロレンツォは教室で教科書や作文や試験に取り組んでいれば気が楽で、同級生のだれよりも頭抜けて優秀だった。パオロはサッカー・グラウンドに出ると負けず劣らず優秀で、チェンジ・オブ・ペースや、敵を欺《あざむ》くターンや、敵ばかりか味方チームさえ出し抜くシュートなどの妙技を見せつけた。二人ともローマ随一の名門ハイスクール、サンタ・チェチーリアへ進み、そこでもさらに多くの観客にそれぞれの才能を披露することができた。

ハイスクールを卒業すると、二人ともローマで次の一歩を踏みだした。ジアン・ロレンツォはイタリアで最も古い大学に進み、パオロはイタリアで最も古いサッカー・クラブにストライカーとして入った。彼らは仲間づきあいこそしなかったが、たがいに相手の輝かしい業績をよく知っていた。ジアン・ロレンツォがある分野で多くの賞を得ると、パオロも別の分野で対抗し、二人とも次々に目標を達成した。

ジァン・ロレンツォは大学を卒業すると、父親の経営するヴェニーチ画廊で働き始めた。父親を見習ってイタリアで最も権威ある美術商になりたかったので、ただちに大学で数年かけて学んだことをより実践的な分野で生かそうとし始めた。

ジァン・ロレンツォが見習いとして画廊の仕事を始めたころ、パオロはローマ・チームのキャプテンに指名されていた。耳に鳴り響くファンの声援と讃辞《さんじ》を聞きながら、チームをチャンピオンとヨーロッパの栄光に導いた。ジァン・ロレンツォはかつてのクラスメイトの華々しい活躍を知りたければ、ほぼ毎日、新聞のスポーツ欄を拡《ひろ》げるだけでよく、いちばん最近彼の腕にぶらさがっていた美女がだれかを知りたければ、ゴシップ欄に目を転じるだけでよかった。その点でも二人の間には歴然たる差があった。

ジァン・ロレンツォは間もなく気がついたのだが、彼が選んだ職業においては、長続きする評判は時おり訪れる天才的なゴールではなく、すぐれた判断力と結びついた長時間の献身的な研究の上に築かれるのだった。彼は父親から美術商の武器庫の中で最も重要な二つの才能——よい目とよい鼻を受けついでいた。アントニオ・ヴェニーチは、傑作を探すときには、どう見るかだけでなく、どこを見るかということも知る必要があると息子に教えた。老人が扱うのは、オープン・マーケットには決して出てこないルネサンス絵画及び彫刻の逸品だけだった。超一流の作品でなければ、アントニオは自分の画廊から出馬しなかった。息子は父親を見習った。ヴェニーチ画廊が売買する絵は年間わずか三、四点だったが、それらの持主が変わるときはローマのストライカーたちの一人とほぼ同じ値段の金が動いた。この世界で四十年間仕事をしてきたジァン・ロレンツォの父親は、だれがすばらしいコレクションを所有しているかだけでなく、そのほうがさらに重要だったが、だれが進んで傑作を手放すか、というより手放さざるを得ないかも知っていた。

ジァン・ロレンツォは仕事に熱中するあまり、パオロ・カステッリがヨーロッパ・カップでイタリアを代表してスペインと対戦したときに負傷したことを知らなかった。この個人的な挫《ざ》折《せつ》の結果、パオロは新聞だけでなくサッカー・グラウンドでも檜《ひの》舞《き》台から下りることになった。まして食品で言えばそろそろ賞味期限切れなだけになおさらだった。

パオロが檜舞台から退場するのと入れ替わりにジァン・ロレンツォが登場した。彼はヴェニーチ画廊を代表してヨーロッパ中を旅して回って、稀《き》少《しょう》な天才の作品を発掘し、首尾よく傑作を入手すると、今度はそれを買うだけの財力のある人間を探しだすための終りなき努力を続けた。

パオロがサッカーをやらなくなると、新聞はもう彼の動静を詳しく報じなくなったので、ジァン・ロレンツォはパオロはどうしているのかとしきりに考えるようになった。やがてパオロが婚約を発表したので、彼は一夜明けたとたんにその答えを知ることになった。

パオロが選んだ結婚相手が、彼に関する記事のスポーツ欄から一面への格上げを保証した。

アンジェリーナ・ポルチェッツリは、ローマ・サッカー・クラブの会長で、イタリア最大の製薬会社ウリトックスの取締役会長でもあるマッシモ・ポルチェッツリの一人娘だった。二人の重量級の結婚、とタブロイド新聞の全段抜き大見出しは報じていた。

ジァン・ロレンツォはこのようなコメントの因《よ》って来たるところを知るために、第三面を拡《ひろ》げた。パオロの未来の花嫁の身長は一八八センチ――モデルに向いている、という声が聞える――だったが、モデル向きの体型はそこまでだった。なぜなら新聞記者が入手したほかの重要な数字は、アンジェリーナの体重だったからである。それは大判紙《ブロードシート》かタブロイド紙かによって、一三六キロから一六三キロまでの幅があった。

一枚の写真が一千語の記事よりも雄弁だった。ジァン・ロレンツォはアンジェリーナの写真を数枚見比べて、彼女をモデルに絵を描こうとする画家はルーベンスしかいなかっただろうと結論した。パオロの未来の花嫁のどの写真を見ても、ミラノのクーチュリエ、パリのスタイリスト、ロンドンの宝石商、もちろん専属のトレイナー、栄養士、マッサージ師などが束になって腕をふるっても、彼女のイメージを丸々としたボンボンの精《せい》（訳注 バレエ「くるみ割り人形」に登場する妖精）からプリマ・バレリーナに変貌《へんぼう》させることは不可能だった。カメラマンたちはどんなアングルで、どれほど気を遣って写真を撮ったにせよ、彼女と婚約者の歴然たる相違を強調するだけで、とりわけ彼女がローマ・チームのかつてのヒーローと並んで立つときに、その効果が顕著だった。イタリアの新聞は、明らかにアンジェリーナのサイズに眩惑《げんわく》されて、彼女についてほかに多少とも関心を惹《ひ》くことがあってもなにひとつ記事にしなかった。

ジァン・ロレンツォは新聞の美術欄に目を転じて、その日の午前中に画廊に出勤するまで、パオロと彼の未来の花嫁のことをきれいさっぱり忘れていた。部屋のドアを開けると、秘書が金文字を浮出し印刷した大判のカードを彼の手に押しつけた。ジァン・ロレンツォはその招待状に視線を向けた。

シニョール・マッシモ・ポルチェッリは
大いなる喜びとともに

ジァン・ロレンツォ・ヴェニーチを
ヴィラ・ボルゲーゼにて催される
娘アンジェリーナと
シニョール・パオロ・カステッリの結婚式に
ご招待申しあげます。

六週間後、ジァン・ロレンツォは千人からなる招待客の一人としてヴィラ・ボルゲーゼの庭にいた。シニョール・ポルチェッリが一人娘のために、彼女ばかりかほかの出席者全員にとっても忘れがたい結婚式を挙げるべく決意していることが、ほどなく明らかになった。

ローマ市街を見下ろす七つの丘のひとつに位置するボルゲーゼ庭園のセッティングは、背景のテラコッタとクリーム色の建物の威容と相まって、さながらお伽《とぎ》ばなしの世界から抜け出てきたような印象だった。ジァン・ロレンツォは庭をそぞろ歩きながら、彫刻や噴水に見惚《みと》れたり、旧友や、学校を卒業してから一度も会っていない何人かを含む同級生たちと、久しぶりに消息をたずねあったりした。式が始まる二十分ほど前に、金モールで縁どりしたブルーの長い上衣《うわぎ》のお仕着せ姿で、白いかつらをつけた十数人の案内係が、客の群の間を動きまわった。彼らは間もなく式が始まりますので、ローズ・ガーデンにご着席くださいと呼びかけた。

ジァン・ロレンツォは移動する客の大群に加わって、中央に祭壇をしつらえたステージを、一段高くなった坐席《ざせき》が半円形に取り囲んでいる新設のスタンドのほうへ進んで行った。それは土曜の午後に別種の儀式が行われるサッカー・グラウンドと似ていなくもなかった。美術品鑑定家である彼の目は、ローマを見おろす壮大な眺めを見逃さなかった。その眺めにさらなる光彩を添えているのは、今日初めて身にまとい、しかも今日かぎりもう二度と身にまとうことはないと思われるドレスを着た、大勢の美女たちだった。女たちと対になるのが、優雅な燕尾《えんび》服《ふく》とホワイト・シャツを着た男たちで、さまざまな色のネクタイやスカーフが、彼らの中のクジャクの雄を暗示していた。ジァン・ロレンツォのまわりには、パオロのかつてのチームメイトたちだけではなく、政界、実業界の大立者、俳優、社交界の名士たちなどがいた。

次にステージに登場したのは、花聟《はなむこ》の介添人に付添われたパオロ本人だった。ジァン・ロレンツォは介添人が有名なサッカー選手であることを知ってはいたが、名前を思いだせなかった。パオロが芝生を踏んでピッチに登場したとき、ジァン・ロレンツォには女たちが彼から目を離せなかった理由がわかりすぎるほどよくわかった。パオロはステージに上がり、祭壇の右側に坐《すわ》って花嫁の到着を待った。

祭壇の裏側の木立に隠れてほとんど見えない四十人編成の弦楽オーケストラが、メンデルスゾーンの「結婚行進曲」の出だしを奏《かな》ではじめた。一千人の客が立ち上がって、自慢顔の父親と腕を組んで、密生した芝の絨緞《じゅうたん》を踏みしめながら、ゆっくりと進んでくる花嫁のほうを見た。

「なんて美しいドレスでしょう」と、ジアン・ロレンツォの前に立つ婦人が言った。彼は頷《うなず》いて同意を示したが、アンジェリーナの後ろに華麗な裳裾《もすそ》を引く何ヤードものペルシャ・シルクを眺めながら、その場のだれもが内心考えているに違いないことを口には出さなかった。にもかかわらず、アンジェリーナの顔に浮かぶ表情は、自分の運命に心から満足している花嫁のそれだった。彼女は今日出席した女性たちの大多数が、花嫁と代われるものならば代わりたいと思っていることを知りながら、愛する男のほうへ近づいて行った。

アンジェリーナが階段を登ってステージへ上がるとき、板がぎしぎし音をたてた。未来の夫が笑みを浮かべながら一歩前に出て花嫁を迎えた。二人はともにナポリ大司教、モンターニ枢機卿《すうきけい》と向かい合った。枢機卿がパオロに向かって、「あなたはこの女を法に則《のっと》って娶《めと》った妻と認め、良きにつけ悪《あ》しきにつけ、富めるときも貧しいときも……」と問いかけたとき、客の一人か二人はこみあげる笑いをこらえられなかった。

新郎新婦が神聖な結婚の儀式で結ばれると、ジァン・ロレンツォはロング・ガーデンへ移動して、ほかの大勢の客とともにディナーの席に加わった。祝宴はシャンパンとトリュッフ入りリゾットに始まって、チョコレート・スフレとシャトー・ディケムで終った。パオロが介添人のスピーチに答えるために立ち上がったとき、ジァン・ロレンツォは満腹してほとんど動けなかった。

「わたしは世界一幸せな男です」彼は満面に笑みを浮かべた花嫁のほうを向いて宣言した。「わたしは自分にとって理想の女性を発見しました。自分が今ここにおられるすべての独身男性の羨望《せんぼう》の的に違いないことを充分承知しております」ジァン・ロレンツォは必ずしもその意見に賛成できなかったが、そのぶしつけな考えをすばやく頭から追いだした。パオロが続けた。「なにを隠そう、わたしはアンジェリーナのハートを射止めた最初の求婚者でした。彼女を発見したからには、もう理想の女性を探し求める必要はありません。どうぞみなさんも立ちあがって、わたしと一緒に、わたしのかわいい《リトル》天使アンジェリーナに乾杯してください」出席者がいっせいに立ちあがって、「アンジェリーナに」と乾杯した。「彼のかわいい天使」とまで調子を合わせた者も一人か二人はいた。

　スピーチが終ると、別のバンドの演奏でダンスが始まった——一番手はニュー・オーリーンズから飛行機でやってきたバンドだった。ジァン・ロレンツォは、かつてアンジェリーナがジャズが大好きと父親に語ったことを小耳にはさんでいた。

　バンドの演奏が始まり、シャンパンが流れつづけると、新郎新婦が客の間を歩きまわり、ジァン・ロレンツォはその一瞬をとらえて、この忘れがたい催しに自分を加えてくれたパオロと花嫁に礼を述べた。「メディチ家も顔負けの結婚式でした」と、彼は花嫁の手にキスをしながら言った。彼女は優しく微笑《ほほえ》んだだけで、なにも言わなかった。

「これからは連絡を取りあおう」と、旧友のそばから離れるときにパオロが言った。「アンジェリーナは美術品が大好きで、自分でコレクションを始めることを考えている」これがパオロが次の客に移る前に、ジァン・ロレンツォが聞いた最後の言葉だった。

　朝日が昇り、朝食が供される直前に、カステッリ夫妻はうち振られる千本の手に送られて空港へ出発した。パオロが最新型のフェラーリ——それは彼の花嫁向きの車ではなかった——のハンドルを握って、ヴィラ・ボルゲーゼの構内から走りだした。空港に到着すると、自家用機用の滑走路に車を乗り入れて、二人の乗客を待っているリア・ジェットの横で停車した。新郎新婦は滑走路に停まったフェラーリから下りて、タラップを昇り、父親の自家用機の中に消えた。シートベルトを締めて何分もしないうちに、ジェット機は三か月のハネムーンの最初の目的地、アカプルコに向かって飛び立った。

パオロの別れぎわの約束にもかかわらず、ハネムーンから戻ったカステッリ夫妻は、ジアン・ロレンツォと連絡を取ろうとはしなかった。しかしながら、彼はほとんど毎日のように全国紙のゴシップ・コラムを賑《にぎ》わす夫妻の噂話《うわさばなし》を読むことができた。一年後、彼はカステッリ夫妻がヴェネツィアへ引っ越すという記事を読んだ。彼らはヴェネツィアに、高級雑誌の中のページではなく表紙を飾るのにふさわしい豪華な別荘を購入していた。ジアン・ロレンツォはもうパオロとばったり会うことは二度とあるまいと思った。

アントニオ・ヴェニーチは、引退と同時に家業の全責任を喜んで息子に委《ゆだ》ねた。ジアン・ロレンツォはヴェニーチ画廊の新しいオーナーとして、持てる時間の半分を費してヨーロッパ各地を旅して、コレクターたちが涎《よだれ》をたらすような入手困難な絵を探す一方で、絵を値切ってディーラーのプライドを傷つけたりしないよう、細心の注意を払った。

そういう旅のひとつが、パルマ伯爵《はくしゃく》夫人の所有するカナレットを見せてもらうためのヴェネツィア行きだった。伯爵夫人は三人目の夫と離婚したものの、悲しいかなもはや四人目をつかまえるだけの美貌を保っていなかったので、家宝の一つか二つを手放す必要がありそうだと決心したところだった。伯爵夫人側の唯一《ゆいいつ》の条件は、彼女が一時的な財政困難に直面していることをだれにも知られないようにする、ということだけだった。イタリアの一流画商で、彼女の負債の山と支払いを待つ債権者の群を知らぬ者はいなかった。だからジァン・ロレンツォは、伯爵夫人が秘密を打明ける相手として自分に白羽の矢を立てたことに感謝するばかりだった。

ジァン・ロレンツォは伯爵夫人のかなりのコレクションをたっぷり時間をかけて検討した結果、彼女が持っているのは金持の男を見る目だけではないと結論した。カナレットの値段を決めた後で、これが長く続く実り多い関係の始まりであることを望むと述べた。

「ではハリーズ・バーのディナーから始めましょう、あなた」と、伯爵夫人はジァン・ロレンツォの小切手を手にしたとたんに言った。

ジアン・ロレンツォがカフェ・アフォガート（訳注 アイスクリームにエスプレッソを注いだデザート）にしようかエスプレッソにしようかと迷っているところへ、パオロとアンジェリーナがハリーズ・バーに入ってきた。店内のすべての客の視線が彼らの動きを追うなかで、給仕長がお世辞たらたらコーナー・テーブルへ案内した。

「ほら、わたしのコレクションをまるごと買えるほどのお金持のおでましよ」と、伯爵夫人が小声で言った。

「確かに」と、ジアン・ロレンツォが同意した。「しかし残念ながらパオロが集めるのは貴重《レア》な車だけですよ」

「それに珍妙《レアラー》な女性もね」と、伯爵夫人が口を挟んだ。

「しかもアンジェリーナがなにを集めているのか、わたしはまったく知らないんです」

「一年に数ポンド単位で体重を集めているわ。彼女はわたしの二番目の夫に招《よ》ばれてお茶にきたことがあったけれど、その食べっぷりときたら、うちの身上《しんしょう》を食いつぶすほどだったわ。彼女が帰った後、わたしたちはウォーター・ビスケットで我慢しなくてはならなかったのよ」

「それじゃ、今夜はその埋合せにおいしいものをいただきましょう。ザバイオーネ（訳注　卵黄、砂糖、白ワインで作るカスタード風のデザート）がここの名物だそうですね？」

伯爵夫人はザバイオーネにはまったく興味を示さず、連れの明白な合図を無視して続けた。「あの二人がベッドの中ではどうしているか、想像できます？」

ジァン・ロレンツォは、自分も何度も考えたが、絶対に口には出せないと思っていた疑問を、伯爵夫人がいとも簡単に声に出して言ったことに驚いた。しかもなお困ったことに、彼女はそれまでジァン・ロレンツォの頭にちらとも浮かばなかったことを、口に出して続けた。

「あなたはご主人が奥さんの上に乗ると思います？」ジァン・ロレンツォはあえて意見を述べなかった。「それだけでも離れ業よ」と、彼女は続けた。「なぜってその逆だったらきっと彼は窒息死してしまうわ」

ジァン・ロレンツォはその光景を思いうかべたくなかったので、ふたたび話題を変えようとした。「わたしたちは同じ学校に通ったんですよ――彼はスポーツ万能でした」

「でなきゃ彼女を満足させられないでしょうね」

「わたしは二人の結婚式にまで出たんですよ」と、彼がつけ加えた。「じつに忘れがたい、すばらしい式でした。もっともあれからずいぶん時間がたったので、彼は客の中にわたしがいたことを覚えているかどうかさえあやしいものですが」

「どれだけお金をもらったら、ほんとにあんなお化けと死ぬまで一緒に暮らす気になるものかしら？」伯爵夫人はディナーのホストの言葉を聞き流して続けた。

「でも彼は奥さんを愛しているそうです。ぼくの小さな《リトル》天使と呼んでいますよ」

「あれで小さな天使なら、わたしは彼が思い浮かべる大きな天使には会いたくないわ」

「でも彼女への愛がなくなったら、いつでも離婚できるじゃないですか」

「それは無理よ」と、伯爵夫人が言った。「あなたはあの夫婦の婚姻前契約のことを聞いていないようね」

「ええ、聞いていません」ジアン・ロレンツォは、話を聞きたくてうずうずしていることを見抜かれないように、さりげなく答えた。

「彼女の父親は、あの使いものにならなくなったサッカー選手について、わたしと似たり寄ったりの評価をしていたようなの。ポルチェッリ・パパは、パオロが娘と離婚したら無一文で放りだすという契約書にサインさせたのよ。さらにパオロは婚姻前契約の内容を、アンジェリーナも含めてだれにも話さないという、もう一通の協定書にもサインさせられたそうだわ」

「その秘密をなぜあなたが知っているんですか？」

「そりゃあわたしぐらい何度も婚姻前契約にサインしていれば、あなた、いろんな噂が耳に入るものよ」

ジァン・ロレンツォは笑いながら勘定書を取りあげた。

給仕長がにこやかに告げた。「お支払いはもう済んでおります、シニョール」彼はパオロのほうに頷いた。「昔のご学友からいただきました」

「彼に礼を言わなくては」と、ジァン・ロレンツォ。

「いいえ、彼女によ」と、伯爵夫人が訂正した。

「ちょっと失礼して、帰る前に二人に一言挨拶《あいさつ》してきます」ジァン・ロレンツォは席を立って、満員の店内をゆっくり歩いて行った。

「やあ、元気かい？」と、ジァン・ロレンツォがテーブルに到着する前から立ち上がっていたパオロが声をかけた。「もちろんぼくのかわいい天使《リトル》を知っているよね」彼は笑顔で妻を振りかえった。「だって忘れるはずがないよな」

ジァン・ロレンツォは彼女の手を取ってそっと口づけした。「それからもちろんあのすばらしい結婚式も忘れませんよ」

「メディチ家も顔負けの結婚式ね」と、アンジェリーナが言った。

ジァン・ロレンツォが軽く一礼してその言葉を覚えていることを伝えた。

「きみが一緒に食事をしていたのはパルマ伯爵夫人かい？」と、パオロが訊《き》いた。

「そうだとしたら、彼女はぼくのかわいい天使が欲しがっているあるものを持っているはずだ」ジァン・ロレンツォはなにも言わなかった。「彼女がきみの友達ではなく、客であって欲しいよ、ジァン・ロレンツォ。というのは、もしもぼくのかわいい天使になにか欲しいものがあれば、どんなことをしてでもそれを手に入れてやるつもりだからだ」ジァン・ロレンツォはまだ黙って聞いているほうが賢明だと判断した。いいか、肝に銘じて忘れるな、レストランで取引をするのはレストラン店主だけ——客に勘定書を差しだすときだけだ、とかつて彼の父親が言ったものだった。「ところがぼくはその分野の知識がほとんどなくてね」と、パオロは続けた。「そしてきみはだれしも認めるこの国の第一人者の一人だ。できたらこの件でアンジェリーナの相談相手になってもらえないかな？」

「喜んで」とジァン・ロレンツォが答えたとき、給仕長がパオロの妻の前にデザートのチョコレート・トライフルと、その脇《わき》に生《クレーム》クリーム《・フレシュ》のボウルを置いた。

「結構だ。これからも連絡を取り合おう」

ジァン・ロレンツォは微笑を浮かべて旧友の手を握りしめた。パオロがこの前も同じ言葉を口にしたことをよく覚えていた。しかしそういったことを単なる社交辞令としか考えない人たちも中にはいるだろう。ジァン・ロレンツォはアンジェリーナに向かって深々と一礼してから、店内を横切って伯爵夫人のもとへ戻った。

「そろそろ帰る時間のようです」ジァン・ロレンツォは時計を見ながら言った。「わたしは明朝ローマへ飛ぶ一番機に乗らなくてはならないので」

「わたしのカナレットをお友達にお売りになったの？」と、伯爵夫人は席を立ちながら尋ねた。

「いいえ」ジァン・ロレンツォは答えて、パオロのテーブルのほうへ手を振った。

「しかし彼は連絡を取り合おうと言ってましたよ」

「そうするつもり？」

「それは難しいですね。彼は電話番号を教えてくれなかったし、カステッリ夫妻は電話帳に番号を載せているとは思えませんから」

ジァン・ロレンツォは翌朝一番機でローマへ戻った。カナレットはもっとゆったりしたペースで彼を追ってくる予定だった。画廊に足を踏み入れるか入れないかに、秘書が部屋から駆けだしてきて早口に告げた。「パオロ・カステッリから今朝二度も電話がありました。電話番号を渡し忘れて済まなかった、戻りしだい電話をもらえないだろうか、と言ってましたよ」

ジァン・ロレンツォはゆっくり自分の部屋に入り、机に坐《すわ》って気を鎮《しず》めた。それから秘書が机の上に置いた番号にかけた。最初に執事が電話に出て、秘書に取りつぎ、やがてパオロにつながった。

「ゆうべきみが帰った後、ぼくのかわいい天使はほかのことをほとんど話さないんだ」と、パオロが切りだした。「伯爵夫人のお宅を訪ねて、初めて彼女のすばらしい美術コレクションを見たことを、いまだに忘れていないらしい。彼女が言うには、もしかしてきみが伯爵夫人と会っていた理由は——」

「このことは電話で話さないほうが賢明だと思う」と、ジァン・ロレンツォが言った。商談が電話で成立することは稀《まれ》で、大部分は面談で成立する、というのも父親の教訓のひとつだった。客に絵を見せる必要があるし、それから相手にその絵を数日間自宅の壁に架けて眺めさせる。買手がその絵はもう自分のものだと考える決定的な瞬間がある。それまでは値段の交渉を始めてはならない。

「じゃきみがヴェネツィアに戻ってきてくれ」と、パオロが当り前のように言った。

「自家用ジェットを迎えにやるよ」

ジァン・ロレンツォは次の金曜日にヴェネツィアへ飛んだ。滑走路にロールス＝ロイスが駐《と》まって、彼をヴィラ・ローサへ連れて行くために待っていた。

執事が玄関でジァン・ロレンツォを迎えてから、広大な大理石の階段を昇って、むきだしの壁――美術商の夢――に囲まれたスイートへ案内した。ジァン・ロレンツォは父親がアニェッリのために三十年以上もかかって築きあげたコレクションを思いだした。それは今では最高の個人コレクションのひとつと評価されている。

ジァン・ロレンツォは土曜日の大部分を――食事の時間を除いて――アンジェリーナの案内で、ヴィラ・ローサの百四十二の部屋を見回って過ごした。そしてすぐに気がついたのだが、この女主人は彼が予想していたよりはるかにすぐれた女性だった。

アンジェリーナは本気で自分のコレクションを始めるつもりで、明らかに世界中のすべての一流ギャラリーを訪問していた。彼女に欠けているのは信念をはっきり述べる勇気だけで――叩《たた》きあげの人間の一人娘にはよくあることだ――知識でも、ジァン・ロレンツォにとっては意外なことに、鑑賞眼でもない、と彼は結論した。新聞で読んだ論評だけにもとづいて、仮想のアンジェリーナ像を作りあげていたことに気がジァン・ロレンツォはアンジェリーナと一緒に過ごす時間を楽しんでいたし、この内気で思慮深い若い女性が、パオロの中にどんな魅力を見出《みいだ》しているのだろうかと、不思議に思い始めてさえいた。

その日の夕食の席で、アンジェリーナはめったに夫の話に口を挟んだりはしなかったものの、夫の顔を見るたびに彼女の目に浮かぶ崇敬の念を、ジァン・ロレンツォは決して見逃さなかった。

翌日の朝食のテーブルで、アンジェリーナはほとんど一言も発しなかった。パオロが妻に、客を案内して邸内をひとまわりしてはどうかと提案したとき、彼のかわいい天使はようやく生きかえった。

アンジェリーナはジァン・ロレンツォを案内して、動かせない装飾物はなにひとつないどころか、休息して涼を取るための四阿《あずまや》さえない、六十エーカーの庭を一周した。ジァン・ロレンツォが申しでるたびに、たんに手を引いてもらうだけでも、明らかに喜んで受け入れた。

その晩の食事のときに、アンジェリーナの亡《な》き父親を記念して一流のコレクションを築きあげるのが、ぼくのかわいい天使の念願なのだと請け合ったのは、ほかならぬパオロ自身だった。

「しかし、どこから手をつけるのかな？」と、パオロはテーブルごしに妻の手を取って尋ねた。

「カナレットはどうだろう？」と、ジァン・ロレンツォが意見を述べた。

ジァン・ロレンツォはそれから五年間、ローマとヴェネツィアの間をひんぱんに往復し、伯爵夫人《はくしやく》を説得して絵を手放させては、それらをヴィラ・ローサの壁に架けることで過ごした。しかし新しい宝石が一点加わるたびに、アンジェリーナの食欲はますます貪欲《どんよく》になっていった。ジァン・ロレンツォはパオロの〝かわいい天使〟を満足させるために、遠くアメリカ、ロシア、さらにはコロンビアまで旅をしなければならなかった。彼女はエカテリーナ女帝をさえ出し抜こうとする勢いだった。

アンジェリーナはジァン・ロレンツォが彼女の前に差しだす新たな傑作がふえるたびに、ますますその虜《とりこ》になっていった――カナレット、カラヴァッジオ、ベルリーニ、ダ・ヴィンチなどの同胞イタリア人がその中に含まれていた。ジァン・ロレンツォはヴィラ・ローサの壁の残り少い空間を埋め始めたばかりか、世界各地から梱包《こんぽう》して送らせた彫像を、広大な芝生に点在する外国からの移民たち――ムーア、ブランクーシ、エプスタイン、ミロ、ジャコメッティ、それにアンジェリーナのお気に入りのボテロ

（訳注　太った女の彫刻で有名なコロンビア生まれの彫刻家）など――と並べて配置した。

彼女が新しい作品を買うたびに、ジァン・ロレンツォはその作者に関する本を一冊プレゼントした。アンジェリーナはそれを一気に読了して、すぐにもっと多く読みたがった。ジァン・ロレンツォは彼女がヴェニーチ画廊の最も大切な顧客だけでなく、最も勉強熱心な生徒にもなったことを認めざるをえなかった――カナレットとのかりそめの浮気として始まったものが、ヨーロッパのほとんどすべての巨匠たちとの手当りしだいの情事へと、急速に変りつつあった。そしてジァン・ロレンツォは絶え間なしに新しい恋人たちを補給する役割を期待された。その点もアンジェリーナとエカテリーナ女帝の共通点だった。

ジァン・ロレンツォは、税金のためにムリーリョの『キリストの誕生』を処分する必要に迫られたバルセロナの顧客を訪問中に、そのニュースを聞いた。顧客が提示した売値は、アンジェリーナが喜んで払うことはわかっていたにしても、あまりに高すぎた。そこで値切ろうとして交渉している最中に、秘書から電話がかかってきた。ジァン・ロレンツォは次の最も早い便でローマへ舞い戻った。

あらゆる新聞がアンジェリーナの死を報じていて、中には詳細をきわめた記事も目についた。庭で彫像のひとつを動かそうとしていて、激しい心臓発作に見舞われたのだった。

タブロイド紙は、一日だけ彼女の死を悼《いた》むだけでは飽きたらず、二日目も彼女が夫に全財産を遺《のこ》したことを読者に伝えた。にこやかに微笑《ほほえ》むパオロの写真——妻の死のはるか前に撮影された——が記事と並んでいた。

四日後、ジァン・ロレンツォは葬儀に参列するためにヴェネツィアへ飛んだ。ヴィラ・ローサの邸内にある小さな礼拝堂は、ジァン・ロレンツォがひと昔前の結婚式以来一度も会っていない何人かを含む、アンジェリーナの身内や友人たちで満員だった。

六人の付添人が柩《ひつぎ》を礼拝堂に運び入れて、祭壇の前の棺架に安置したとき、パオロが泣きくずれた。告別式が終って、ジァン・ロレンツォがお悔みを述べると、パオロは、きみがアンジェリーナの生涯を豊かなものにしてくれた恩は決して忘れないと誓った。そして妻の思い出のために今後もコレクションを続けるつもりだと付け加えた。「ぼくのかわいい天使のために、せめてそれぐらいはしてやらないとね」と、彼は説明した。

パオロからはそれっきり連絡がなかった。

ジァン・ロレンツォがオクスフォード・マーマレードの壺《つぼ》にスプーンを突き立てようとしたとき――これも父親から受けついだ習慣だった――その見出しが目に止まった。スプーンをマーマレードに埋《うず》めたままにして、もう一度見出しを読みなおした。読み間違いではないことを確認したかったからである。パオロがフロント・ページに返り咲いて、〝ひと目惚《ぼ》れ――詳報は二十二ページ〟と告げていた。

ジァン・ロレンツォは急いでページをめくって、めったに読むことのないコラムに辿《たど》りついた。〈ゴシップ・ローマ、噂《うわさ》の真相〉である。ローマ・チームの元キャプテンで、イタリアで九位の大富豪、パオロ・カステッリは、彼のかわいい天使の没後わずか四年で再婚することになった。「彼女にはたんに見た目以上の意味がある」と、見出しは告げていた。続いて本文記事は、億万長者だった最初の妻アンジェリーナと、二十四歳のナポリ生れのウェイトレスで、税務査察官の娘であるジーナとは、まさに正反対の対照的な女性であると述べていた。

ジァン・ロレンツォはジーナの写真を見てくすくす笑いだした。パオロの友人たちの多くは彼をからかわずにいられないだろうと思った。

ジァン・ロレンツォは気がつくと毎朝〈ゴシップ・ローマ〉のページを開いて、間近に迫った結婚式に関する新しい情報を知ろうとした。結婚式は二百人収容のスペースしかないヴィラ・ローサの礼拝堂で挙行されるので、出席者は身内と友人に限られるようだった。花嫁が小さな自宅を出るときに、パパラッツィの大群に追いかけられずに済むことはもはやありえなかった。花聟《はなむこ》は式の前に数ポンド減量するために、ふたたびジムに通い始めたと、コラムは読者に伝えていた。だがジァン・ロレンツォの最大の驚きは、〈ゴシップ・ローマ〉が——特ダネ記事で——ローマの一流美術商で、パオロの小学校の同級生であるシニョール・ジァン・ロレンツォ・ヴェニーチも、幸運な招待客の一人であると報じたことだった。

翌日の午前の郵便物に招待状が入っていた。

ジァン・ロレンツォは式の前夜にヴェネツィアへ飛んで、ホテル・チプリアーニにチェックインした。前回の結婚式を思いだして、軽い夕食で済ませて早目に寝ることにした。

翌朝は早起きして、着替えにたっぷり時間をかけた。にもかかわらず、式が始まるずっと前にヴィラ・ローサに到着してしまった。芝生に点在する彫刻の間をぶらついて、旧友たちとの再会を楽しもうとした。ドナテッロが頭上から微笑みかけた。ムーアは威風堂々としていた。ミロは微笑を誘い、ジャコメッティは痩《や》せた長身で立っていたが、彼のお気に入りは今も芝生の中央を優美に飾る噴水だった。十年前に、彼はその噴水を石一個ずつ、彫像一体ずつ解体して、ミラノのある庭園からここに移動させたのだった。ベルリーニの『逃げる狩人《かりうど》』は新しい環境の中でいちだんとすばらしい輝きを放っていた。同じように定刻より早く到着した多くの客たちも、明らかにジアン・ロレンツォと同じ考えを持っていたことがわかって、彼にはことのほか喜ばしかった。

しゃれたダーク・スーツの案内係が一人、間もなく式が始まるので礼拝堂へお集りくださいと、客の間を触れて回った。ジアン・ロレンツォは花嫁の入場がよく見える席に陣どりたかったので、早目に礼拝堂に入った。ちょうど真中ほどの列の通路寄りに空席がひとつ見つかった。そこからなら何物にも遮られずに祭壇へ向う花嫁の姿を眺められそうだった。聖歌隊席に入って、すでに弦楽四重奏の伴奏で夕べの祈りの聖歌を歌い始めている少人数の聖歌隊が見えた。

三時五分前にパオロと花聟の介添人が入場して、通路をゆっくりと進んだ。ジアン・ロレンツォは介添人が有名なサッカー選手であることを知っていたが、いまだに名前を思いだせなかった。二人は祭壇の脇《わき》に立ち、パオロが花嫁の入場を待った。パオロは健康そうで、日に焼けて、きりりと引きしまった体型をしていた。ジァン・ロレンツォは女たちがいまだに賞讃《しょうさん》の眼差《まなざ》しを彼に向けていることに気がついた。パオロは彼女たちなど眼中になく、ルイス・キャロルが喜んでコメントしそうなにやにや笑いが、ずっとその顔から消えなかった。

弦楽四重奏が『結婚行進曲』の出だしを奏《かな》でて、花嫁の入場を予告すると、期待に満ちたざわめきが聞えた。若い女性が父親と腕を組んで通路をゆっくりと進み、彼女が座席の一列を通過するたびに人々ははっと呼吸《いき》を呑《の》んだ。

ジァン・ロレンツォは花嫁が近づいてくる気配を察して、初めてジーナを見るために振り向いた。結婚式に招待されなかった人に、どんな花嫁だったかと尋ねられたら、彼はどう答えるだろうか？　彼女の長くて豊かな、漆黒の髪の毛の美しさを強調すべきか、それともオリーヴのように滑らかな肌のきめを引合いに出すべきか？　あるいは彼がいまだによく覚えているあのすばらしいウェディング・ドレスのことを付け加えるべきか？　いっそパオロがひと目惚れだったと語ったわけが、それこそひと目で明らかになったと、訊《き》く人すべてに正直に答えようか。それはアンジェリーナとそっくりの内気そうな笑顔、同じように情熱的な瞳《ひとみ》の輝き、そしてだれの目にも明らかな心の優しさ。それとも、ジァン・ロレンツォが予想したように、おそらく新聞記者たちは、花嫁の体型はアンジェリーナのお下がりのウェディング・ドレス――ゆっくりと恋人に歩み寄る花嫁の背後には、華麗なシルクの裳裾《もすそ》が何ヤードも尾を引いていた――にぴったりだった、とだけしか書かないことだろうか。

解説

永井淳

本書の原題は、Cat O'Nine Talesである。

猫の出てくる作品が一編もないのに、猫が表題に登場するのはおかしいと思われる読者もいるかも知れないが、それにはわけがある。ここに出てくるcatは、生きた猫そのものではなく、cat o'nine tails（九尾の猫）といって、昔罪人を打つのに用いられた九本縄の鞭《むち》のことで、猫の爪《つめ》で引っかいたようなみみずばれが出来るところからそう呼ばれた。さらにこのタイトルは、tails（尻尾《しっぽ》）とtales（物語）をかけたpun（語呂合わせ）になっているところがみそである。作者の刑務所体験を生かした九編の作品の主人公はみな犯罪者なのだから、そこで「九尾の猫鞭」をもじったタイトルが生きてくるわけである。

原書にはこのタイトルのアイディアを生かして、現代イギリスを代表する漫画家ロナルド・サールによる洒脱《しゃだつ》な挿絵が使われているが、そのうち何点かは登場人物が擬人化された猫の絵なのである。新潮文庫版でもぜひそれを使ってほしいとお願いしたのだが、文庫版の制作費の制約上それはとても無理だといわれて、涙を呑《の》まざるをえなかった。関心のある方はペーパーバックを買い求めてごらんになっていただきたい。決して損はしないと思う。

さて、作者も前書きで断わっているように、刑務所暮らしの間の見聞にもとづく作品が十二編中九編ある。アーチャー氏の愛読者なら先刻ご承知だろうが、彼は一九八七年のコールガール・スキャンダルで、名誉毀損《きそん》で訴えたタブロイド紙相手の裁判で勝訴した。

ところがそれから十三年後の二〇〇〇年のロンドン市長選に、保守党候補に推されて立候補したものの、前記裁判で偽証をした容疑で起訴されて立候補辞退を余儀なくされ、翌二〇〇一年七月に四年の実刑判決を受けて刑に服した。最初に収監されたロンドンのカテゴリーA（重警備）の刑務所ベルマーシュから、最後の開放型のホーズリー・ベイ刑務所まで、五つの刑務所を転々として二〇〇三年七月に仮出所するまでの経緯は、獄中記三部作『地獄篇』、『煉獄篇』、『天国篇』に詳しい。再び前書きから引くと、ノンフィクションである獄中記で取り上げるのにふさわしくない話を小説化したのが九つの刑務所もののあるいは犯罪者ものの短編なのだという。

一時はサッチャー政権の広告塔として、議席を持たないのに入閣まで噂《うわさ》されるほどの人気者だったアーチャー氏も、おそらく有罪判決を機に保守党から除名されたこともあって、今では政治への関心を失ってしまったと語っている。しかし刑務所で実態を知った刑罰システムの数々の矛盾についてだけは、今後も世論に訴え続けるという決意を表明している。

こうした刑務所改革への強い関心の表れだろうか、この短編集に続いて発表された新作長編も、作者が「現代版『モンテ・クリスト伯』」と自負する作品で、身に覚えのない殺人罪で投獄された結婚間近の若者が、同房の他人になりかわって出獄し、周到な計画を立てて自分を陥《おとしい》れたエリートの四人組に復讐《ふくしゅう》する物語である。読者にはあの『ケインとアベル』の完成度と読後の充実感を約束できそうな予感がする。

（二〇〇八年四月）

新潮文庫最新刊

阿川佐和子著
スープ・オペラ
一軒家で同居するルイ（35歳・独身）と男性二人。一つ屋根の下で繰り広げられる三つの心とスープの行方は。温かくキュートな物語。

角田光代著
夢を見ないように おやすみ、こわい
もう、あいつは、いなくなれ……。いじめ、不倫、逆恨み。理不尽な仕打ちに心を壊された人々。残酷な「いま」を刻んだ7つのドラマ。

瀬名秀明著
デカルトの密室
人間と機械の境界は何か、機械は心を持つか。哲学と科学の接点から、知能と心の謎にダイナミックに切り込む、衝撃の科学ミステリ。

嶽本野ばら著
シシリエンヌ
年上の従姉によって開かれた官能の扉。その先には生々しい世界が待ち受けていた――。禁断のエロスの甘すぎる毒。赤裸々な恋物語。

内藤みか著
いじわるペニス
由紀哉は、今夜もイかなかった――。勃たないウリセンボーイとのリアルで切ない恋を描いた「新潮ケータイ文庫」大ヒット作！

吉村　昭著
わたしの普段着
人と触れあい、旅に遊び、平穏な日々の愉しみを衒いなく綴る――。静かなる気骨の人、吉村昭の穏やかな声が聞こえるエッセイ集。

新潮文庫最新刊

恩田陸著
小説以外
転校の多い学生時代、バブル期で超多忙だった会社勤めの頃、いつも傍らには本があった。本に愛され本を愛する作家のエッセイ集大成。

齋藤孝著
ドストエフスキーの人間力
こんなにも「過剰」に破天荒で魅力的なドストエフスキー世界の登場人物たち！　愛読、耽溺してきた著者による軽妙で深遠な人間論。

坪内祐三著
私の体を通り過ぎていった雑誌たち
60年代から80年代の雑誌には、時代の空気があった。夢中になった数多の雑誌たちの記憶を自らの青春と共に辿る、自伝的エッセイ。

日高敏隆著
ネコはどうしてわがままか
生き物たちの動きは、不思議に満ちています。さて、イヌは忠実なのにネコはわがままなのはなぜ？　ネコにはネコの事情があるのです。

中西進著
ひらがなでよめばわかる日本語
書くも掻くも〈かく〉、日も火も〈ひ〉。漢字を廃して考えるとことばの根っこが見えてくる。希代の万葉学者が語る日本人の原点。

入江敦彦著
秘密の京都
桜吹雪の社、老舗の井戸、路地の奥、古寺で占う恋……京都人のように散歩しよう。ガイドブックが載せない素顔の魅力がみっちり！

新潮文庫最新刊

北尾トロ著
男の隠れ家を持ってみた
そうだ、ぼくには「隠れ家」が必要だ。自宅、仕事場、隠れ家を行き来する生活が始まった。笑えてしみじみ、成人男子必読エッセイ。

吉田豪著
元アイドル！
華やか、でも、その実態は過酷！　激動の少女時代を過ごし、今も輝きを失わない十六名の芸能人が明かす、「アイドルというお仕事」。

上野正彦著
「死体」を読む
迷宮入りの代名詞・小説『藪の中』に真犯人発見！　数多くの殺人死体を解剖してきた法医学者が、文学上、歴史上の変死体に挑戦する。

J・アーチャー
永井淳訳
プリズン・ストーリーズ
豊かな肉付けのキャラクターと緻密な構成、意外な結末――とことん楽しませる待望の短編集。著者が服役中に聞いた実話が多いとか。

L・アドキンズ
R・アドキンズ
木原武一訳
ロゼッタストーン解読
失われた古代文字はいかにして解読されたのか？　若き天才シャンポリオンが熾烈な競争と強力なライバルに挑む。興奮の歴史ドラマ。

F・ティリエ
平岡敦訳
死者の部屋
フランス国鉄ミステリー大賞受賞
はね殺した男から横取りした200万ユーロが悪夢の連鎖を生む――。仏ミステリー界注目の気鋭が世に問う、異常心理サスペンス！

Title : Cat O' Nine Tales
Author : Jeffrey Archer

プリズン・ストーリーズ

新潮文庫　ア－5－27

Published 2008 in Japan
by Shinchosha Company

平成二十年六月一日発行

訳者　永《なが》井《い》淳《じゅん》

発行者　佐藤隆信

発行所　株式会社 新潮社

郵便番号　一六二―八七一一
東京都新宿区矢来町七一
電話　編集部(〇三)三二六六―五四四〇
　　　読者係(〇三)三二六六―五一一一
http://www.shinchosha.co.jp

価格はカバーに表示してあります。

乱丁・落丁本は、ご面倒ですが小社読者係宛ご送付ください。送料小社負担にてお取替えいたします。

印刷・株式会社光邦　製本・憲専堂製本株式会社

ISBN978-4-10-216127-2 C0197